FREDRIK BACKMAN

【瑞典】弗雷德里克·巴克曼 | 著　孙璐 | 译

焦虑的人

A NOVEL

FOLK MED ÅNGEST

天津出版传媒集团
天津人民出版社

果麦文化 出品

此书献给我脑海中的声音和我最出色的朋友们，以及始终陪伴我的妻子。

1

说起抢银行……劫持人质……楼梯间里全都是严阵以待的警察,随时准备闯进楼上的某一套公寓房,扫荡个片甲不留……这样的场面,其实事情很容易发展到这一步,比你想象的容易得多——仅仅需要一个真正的坏主意。

这个故事牵扯到很多事,但主要跟"白痴"有关系,所以必须首先声明一下:宣布别人是白痴轻而易举,可前提是你得忘记做人有多么难——难到把人变成白痴——尤其是当你打算为了别人而去做一个大好人的时候。

这年头,需要我们搞定的事多到难以置信。比方说你得有工作,还得有住处和家庭,纳税、穿干净内衣、记住该死的 Wi-Fi 密码。有些人永远控制不住一团糟的生活,只能得过且过。地球以每小时两百多万英里的速度在太空中旋转,如同那些找不到了的旧袜子,我们也浑浑噩噩地困缩在地球表面的某个不知名的角落。人心犹如肥皂,滑溜溜的难以把握。我们放松的时候,它会随波逐流坠入爱河,又在眨眼之间摔个粉碎。我们不受控制,所以学会了假装,一直假装,在工作中假装,在婚姻中假装,在孩子面前假装,一切都需要假装。假装自己很正常,受过良好教育,明白什么是"摊销等级"和"通货膨胀率",假装知道性是怎么回事。实际上,我们对于性的了解并不比对USB线了解得多,总是需要试验四次才能插好这个小玩意儿(插反了,反了,反了,好了!这下对了!)。我们假装是好父母,其实所做的无非就是供给孩子吃穿,当他们捡起地上的口香糖放进嘴里时,命令他们吐出来。我们养过热带鱼,结果它们都死了,我们对孩子的了解也并不比对热带鱼了解得更多,所以责任感总是令人恐惧,每天早上醒来都会吓掉我们半条命。我们没有计划,只是尽力熬过每一天,因为明天又会从头来过。

　　有时候这很痛苦,真的痛苦,连这身皮囊似乎都不像是自己的。有时候我们会感到恐慌,因为需要付清账单,做个成年人,其实我们对此一窍不通,因为成长非常可怕,很容易走向失败的边缘。

　　因为每个人都有自己所爱的人,每一个心有所爱的人又总会经历绝望的不眠之夜:躺在床上,试图想清楚该如何继续做人。有时回头看看,这样思考一番之后,我们常会做些蠢事,然而在当时看来,那样做却是唯一的出路。

　　一个真正的坏主意。仅此而已。

　　比如说,有天早晨,某位生活在一座不是特别大也不是特别值得注意的镇子上的三十九岁居民,抓起一把手枪走出了家门——事后看来——这是个非常愚蠢的主意。这个故事是关于劫持人质的,但讲述劫持人质的过程并非它的本意,也就是说,虽然这个故事与劫持人质有关,但它的主线并不是劫持人质,而是抢银行。不过事情的经过非常混乱,掺杂了诸如劫持人质之类的种种意外,毕竟抢银行的时候就是可能遇到这样的糟心事。所以,这位三十九岁的银行劫匪出师不利，决定逃跑……然而他并没有任何逃跑计划，况且逃跑计划这种东西……就像这位劫匪的妈妈以前经常说的那样——为她调鸡尾酒的时候，银行劫匪时常忘记从厨房把冰块和柠檬片拿出来，只好跑回去拿——"不管干什么，要是你的脑子转得慢，那么腿就必须勤快！"（需要注意的是，劫匪的妈妈去世时，因为生前喝过太多金汤力，人家不敢火化她，怕引起爆炸……但这并不意味着她的建议就没有价值。）当这场未得手的银行劫案发生后，警察理所当然来到现场，吓坏了的劫匪匆忙逃走，穿过马路，钻进了出现在视野中的第一扇门。当然，不能只因为这一点就把这个劫匪定义为白痴，不过……好吧，这也肯定不是什么天才的做法。因为这扇门通向一处楼梯间，没有其他出口，所以银行劫匪的唯一选择是往楼上跑。

需要指出的是，这位劫匪体格一般，属于三十九岁群体的平均水平，跟那些同样三十九岁、打算通过购买健身装备来应对中年危机的大城市的人可不一样——比如说，他们会买贵得离谱的骑行短裤和泳帽，因为这些人的灵魂里面有个能吞噬Instagram照片的黑洞，让他们瞬间忘掉所有曾经发过的自拍。从医学角度来看，三十九岁的他们每天消耗掉大量的奶酪和碳水化合物更像是一种求救行为，而不是单纯的饮食方式。话说银行劫匪逃到楼顶的时候，肾上腺素飙升，全身的感官都处于警戒状态，紧张的喘息声听起来就像某个秘密社团的接头人，躲在据点的大门后面，透过门上开的小窗向你索要通行暗号……总而言之，到了这一步，摆脱警察似乎是不可能的了。

就在这时，劫匪转身一看，发现楼里一套公寓的门是开着的，因为这套公寓碰巧需要出售，里面全都是过来看房的潜在买家。于是劫匪跟跟跄跄地闯了进去，喘着粗气，满头大汗，挥舞着手枪……由此开始，这个故事就变成了一出劫持人质的戏码。

然后事情就发展到了现在的模样：警察包围了大楼，记者出现，事件上了电视新闻。僵局持续了好几个小时，直到银行劫匪放弃抵抗。除此之外，别无选择。包括七位潜在买家和一位房产经纪人在内的八名人质得到了释放。几分钟后，警察冲进公寓，却发现里面空无一人。

谁也不知道劫匪去了哪里。

眼下你只需要了解这些。现在故事可以开始了。

2

十年前，一个男人站在桥上。这个故事不是关于这个男人的，所以你现在不用考虑他。当然，你肯定会忍不住想到他，好比听到"别去想饼干了"这样的话之后，你脑子里想的一定会是饼干。

别去想饼干了！

你只需要知道，十年前，这个男人站在桥上，确切地说是站在桥栏杆上，居高临下地望着水面，徘徊在生命的尽头。好了，现在别去想这件事了，想想那些好事。

比如想想饼干。

3

新年前夜的前一天，在某个不是特别大的镇子上，一个警察和一个房产经纪人坐在警察局的讯问室里。警察看起来只有二十来岁，实际年龄或许更大。房产经纪人看上去四十多岁，实际可能更年轻。警察的制服不合身，显得很紧，房产经纪人的外套却有点儿太大。房产经纪人一看就非常不想待在这里，警察似乎也不希望她待在这里。房产经纪人紧张地笑了笑，开口说了些什么。警察吸了一口气，又使劲儿把气喷了出来，不知道究竟是在叹气还是打算清理鼻孔。

"还是回答问题吧。"他恳求道。

房产经纪人迅速点点头，不假思索地说："房子怎么样？"

"我说，回答问题！"警察重复了一遍，露出某些成年男性脸上常见的表情，他们在童年的某个时候突然对生活大失所望，在接下来的余生中，他们努力想要消除这种失望的感觉，却从来没能成功。

"你的问题是，我的中介公司叫什么名字！"房产经纪人强调说，手指敲打着桌面，这个动作让警察很想找点儿尖锐物品朝她丢过去。

"不，我没问这个。我问的是，那个把你变成人质的罪犯是不是有同——"

"公司叫'房子怎么样'明白了吗？因为你买公寓的时候，肯定想找个非常了解房屋买卖的中介机构，对吧？所以每当我接电话，都会这样说：你好，这里是'房子怎么样'中介公司，房子怎么样？"

房产经纪人显然还没从受到的刺激中缓过劲儿来，刚才她可是被一把手枪指着，成了劫匪的人质，经历过这种事的人常常会喋喋不休。警察试图耐心地等她说完。他把两个大拇指用力按在眉毛上，仿佛那是两个按钮，假如同时按下去，坚持十秒钟，就能恢复人生的出厂设置。

"好……吧……可我现在得问你几个问题，关于那套公寓和罪犯的。"他咕哝道。

今天他也过得不容易。尽管警察局空间局促、资源紧张，但警察的业务能力完全没问题。劫持人质事件发生后,他试图在电话里跟某一位上级的某一位上级解释情况,当然,结果令人绝望:上级们决定从斯德哥尔摩派遣特别调查小组过来,接手整个案子。提起这件事的时候,上级并没有着重强调"调查小组",而是把重音放在"斯德哥尔摩"上,好像首都来的警察天生自带超能力。她是不是需要看看医生?警察心想,大拇指依然按在眉毛上,这次讯问是他向上级们证明自己有本事独立办案的最后机会,可眼下唯一能找到的目击者就是这个惊慌失措的女人,他又能怎么办呢?

"好了啦!"房产经纪人尖着嗓子说,嗲声嗲气的腔调不知是从哪里学来的。

警察低头看着他的笔记。

"今天还带人看房,是不是有点儿奇怪?后天不就是新年了吗?"警察问。

房产经纪人摇了摇头,咧嘴笑笑。

"对'房子怎么样'中介公司来说,每天都是看房的好日子!"

警察做了个深呼吸,然后……又做了好几个深呼吸。

"好吧,咱们继续。看见罪犯之后,你的第一个反应是——"警察说。

"不是要先问一下公寓的事吗?你刚才说,问题是关于'公寓和罪犯'的,所以我认为应该先介绍公寓。"房产经纪人说。

"好吧!"警察咆哮。

"好的!"房产经纪人尖叫。

"那么,咱们来说说公寓,你熟悉它的布局吗?"警察问。

"当然,我是房产经纪人!"房产经纪人说,她似乎很想再补一句:"我们可是'房子怎么样'房产中介公司!房子怎么样?"最后还是忍住了,因为从警察的表情来看,他好像非常希望自己的手枪里全都是不可追踪的子弹。

"你能讲讲吗?"警察问。

房产经纪人的眼睛亮了。

"这套房子特别完美!环境安静!交通方便!直达市中心!开放式布局!大窗户!采光一流!"

警察示意她先等等。

"我是说,房子里有没有壁橱?或者隐蔽的储物空间什么的?"他问。

"你不喜欢开放式的公寓吗?你喜欢有隔断的房子?隔断当然没问题!"房产经纪人鼓励地说,不过很容易听出她的言外之意:根据她的经验,喜欢墙壁之类隔断的人,势必也对制造各种障碍情有独钟。

"比如说,有没有不容易发现的壁橱——"

"我提过房子的采光没有?"

"提过。"

"科学研究证明,阳光让我们感觉更舒服!你知道吧?"

警察看起来不喜欢被人逼着思考这个问题,舒不舒服当然是他自己说了算,用不着别人来告诉。

"咱们还是回到重点吧,好吗?"

"好啦!"

"公寓里有没有图纸上没标注出来的隐蔽空间?"

"这套房子的地段还很适合有小孩的家庭!"

"这跟我们的案子有什么关系?"

"我只是想指出这一点。地段相当重要,对吧?非常适合小孩!其实,嗯……只是今天发生了劫持人质事件。不过除了这个,真的很适合小孩!再说了……小孩也非常喜欢看到警车!"

房产经纪人快活地摇晃着胳膊,试图模仿警笛的声音。

"我觉得你模仿的是冰激凌车的声音。"警察说。

"哎呀,你明白我的意思就好了嘛。"房产经纪人说。

"希望你继续回答我的问题。"警察说。

"对不起。什么问题来着?"

"公寓到底有多大?"

房产经纪人困惑地笑了笑。

"你不想谈谈劫匪吗?我们不是在讨论抢劫案吗?"她问。

警察咬紧牙关,一声不吭,仿佛打算透过脚指甲喘气儿。

"当然。好吧。给我讲讲那个罪犯。你的第一反应是什么,他闯进——"警察终于开口道。

房产经纪人激动地打断了他:"那个银行劫匪吗?没错!我正带着客户看房呢,那个劫匪就闯进来,拿枪指着我们所有人!你知道为什么吗?"

"不知道。"

"因为房子是开放式的!没有隔断!否则劫匪就没法拿枪同时瞄准我们所有人了!"

警察猛搓他的眉毛。

"好吧,下一个问题:公寓里有没有适合藏身的地方?"

房产经纪人慢慢地眨了眨眼睛,仿佛刚刚学会眨眼这个动作。

"藏身的地方?"

警察向后靠在椅子上,眼睛盯着天花板。他的妈妈总是说,警察就是一群喜欢寻找全新梦想的小男孩,从来都不怕麻烦。每当被人问起"你长大以后想干什么"的时候,几乎所有的男孩可能都回答过"警察",但大部分人后来会想出更好的答案。他曾经希望自己也能想出更好的答案,因为那样也许就能活得简单一点儿,跟家人的关系也能变好。值得指出的是,他妈妈总是为他感到骄傲,从来没对他选择的职业表示不赞成。她是牧师,这也是个意义不仅仅限于谋生的职业,所以她能理解他。不愿意儿子当警察的是他父亲,父亲的失望似乎依然对他有影响,因为再次望向房产经纪人的时候,年轻的警察疲态尽显。

"是的。这就是我一直想和你解释的地方:我们认为,罪犯还在那套公寓里。"他说。

4

事实上,全部人质——房产经纪人和所有潜在买家——是同时被劫匪释放的,他们一起从公寓里出来的时候,有个警察守在外面的楼梯间里。在警察的注视下,这几个人关上身后的公寓门,门锁发出闭合的"咔嗒"声,然后他们平静地走下楼梯,来到街上,钻进等候在外的警车,离开了现场。楼梯间里的那个警察等着同事们从楼下上来,一位谈判专家试图跟银行劫匪通电话。不久之后,警察们冲进公寓,才发现里面没有人,阳台门锁着,所有窗户也锁着。除了公寓大门,没有其他的出口。

就算不是斯德哥尔摩来的警察,也能很快意识到,要么是某一位人质帮助劫匪逃跑了,要么劫匪根本没有逃脱。

5

好了,现在想想那个站在桥上的男人。

那一天，他写了一张便条寄了出去，把孩子们送到学校，然后来到桥上，爬上栏杆，站在那儿往下看。十年后，一个抢劫银行失败的劫匪闯进某处待售公寓，把里面的八个人劫为人质。如果你也站上那座桥，可以一直看到那套公寓的阳台。

当然，这些全都与你无关。好吧，也许只有一点点关系，因为你很可能是个体面的普通人，如果你看到有人站在大桥栏杆上，你会怎么做？你可能会走过去跟他谈一谈，至于说些什么并不重要，关键在于能不能阻止那个男人跳下去，对不对？你也许会不择手段地阻止他，尽管并不认识他，但这是先天的本能，我们没法眼睁睁地看着陌生人自杀。

所以你会试着和他说话，赢得他的信任，说服他别那么做，因为你大概也在经历抑郁和沮丧，身体出现了莫名其妙的病痛，却查不出原因，也没法跟爱你的人解释。许多人内心深处都有些连自己都不愿面对的回忆，就这方面而言，我们和桥上那个男人的差别或许比自己想象中的还要小。大多数成年人经历过不少非常糟糕的时刻。当然，那些非常幸福的人也会遭遇人生的低谷。所以你一定会挽救他，因为人可能出于种种理由，错误地结束自己的生命，然而做出这样的选择往往格外艰难，究竟是何种程度的无奈和绝望，才会驱使一个人爬到高处、跨出最后的那一步呢？

你是个有良知的体面人，绝对不会袖手旁观。

6

年轻的警察用指头肚摩挲着自己的额头，那里有个婴儿拳头大小的肿块。

"那儿是怎么弄的?"房产经纪人问。她似乎非常想把话题再次转回"房子怎么样"上面。

"撞到头了。"警察咕哝道。他低头看看笔记,问:"罪犯在使用枪械方面是否熟练?"

房产经纪人惊讶地笑了笑。

"你是说……手枪?"

"是的。他看起来紧张吗,还是说像经常摆弄手枪的人?"

警察希望通过这个问题搞清楚,在房产经纪人看来,银行劫匪有没有军事之类跟枪械有关的行业背景,可房产经纪人轻松地回答:"哦,不紧张,我是说,那把枪不是真的!"

警察眯起眼睛看着她,显然想知道她是不是在开玩笑,当然,她这么说也有可能是幼稚,竟然把劫匪想象成人畜无害的小白兔。

"为什么这么说?"

"那玩意儿很明显就是个玩具!谁都能看出来!"

警察盯着房产经纪人打量了很长时间,发现她没在开玩笑——于是,他的眼神中出现了些许同情。

"所以,你根本……不害怕?"

房产经纪人摇了摇头。

"不不不。我意识到,我们所处的情况一点儿都不危险,你明白吗?那个抢银行的不可能伤害任何人!"

警察看着他的笔记。他意识到她还没明白。

"你想喝点儿什么吗?"他好心地问。

"不,谢谢。你已经问过我了。"

警察还是决定给她拿杯水。

7

其实,那些被劫持的人都不知道,从他们被释放到警察冲进公寓的这段时间里发生了什么。警察包围楼梯间时,人质们已经坐进停在街上的警车,被送到了警察局。谈判专家(他是那位年轻警察上级的上级从斯德哥尔摩派来的,这家伙似乎认为只有斯德哥尔摩来的人才有能力跟罪犯谈判)给劫匪打电话,希望能和平解决问题,但劫匪没有回应。公寓里反而传出一声枪响。警察砸开门冲进去的时候已经晚了,来到客厅,他们发现自己站在了血泊里。

8

在警察局的警员室里,年轻的警察和一位年长的警察相遇了。年轻人在饮水机旁接水,年长者在喝咖啡。两人的关系很复杂,不是同代人的警察之间往往都是如此。即将退休的人想给自己的整个职业生涯找到终极意义,入职不久的新人想要寻找的却是继续工作下去的目标。

"早上好!"年长者大声说。

"嗨。"年轻人说,语气有些不屑一顾。

"来点儿咖啡怎么样?不过我猜你还是不喝咖啡?"老警察说,好像不喝咖啡是一种残疾。

"还是不了。"年轻人回答,好像对方问的是"想不想来点儿人肉"。

在饮食方面,年长者和年轻人几乎没有共同之处,或许在其他方面也同样如此,这正是他们在午餐时间被困在同一辆警车里时产生冲突的原因之一。老警察最喜欢的食物是加油站卖的热狗,配即食土豆泥,本地餐厅周五供应自助餐时,无论餐厅服务员如何想方设法端走他的盘子,他总会惊恐万分地一把夺回来,大声抗议:"我还没吃完呢!这可是自助餐啊!等我吃撑了躺到桌子底下的时候,你们再来收盘子吧!"假如你问老警察,年轻人最喜欢吃什么,他会回答:"就是那些人造的东西,还有海带啦、水草啦、生鱼什么的,他以为自己是只该死的寄居蟹呢!"一个喜欢咖啡,另一个喜欢茶;一个工作时经常看表,盼着午餐时间早点儿到来,另一个习惯在午餐时看表,希望尽快回去工作。年长者认为,身为警察,关键在于做正确的事;年轻人认为,更重要的是以正确的方式做事。

"真的吗?你可以来一杯星冰乐什么的,我还买了豆奶,至于他们是怎么给豆子挤奶的,我就弄不明白啦!"老警察大声笑着说,眼神却不安地朝年轻人瞥了过去。

"嗯。"年轻人心不在焉地应了一声。

"问话顺利吗,和那个该死的房产经纪人?"老警察问,为了掩饰自己对这件事的关心,他故意用了开玩笑的语气。

"还行!"年轻人宣布,他发现隐藏自己的烦恼变得越来越难了,于是打算逃向门口。

"你还好吧?"老警察问。

"是的,是的,我很好。"年轻人呻吟道。

"我只是想说,遇到这种情况,如果你需要……"

"我很好。"年轻人坚持说。

"真的?"

"真的!"

"那个……?"老警察问,朝年轻人的前额点点头。

"没关系,不要紧。我得走了。"

"好吧，好吧。你想找人帮你盘问那个房产经纪人吗？"年长者问，他努力挤出一个微笑，不再紧张地盯着年轻人的鞋看。

"我自己能行。"

"我很乐意帮忙。"

"不用了，谢谢！"

"你确定？"老警察叫道，对方没有出声，只给他一阵相当确定的沉默作为回应。

年轻警察离开后，老警察独自坐在警员休息室里喝咖啡。年长者不知道该对年轻人说些什么来表达自己的关心，当你真正想说的是"我知道你不好受"时，是很难找到别的话来代替的。

年轻人踩过的地面有红色的印迹，他的鞋底还沾着血，但他没注意到。老警察打湿一块布，仔细擦拭着地板。他的手指在发抖。也许年轻人没有撒谎，也许他真的没事，但老警察的情况却不太好，至少现在是这样。

9

年轻警察回到讯问室，把一杯水搁在桌上。房产经纪人看着他，觉得他一点儿幽默感都没有，当然，这并非说他有什么问题。

"谢谢。"她犹豫地对着水杯说，这杯水不是她自己要的。

"我需要再问你几个问题。"年轻警察充满歉意地说，抽出一张皱巴巴的纸，看起来像孩子的画。

房产经纪人点点头，但还没来得及张口，门就安静地被人打开了，老警察溜进房间。房产经纪人注意到，他的胳膊有点儿长，和身体不成比例，假如他弄洒了咖啡，遭殃的会是膝盖以下的部位。

"你好！我来看看能帮上什么忙……"老警察说。

年轻警察抬头看着天花板。

"不用！谢谢！我刚才告诉过你，我自己能行。"

"对。好吧。我只想来帮个忙。"年长者试探道。

"不，不用，看在上帝的……真的不用！这样做很不专业！你不能就这么打断讯问过程！"年轻人气愤地说。

"好的，对不起。我就是过来看看你进行得怎么样了。"年长者小声说，他感到尴尬极了，再也没法掩饰自己的担忧。

"我正要问那张画的事！"年轻人咆哮道，他就像是个被大人闻到身上有烟味的孩子，一口咬定自己只是帮朋友拿过香烟。

"问谁？"老警察问。

"房产经纪人！"年轻人指着她叫道。

没想到房产经纪人立刻从椅子上跳了起来，冲着老警察伸出一只手。

"我是房产经纪人！'房子怎么样'房产中介公司的！"说着她顿了顿，咧嘴一笑，显然对自己敏捷的反应感到非常满意。

"噢，亲爱的上帝，别再这样了。"年轻警察低声说。

房产经纪人深吸一口气。

"嗯，房子怎么样？"

老警察疑惑地看着年轻警察。

"她一直都这样。"年轻人说，拇指按着眉毛。

老警察眯起眼睛打量房产经纪人，这是他遇到怪人时的习惯，因为一辈子经常眯着眼睛，他眼睛下面的皮肤摸起来有点儿像软冰激凌。房产经纪人还以为对方没听懂她刚才的话，于是不请自来地解释道："明白吗？'房子怎么样'房产中介。'房子怎么样？'明白了吗？因为你买房的时候，肯定想找个非常了解房子的经纪人……"

老警察这下子明白了，甚至给了她一个会意的微笑，但年轻人拿食指点了点房产经纪人，又指了指椅子。

"坐下！"他用一种跟孩子、狗和房产经纪人说话时的特有语气说。

房产经纪人收起笑容，笨拙地坐下，先看了看其中一位警察，又看着另一位。

"抱歉。这是我第一次接受警察讯问。你们不会是……你知道吧……不会是想玩电影里的那一套，一个唱红脸、一个唱白脸吧？比方说一个人出去拿咖啡，另一个就抄起电话簿打我，问我：'你到底把尸体藏在哪儿了？'"

房产经纪人发出紧张的笑声，老警察也微笑起来，但年轻警察没有笑。房产经纪人更紧张了，连忙补充道："我在开玩笑。现在没人印电话簿了，对吧？你们打算怎么办？用苹果手机打我吗？"

她开始挥舞胳膊，模仿拿手机打人的样子，同时还用很奇怪的口音大喊大叫，两个警察只能猜测，她大概是在模仿他们的口音："噢！该死！不！我竟然不小心给前任的Instagram点了赞！快取消！快取消！"

年轻警察看上去并没有被她逗乐，这使得房产经纪人也不开心起来。这时候，老警察靠了过来，凑到近处看年轻警察的笔记，仿佛当房产经纪人不在现场那样问："关于那幅画，她是怎么说的？"

"我还没开始问，你就进来了！"年轻人咬牙切齿地说。

"什么画？"房产经纪人问。

"好吧，我刚才想跟你说：我们在楼梯间发现了这幅画，我们认为它可能是罪犯掉的。我们希望你……"年轻警察说，但老警察打断了他。

"这么说,你跟她谈过那把手枪了?"

"别再干扰我了!"年轻人愤怒地嘶叫道。

"好的,好的,对不起,我不该过来的。"老警察举起手臂,嘀嘀咕咕地说。

"它不是真的!那把枪!它是个玩具!"房产经纪人飞快地说。

老警察惊讶地看看她,又看着年轻警察,然后用只有老年人才会觉得音量低的声音说:"你……你还没告诉她吗?"

"告诉我什么?"房产经纪人好奇地问。

年轻警察叹了口气,小心翼翼地把那张画叠起来,仿佛叠的是年长同事的脸皮。然后他抬眼看着房产经纪人。

"好吧,我正打算告诉你……你瞧,罪犯把你和其他人质放走之后,我们把你们送到了警察局……"

老警察趁机插嘴道:"那个罪犯,就是银行劫匪——他朝自己开了枪!"

为了防止自己一时冲动掐死老警察,年轻警察两手紧紧握在一起,只见他张嘴说了些什么,房产经纪人却一个字都听不见:她的耳朵里全都是单调的嗡嗡声,声音越来越大,最后变成嘶哑的咆哮,这是神经系统受到刺激的表现。后来她信誓旦旦地告诉别人,自己之所以听不见警察说的话,是因为雨滴打在了讯问室的窗户上,然而讯问室根本没有窗。她凝视着两个警察,嘴巴一直没有合拢。

"所以……手枪……是……?"她艰难地说。

"那是一把真枪。"老警察肯定道。

"我……"房产经纪人张了张嘴,但她的嘴唇太干了,说不出一句话来。

"给!喝点儿水吧!"老警察说,似乎那杯水是他刚刚为她端过来的。

"谢谢……我……可是，如果那把枪是真的，那我们可能全都……我们可能全都没命了。"她低声说，心有余悸地吞了一口水。老警察郑重地点点头，拿过年轻警察的笔记，在上面补写了一些东西。

"也许我们应该重新开始讯问？"他建议道，年轻警察决定去走廊里暂时休息一会儿，把自己的脑袋往墙上撞撞。

他猛地关上门走了出去，吓得老警察跳了起来。当你想对比自己年轻的人说"我知道你很难受，这让我也觉得难受"的时候，该怎么去说就成了很棘手的问题。年轻警察的鞋在椅子下面的地板上留下了红褐色的干涸血迹，老警察忧愁地凝视着它们，这就是他不希望儿子当警察的原因。

10

十年前，第一个看见桥上那个男人的，是个十几岁的小男孩，男孩的爸爸希望他能找到一个新的梦想。男孩本可以等人过来帮忙，可假如换成是你，你会等人来吗？假如你的妈妈是牧师，爸爸是警察，你从小就立志长大以后竭尽所能帮助其他人，除非迫不得已，决不放弃任何人，你会怎么做？

于是，那个十几岁的男孩跑到桥上，朝那个男人大喊大叫起来，对方闻声停下了脚步，男孩却不知道接下来该怎么办，只能先……跟他说话，试着赢得他的信任，说服他后退两步，而不是向前再走一步。风轻轻拉扯着他们的外套，空气中飘着雨丝，皮肤感觉得到初冬的寒意。男孩想要告诉男人，世上还存在着许多值得让人活下去的东西，哪怕现在他还感受不到。

桥上的男人告诉男孩，他有两个孩子，也许这是因为男孩让他想起了他们。男孩惊慌失措地恳求他："请不要跳下去！"

男人平静地看着他，几乎是有点儿同情地回应道："你知道做父母最惨的地方是什么吗？就是别人总是根据你做得最糟糕的事情来评判你，哪怕你做过一百万件正确的事，但只要有一件事情做错了，那你永远都是不合格的父母。他们会觉得，你永远是那种'孩子被公园里的秋千碰到脑袋的时候，你却在看手机'的人，其实我们每次都会不错眼珠地盯着孩子，唯独那一次低头读了条短信，就成了别人眼中的坏父母，以前做过的好事全都不算数。没人会一直跟心理医生唠叨他们小时候被秋千撞到头的经历，做父母的却永远要被自己的失误钉在耻辱柱上。"

十几岁的男孩可能不太理解他的意思，他瞥了一眼桥的侧面，意识到假如跳下去一定活不成。男人冲他淡淡地笑了笑，向后退了半步，那个瞬间，男孩觉得整个世界都亮了起来。

男人告诉孩子，他的工作很出色，开创了成功的事业，买了一套相当不错的公寓。他拿出所有积蓄，购买了一家房地产公司的股份，这样他的孩子们未来就能得到更好的工作、买下更好的公寓，获得免于恐惧的自由，不用每天晚上手里握着计算器睡着。因为那是独属于父母的责任：为家人提供可以依靠的肩膀。孩子小时候坐在父母肩膀上看世界，长大后站在父母的肩膀上摘星星，有时候重心不稳了，还可以靠过来保持平衡，重新获得安全感。他们信任我们，这是一项沉重的责任，因为他们还没意识到，我们实际上并不知道自己在做什么。所以，这个人做了我们所有人都在做的事：假装自己知道。当他的孩子问起为什么便便是棕色的、人死了以后会发生什么，还有为什么北极熊不吃企鹅的时候，他就不懂装懂。后来孩子们长大了一点儿，有时候他会短暂忘记这个事实，不由自主地拉住他们的手,让他们觉得尴尬极了。他也很尴尬,因为很难向一个十二岁的孩子解释:你很小的时候,每当我走得太快,你都会追上来,抓住我的手,那可是我一生中最美好的时刻——你的指尖在我的手掌心。那个时候,你还不知道我搞砸过那么多的事。

这个男人假装——什么都假装。所有的财务专家都向他保证,要购买房地产开发公司的股份,这是一项安全的投资,因为每个人都知道,房价从来不会跌。后来房价就跌了。

世界上有个地方发生了金融危机,纽约的银行破产了,在另一个完全不相干的国家的某小镇上,一个男人失去了一切。跟律师通完电话,他看到了书房窗外的那座桥。这个清晨温暖得出奇,在一年中的这个时候实在不寻常,但是空气中有雨。男人开车把孩子们送到学校,仿佛什么都没发生。假装。他小声在他们耳边说"我爱你们",看到他们翻着白眼叹气时,他的心碎了。然后他开车来到水边,把车停在禁停区,钥匙留在车里,走上那座桥,爬上栏杆。

他把这一切告诉了十几岁的男孩,当然,男孩知道一切都会好起来,因为如果一个站在桥栏杆上的人,肯花时间告诉一个陌生人他有多爱自己的孩子们,你会知道他真的不想跳下去。

然后那个人就跳了下去。

11

十年后,年轻的警察站在讯问室外面的走廊上,他爸爸依然跟房产经纪人待在讯问室里。他妈妈毫无疑问是对的:他和他的父亲永远不该在一起工作,这样注定会有麻烦。他没有听她的,因为他从来不听。当她累了或者喝过几杯酒的时候,偶尔会忘记掩藏自己的情感，她会看着自己的儿子说："有时候我真觉得你从来没从那座桥上回来过，亲爱的。你还在努力拯救那个站在栏杆上的人，哪怕现在和那时一样不可能。"这也许是事实，但他不愿多想。十年过去了，他还是会做噩梦。警校毕业、考核、轮班、深夜加班……他在警察局的工作赢得了每个人的赞誉——但他的父亲除外。于是他更频繁地深夜加班，用更多的工作淹没自己，甚至开始厌恶无所事事的状态。他习惯在黎明时分脚步踉跄地回家，穿过账单成堆的客厅，走向空荡荡的床铺，用安眠药和酒精麻痹自己。在那些一切都变得难以忍受的晚上，他会出去夜跑，在黑暗、寒冷和寂静中狂奔几英里，脚步如同越来越急的鼓点，敲打在人行道上，但他从来没有确定的目的地，也不打算完成任何目标。有的人跑起来像猎手，而他跑得像猎物。筋疲力尽的他最终会蹒跚着回家，开始工作，重复前一天的循环。有时候几杯威士忌足以让他睡着，早晨洗个冷水澡就能让他清醒，而在半梦半醒之间，只要能钝化皮肤的痛感，止住在胸口涌动、尚未抵达喉咙和眼睛的泪水，他愿意拿任何东西来换。然而同样的噩梦总会重现：风拉扯着他的夹克，男人的鞋底蹭过栏杆，发出刺耳的刮擦声，男孩的尖叫声响彻水面，听上去和感觉起来都不像是他发出的，反正他也几乎听不见——当年的他实在过于震惊，甚至现在也依然如此。

今天，人质被释放、公寓里传出枪响之后，他是第一个冲进去的警察。他跑进客厅，踩过沾满鲜血的地毯，扯开阳台的门，站在那里，若有所失地往栏杆外面看，因为无论在别人看来多么不合逻辑，他的第一个直觉和最大的恐惧是："他跳下去了！"不过，下面什么都没有，只有记者和好奇的本地人，他们正透过手机的镜头窥视着他。银行劫匪消失得无影无踪，警察独自站在阳台上——在那儿，他能一直看到那座桥。现在，他站在警察局的走廊里，连擦掉鞋子上的血都做不到。

12

老警察喉间的呼吸声，就像一件沉重的家具被人从不平坦的木地板上拖过去时发出的动静。当达到了一定的年龄和体重后，他就注意到自己开始发出这样的声音，呼吸仿佛随着年老变得愈发沉重起来。他尴尬地朝房产经纪人笑了笑。

"我同事，他……他是我儿子。"

"啊！"房产经纪人点点头，好像在说她也有孩子，抑或是虽然她还没孩子，但在房地产经纪人的培训课上学到过有孩子是怎么一回事。她最喜欢的是拿中性颜色玩具的小孩，因为中性颜色的玩具最百搭。

"我妻子说，我们俩在一起工作是个坏主意。"老警察坦白道。

"我理解。"房产经纪人口是心非地说。

"她说我保护过度，就像蹲在石头上的企鹅，不想接受蛋已经没了的现实。她说，你没法保护孩子免受生活的伤害，因为生活最后会打败我们所有人。"

房产经纪人原本打算假装听懂了，但又觉得还是实话实说比较好。

"她是什么意思？"

老警察的脸红了。

"我从来没想着……瞧，我坐在这里，跟你唠叨这些事儿，真是傻透了。可我从来没想着让我儿子当警察。他太敏感，太……善良。你懂我的意思吗？十年前，他跑到一座桥上，想跟一个打算跳桥的人讲道理，劝他别跳下去。他做了所有能做的！竭尽所能！可那个人还是跳了。你能想象这对一个人有什么影响吗？我儿子……他总想着拯救所有人。在那之后，我想也许他不会再想当警察了，可相反的事情发生了，他突然比以往任何时候都想当警察！因为他希望救人，哪怕是坏人。"

房产经纪人的呼吸变慢了，胸部几乎微不可察地起起伏伏。

"哪怕是银行抢劫犯？"

老警察点点头。

"没错。我们进到那套公寓里面，发现到处都是血。我儿子说，除非被我们及时找到，否则银行劫匪会死的。"

从老警察悲伤的眼神之中，房产经纪人能看出这对他而言意味着什么。他的手指越过桌面，强迫自己用一本正经的语气说："我必须提醒你，你在本次讯问中所说的一切都会被录音。"

"明白。"房产经纪人向他保证。

"明白这一点非常重要。我们在这里所说的一切都会记录归档，任何其他警察都有权调阅。"他坚持把流程走完。

"所有警察都有权调阅。完全明白。"

老警察小心地展开年轻警察留在桌上的那张纸，这是一幅孩子画的画，这孩子要么非常有才华，要么完全是个草包——判断标准取决于孩子的年龄。画上有三只动物。

"你见过这个吗？我刚才说过，我们在楼梯间找到了它。"

"抱歉。"房产经纪人说，看起来真的是满怀歉意。

老警察强迫自己笑了笑。

"我的同事们认为，这上面似乎画的是猴子、青蛙和马，但我觉得其中一只看起来更像长颈鹿，而不是马。我的意思是，它连尾巴都没有！长颈鹿没有尾巴，对吧？我确定这是长颈鹿。"

房产经纪人深吸一口气，说了一句女人对那些明知道自己没见识却莫名其妙很自信的男人经常说的话。

"我确定你是对的。"

实际上，促使男孩立志成为警察的并非桥上的那个男人，而是一周之后站在同一段栏杆上的那个十几岁的女孩。她是没有跳的那一个。

13

咖啡杯被人愤怒地丢了出去，径直越过两张桌子，在它飞行的过程中，离心力以深不可测的方式保住了杯子里的大部分内容物，直到它撞上墙，从此把墙变成跟卡布奇诺咖啡一个颜色。

两个警察彼此对视，其中一位面露尴尬，另一位满脸关切。老警察名叫吉姆，他的儿子，那个年轻警察，叫作杰克。对于这对关系别扭的父子而言，警察局实在太小，根本没法互相躲避，于是两人只能将就着分别占据一张桌子，半张面孔始终隐藏在各自的电脑屏幕后面。如今的警察，实际工作的时间只占日常的十分之一，其余的时间都用来详细记录实际所做的工作。

吉姆出生在大众将计算机技术视为魔法的年代，杰克那一代人却把这项技术看成理所当然。吉姆年轻的时候，父母惩罚孩子的方式是把他们关在自己的房间里面，现在惩罚孩子的方式则恰恰相反，是强迫他们走出自己的房间。上一代挨父母骂的原因是坐不住，下一代却被父母告诫不要整天坐着不动。吉姆打报告的时候，每次小心翼翼地按下一个键，都会立刻察看电脑屏幕，确保上面显示的是正确的字母，生怕电脑欺骗他，因为他可不是那种允许自己被骗的人。杰克却是那种典型的从未在没有互联网的世界中生活过的年轻人，他可以蒙着眼睛打字，轻而又轻地摩挲键盘，连鉴定专家都无法证明他曾经触碰过它们。

这样的一对父子当然会互相折磨，把彼此逼疯，哪怕鸡毛蒜皮的小事都不放过。儿子把上网查东西叫作"谷歌一下"，但父亲会说："我在谷歌上查一查。"当他们针对某一件事产生分歧的时候，父亲会说："嗯，这一定是对的，因为我是在谷歌上读到的！"儿子则会说："你读的东西不是谷歌上的，爸爸，你只是用谷歌搜索到了它们而已……"

其实，父亲并非完全不了解如何使用那些让他儿子疯狂的技术，问题在于他是一知半解。比如说，吉姆不会截屏，所以当他想保留电脑屏幕上的图像时，会拿出手机拍照，想保留手机屏幕上的图像时，就用复印机。吉姆和杰克最近一次大吵，是某些上级的上级认为镇上的警察应该"多参与社交媒体互动"（因为斯德哥尔摩的警察就天天泡在该死的社交媒体上），让他们每个工作日互相拍照发到网上的时候。吉姆拍了杰克在警车里的照片，杰克当时在开车，吉姆用了闪光灯。

现在他们正面对面地坐着打字，速度却完全不同步，吉姆慢，杰克快。吉姆写起报告来像在讲故事，杰克只是单纯地撰写一份报告。吉姆频繁删除和编辑已经写下来的文字，杰克却一刻不停地敲击键盘，仿佛世界上的所有事物都只能用一种方式来描述。吉姆年轻时曾经梦想成为一名作家。实际上，直到杰克小的时候，吉姆依然做着这个梦，后来他又转而期待杰克能成为作家。这种事对儿子们来说是个难题，也是父亲们必须承认的耻辱之源：我们不希望孩子按照我们的步调追求自己的梦想，而是希望他们按照自己的步调追求我们的梦想。

他们的办公桌上摆着同一个女人的照片,她是其中一个人的母亲,另外一位的妻子。吉姆的桌上还有一张比杰克大七岁的年轻女人的照片,但他们不怎么谈论她,而她也只有在需要钱的时候才会联系他们。每个冬天开始时,吉姆都会满怀期望地说:"也许你姐姐会回家过圣诞节。"杰克则会回应:"当然,爸爸,我们拭目以待。"儿子从来不告诉父亲他想得过于天真,这毕竟是一种爱的表现。每年的平安夜即将过去的时候,吉姆的肩膀上都会像是压了几千斤重的隐形巨石,他无比失落地开口:"我们不能怨她,杰克,她……"杰克总是回答:"她病了。我知道,爸爸。你想再来点儿啤酒吗?"

老警察和年轻警察之间,存在着各种各样的隔阂,无论两人的生活有多少交集。杰克最终不再跟着姐姐跑——这是弟弟和父亲的主要区别。

女儿十几岁的时候,吉姆曾经以为孩子就像风筝一样,所以他得尽可能地紧紧抓住风筝线,然而风还是把她吹走了。她挣脱束缚,自由飞向天空。很难判定一个人开始滥用药物的确切时间,所以当他们说"我已经控制住了"的时候,都是在撒谎。毒品如同天光逐渐暗淡的黄昏,给我们一种自己有权决定何时天黑的错觉,然而这种力量永远不属于我们,黑暗可以在它喜欢的任何时间把我们带走。

几年前,吉姆发现杰克取出了全部积蓄,准备拿来买公寓和支付姐姐在一家私人医院的治疗费用。杰克开车把姐姐送了过去,两周后她自行出院,他没来得及把钱要回来。失联了六个月之后,某天半夜,她突然打来电话,好像什么都没发生过一样,问杰克能不能借给她"几千块"。钱是用来买机票回家的,她说。杰克寄了钱,她却没回来。她的爸爸还在地上跑来跑去,不想让天上那只脱了线的风筝飞出他的视野,这就是父亲和弟弟的区别。明年圣诞节,他们中的一个会说:"她……"另一个小声接话:"我知道,爸爸。"然后再给他拿一瓶啤酒。

父子俩在选择啤酒时也能吵起来。杰克是那种喜欢尝试新奇味道的年轻人,而葡萄柚、姜饼和糖果之类口味的啤酒在吉姆眼里一律属于"垃圾",他想要的是啤酒的本味。有时候,他把那些叫不上名字的复杂口味啤酒统称为"斯德哥尔摩啤酒",当然,不能经常这么做,因为儿子会很生气,接下来的几周,父亲想喝啤酒就只能自己买。他有时候非常想不通,一起长大的孩子为什么会变得完全不一样,也许"一起长大"正是原因所在?他瞥了一眼电脑屏幕后面的儿子,盯着他搁在键盘上的指腹。在这座不是特别大的城镇上,这个小小的警察局是个相当安静的地方。镇上很少发生大事,对于劫持人质这种戏码,他们还很不习惯,或者说无论什么闹剧,在他们眼里都是新鲜事儿。所以吉姆知道,这是杰克向上级展示能力的好机会,得让他们知道他可以成为什么样的警察——当然,一定要赶在斯德哥尔摩的专家露面之前。

挫败感让杰克的眉毛耷拉下来,躁动不安在他心里掀起了狂风。从头一个进入那座公寓开始,他就一直在强自按捺濒临爆发的怒火,但上一次讯问之后,他再也无法忍耐,冲进办公室,愤怒地叫道:"肯定有目击者知道发生了什么!他们知道事实,却对我们说谎!他们难道不明白,有人可能正躺在某个隐蔽的地方流着血等死吗?为什么见死不救,反而要欺骗警察呢?"

发完脾气后,杰克坐在电脑前,吉姆没有说话,但那个砸到墙上的咖啡杯并不是杰克扔出去的——因为即使他的儿子愤怒于无力挽救罪犯的生命、厌恶即将夺走他案子的斯德哥尔摩警察,也远远比不上父亲意识到自己无法帮助儿子而产生的沮丧。

长久的沉默。两人先是对视了一眼，然后又盯着各自的键盘。最终，吉姆开口说道："对不起。我会收拾好的。我只是……我明白这件事让你很生气，我只想告诉你，它也让我很生气……"

他和杰克把公寓的平面图研究了个遍，每一英寸都不放过。那里没有藏身之处，劫匪无处可去。杰克看着他的父亲，又看看他身后的碎咖啡杯，然后平静地说："一定有人帮他。我们漏掉了一些东西。"

吉姆凝视着证人讯问记录。

"我们只能尽力而为，儿子。"

当你不知道该如何谈论生活中的其他事情时，那么谈论工作还算是比较容易的。劫持人质事件发生后，杰克一直在想那座桥，因为他运气好时会梦见那个男人没有跳下去，自己把他给救了。吉姆也一直在想着那座桥，因为他运气不好时会梦见跳下去的是杰克。

"要么其中一位证人撒了谎，要么所有证人都在撒谎。肯定有人知道罪犯藏在哪里。"杰克机械地重复道。

吉姆偷瞥了一眼杰克两手的食指，它们正在敲打桌面。杰克的母亲每次去医院或者监狱工作，心情沉重地回家后，也会这样敲打桌面。然而，父亲早已错过了询问儿子过得怎么样的时机，儿子也早就错过了跟父亲解释的时机。两人之间的隔阂太大了。

吉姆慢慢站起来，椅子发出中年男人般的呻吟声，他擦拭了墙壁，捡起被自己摔得四分五裂的杯子碎片。杰克迅速地站起来，走进警员休息室，又拿了两个杯子回来。虽然自己不喝咖啡，但他明白，偶尔有人陪伴、不必独自喝咖啡，对他的父亲来说意义重大。

"我不应该干涉你的讯问，儿子。"吉姆声音低沉地说。

"没关系，爸爸。"杰克说。

他们说的都不是真心话。我们会对所爱的人撒谎。父子俩继续趴在键盘上,把证人讯问记录输入电脑,然后从头读到尾,再一次寻找线索。

他们是对的,两个人都对。证人没说实话,至少说的不全是实话。不是全部证人都说了实话。

14

证人讯问记录

时间:12月30日

证人姓名:伦敦

杰克: 请坐在那把椅子上,这样可能更舒服,还是别坐地板了吧。

伦敦: 你的眼睛有毛病吗?没看见我在给手机充电吗?坐在椅子上就够不着插座了。

杰克: 你可以把椅子挪一下啊。

伦敦: 什么?

杰克: 没什么。

伦敦: 你们这里信号真差,只有一格⋯⋯

杰克: 能不能请你关掉手机,我得问几个问题。

伦敦: 我拦着你问了吗?问吧。你真的是警察吗?这么年轻就能当警察了?

杰克: 你叫伦敦,对吗?

伦敦: "正确。"你们是不是都这么说话呀?听起来就像跟性幻想对象是会计的人玩角色扮演呢。

杰克: 拜托你严肃一点儿,你的名字是 lún dūn 吗?

伦敦：没错！

杰克：我得说，这是个不寻常的名字，也许没那么不寻常，但是很有意思，这个名字是从哪里来的呢？

伦敦：英格兰。

杰克：是的，我知道。我的意思是，你为什么叫这个名字？有什么特殊的原因吗？

伦敦：我爸妈就愿意这么叫我。你刚才是不是抽烟了？

杰克：那个……咱们还是进行下一个问题吧。

伦敦：没什么好心烦的，对吧？

杰克：我没心烦。

伦敦：嗯，可你听起来一点儿都不高兴。

杰克：我们还是先提问吧。你在银行上班，对吗？罪犯进入银行时，你正在柜台工作，对吧？

伦敦：罪犯？

杰克：银行劫匪。

伦敦：没错，"正确"。

杰克：你不用拿手比画。

伦敦：我不过是比画了一个上引号。你会把我说的全都记下来吧？希望你把"上引号"也标在我说的话上，这样读到记录的人就会明白我在反讽，否则他们会觉得我是个纯种的白痴！

杰克：那个叫双引号！

伦敦：你们这儿说话还带回声的啊？

杰克：我只是告诉你那种标点符号叫什么！

伦敦：我已经告诉你它叫什么了，你不用像回声那样重复一遍！

杰克：我说的跟你说的不一样！

伦敦：我听着全都是一样的！

杰克：请你务必更加严肃一点儿。你能告诉我抢劫的经过吗？

伦敦：听着，这事根本不算抢劫。我们是无现金银行，知道不？

杰克：拜托，请告诉我发生了什么事。

伦敦：你记下我的名字"伦敦"了吗？还是只写个"证人"？希望你写上我的名字，这事儿发到网上，我就出名了。

杰克：这件事不会发到网上的。

伦敦：每件事最后都会发到网上的。

杰克：我保证会写上你的名字。

伦敦：流弊。

杰克：什么？

伦敦："流弊"，你竟然不知道"流弊"什么意思？是"很好"的意思，明白了吗？

杰克：我知道这是什么意思。我只是没听清你说的话。

伦敦：我只是没听清你说的话……

杰克：你多大啦？

伦敦：你多大啦？

杰克：我只是觉得你太年轻了，不像是在银行工作的。

伦敦：我二十。其实，我就是个——临时工，因为没人愿意在新年的前两天工作。我打算学习当酒保。

杰克：当酒保还需要学习？

伦敦：当酒保比当警察难多了好吧。

杰克：当然，当然。现在能请你告诉我抢劫的经过了吗？

伦敦：上帝啊，你还能更烦人点儿吗？好吧，我给你讲讲那个"抢劫案"……

031

15

那是一个完全说不上来是什么天气的日子。斯堪的纳维亚半岛中部的冬天，总有那么几个周，天空根本没兴趣给我们留下任何印象，只会懒洋洋地呈现出像水坑里的报纸那种灰扑扑的颜色，黎明过后就会升起浓雾，活像有人点火烧着了一大群鬼魂。换句话说，这是个绝对不适合看房的日子，因为没人希望住在一个有着这种天气的地方。最重要的是，还有两天就是新年，什么样的疯子会在这样的日子看房？这种日子甚至都不适合抢银行，要是抢劫失手了，与其责怪抢劫犯，还不如说是天气的错。

不过，如果我们挑剔一点儿，按照严格的定义，这一天发生的事情其实算不上抢银行。不是说银行劫匪完全不打算抢银行，因为劫匪的目的就是抢银行，只不过这位劫匪错误地选择了没有现金的银行——"有现金"是实施银行抢劫的先决条件。

但这不一定是抢劫犯的错，更应该埋怨的是社会。倒不是说社会应该对迫使劫匪走上犯罪道路的社会不公负起责任（实际上社会应该负责，但这个跟我们正在讨论的事情没关系），因为近些年来，社会已经变成了一个让名不符实现象层出不穷的地方。曾几何时，银行就是银行，如今却出现了"无现金"银行，银行里没有钱，真的不是愚弄大众吗？当遍地都是无咖啡因咖啡、无麸质面包、无酒精啤酒的时候，也难怪人们会越来越糊涂，社会也越来越堕落了。

于是，不称职的银行抢劫犯走进了一家算不上银行的银行，在手枪的协助下，宣告了自己此行的目的。然而柜台后面坐着的是二十岁的伦敦，她深度沉迷社交媒体，社交媒体的一大功能就是瓦解人们的社交能力，以至于当她看到银行劫匪的时候，本能地喊出了声："你是不是个笑话？"（其实她的本意是想问"你是不是在开玩笑",却一下子说成了"你是不是个笑话"。可以看出,现在的许多年轻人缺乏对较为年长的银行劫匪的尊重。)银行劫匪像失望的老父亲那样瞟了她一眼,挥挥手枪,把事先准备好的纸条推了过去,纸条上写着:"这是抢劫!给我6500克朗!"

伦敦的整张脸都皱了起来,轻蔑地哼了一声:"六千五百克朗?你真的没漏掉几个零吗?再说了,这儿是无现金银行,你真打算抢劫无现金银行?你是不是个白痴啊?"

有些吃惊的劫匪咳嗽了一声,喃喃地嘟囔了几句有的没的,谁也听不清这家伙在说什么。伦敦两条胳膊往半空中一举,问:"那是真枪吗?真的手枪?我在电视上看到过,有个家伙,武装抢劫罪不成立,因为他用的不是真手枪!"

对话进行到这里的时候,银行劫匪感觉自己似乎已经很老了,尤其是眼前这个二十岁的柜员说起话来就像十四岁的小孩一样。她当然不止十四岁,但银行劫匪已经三十九了,所以对劫匪而言,十四岁和二十岁的差别倒也没那么大。正是这一点让劫匪觉得自己老了。

"嗨!能不能回答我的问题?"伦敦不耐烦地叫道。事后看来,朝蒙面持枪的银行劫匪大喊大叫显然非常欠考虑,但如果你了解伦敦这个人,就会明白这并不是因为她很蠢。她不过是个可怜人,没有真正的朋友,连社交媒体上都没有,所以把大部分时间都花在了解那些她不喜欢的名人的生活上,看到他们没能毁掉自己的人生,她会黯然神伤。银行劫匪进来的时候,她正忙着刷新网页,确认两个出名的演员究竟有没有离婚。她希望他们离婚,因为有时候知道别人也过得不开心,你自己的焦虑就会减轻一点儿。

尽管银行劫匪什么都没说,但他开始觉得自己很愚蠢,甚至悔不当初。毕竟无论怎么看,抢银行都显然是个令人震惊的白痴想法。银行劫匪决定跟伦敦道歉,然后离开,这样后来的一切或许就不会发生，但劫匪还没来得及开口，就听见伦敦大声宣布："听着，我要报警了！"

银行劫匪慌了，跑出了银行。

16

证人讯问记录（续）

杰克： 你能具体描述一下罪犯吗？

伦敦： 你是说抢银行的？

杰克： 是的。

伦敦： 那为什么还叫人家"罪犯"？直接说是"抢银行的"不就得了。

杰克： 你能具体描述一下银行劫匪吗？

伦敦： 怎么描述？

杰克： 你还记得他的外貌吗？

伦敦： 上帝，多么肤浅的问题！你的性别偏见就这么严重吗？

杰克： 抱歉。你能描述一下"那个人"是什么样子的吗？

伦敦： 就不用加什么上引号啦。

杰克： 恐怕必须得加。你能告诉我银行劫匪的外貌是什么样子的吗？比如说，"那个人"是矮个子的劫匪还是高个子的劫匪？

伦敦： 听着，我不会按照身高来形容别人。这样非常狭隘。我是说，我个子矮，我知道很多高个子的人有一种情结。

杰克： 什么？

伦敦： 也要尊重高个子的感受，你知道吧。

杰克： 好吧。我只能再次道歉。我来改一下这个问题：银行劫匪看起来像是个有情结的人吗？

伦敦：你为什么要那样搓眉毛？看着真瘆人。

杰克：对不起。你对银行劫匪的第一印象是什么？

伦敦：好吧。我的第一"印象"是"银行劫匪"看起来像个白痴。

杰克：你的意思是，性别偏见不能有，智商二元论就完全没问题？

伦敦：什么？

杰克：没什么。你是根据什么推断银行劫匪是白痴的？

伦敦：我收到一张纸条，上面写着"给我 6500 克朗"。你说谁会为了六千五百克朗抢银行？至少也得抢他个一千万什么的。如果你只想要六千五百克朗，那肯定有非常特殊的理由，对吧？

杰克：我得承认，我没想到这一点。

伦敦：你应该多想想，你考虑过这一点吗？

杰克：我会尽力的。你能不能看一下这张纸，然后告诉我你认不认得它呢？

伦敦：这个吗？看起来像孩子的画。画的到底是什么东西啊？

杰克：我认为是猴子、青蛙和马。

伦敦：那个不是马，是麋鹿！

杰克：你觉得是麋鹿？我所有的同事都说，它要么是马，要么是长颈鹿。

伦敦：等等。我收到一条消息。

杰克：不，别走神，伦敦——你觉得这是一头麋鹿？嘿！放下手机，回答问题！

伦敦：太棒了！

杰克：什么？

伦敦：老天有眼啊！老天有眼！

杰克：我不明白。

伦敦：他们可算是离了！

17

真相？真相在这里：银行劫匪是个成年人。再没有什么比这个事实更能揭示银行劫匪的个性了。因为步入成年的可怕之处在于，我们会被迫意识到，绝对没有人在乎我们。我们必须亲自处理所有事情，弄明白整个世界是如何运作的。工作、支付账单、用牙线、按时开会、规规矩矩排队、填各种表格、整理数据线和电源线、组装家具、换车胎、给手机充电、关咖啡机，还有，别忘了给孩子报游泳课。早晨一睁开眼，各种"别忘了"和"记住了"就如同雪崩，排山倒海而来，我们没有时间思考和呼吸，只能在"雪堆"里挖出一条活路，而第二天又会出现新的一堆。我们偶尔也会环顾四周，比如在工作场所、家长会或者马路上，惊恐地发现其他人似乎都知道自己在做什么，我们是唯一需要假装的人。他们买得起任何东西、有能力处理一切，甚至有精力应付更多，而且别人家的孩子都会游泳。

我们可能还没做好成年的准备，应该有人出来阻止我们的。

真相？真相是，银行劫匪跑到街上时，一个警察正巧经过。可后来的事实证明，那时候并没有警察搜寻抢劫犯，因为广播里还没发出警报，二十岁的伦敦虽然拨通了报警电话，但她和接线员一上来就互相把对方气了个半死，浪费掉不少时间。（伦敦报警说发生了银行抢劫案，接线员问："什么地方？"伦敦提供了银行的地址，接线员问："你们不是无现金银行吗？为什么有人会去那里抢劫？"伦敦说:"对啊。"接线员:"对什么?"伦敦:"什么'对什么'?"接线员:"是你先说'对'的!"伦敦叫道:"不,是你先……"然后两个人就吵了起来。)后来,事实证明,劫匪在街上看到的那个"警察"并非警察,而是交通督导员,要不是劫匪的心理压力太大,始终在注意周围,很可能早就想出了不一样的逃跑策略,这个故事也会变得简短许多。

然而,银行劫匪冲进了自己可以进去的第一扇门,它通向一个楼梯间,除了上楼以外没有其他的选择。顶层有套公寓的门敞开着,于是劫匪闯了进去,气喘吁吁、汗流浃背,戴着传统的银行抢劫犯常戴的滑雪面罩,不过面罩戴得有点儿歪,只有一只眼睛能看到东西。银行劫匪注意到,门厅里摆满了鞋,公寓里到处是没穿鞋的人,其中一个女人看到手枪,哭叫起来:"噢,上帝啊,我们被抢劫啦!"与此同时,银行劫匪听到楼梯间传来匆忙的脚步声,以为上来了一个警察(其实是邮递员),在别无选择之下,银行劫匪关上门,枪口对着人们乱晃,大声嚷道:"不……不,这不是抢劫……我不过是……"劫匪喘着粗气想了想,又改了主意:"好吧,也许就是抢劫!可你们不是受害者!更像是人质!非常抱歉!我这一天过得实在是太复杂了!"

银行劫匪显然有自己的道理。这里并没有为抢银行的罪犯辩护的意思,但他们也有工作不顺心的时候。说老实话,刚刚跟二十岁的小青年打完交道,无论是谁都或多或少都有拔枪的冲动吧?

几分钟后,大楼前的街道出现了记者和摄像机,随后来的是警察。大多数记者来得比警察早,但这个事实绝对不能被理解为前者和后者的专业能力存在差异,具体放到这件事情上来看,只能说明警察还有更重要的任务需要完成,而记者有更多的时间浏览社交媒体——那个在"不是银行的银行"上班的年轻女人,显然更擅长发推特，而不是打电话。她在社交媒体上宣称，透过银行的巨大前窗，她看到抢劫犯闯进了街道另一侧的建筑物。那个时候警方还没接到消息，直到邮递员在楼梯间看到银行劫匪，打电话给他的妻子，他妻子恰好在警察局对面的咖啡馆，于是她跑到马路对面报了警：说是有个戴滑雪面罩、似乎举着一把手枪的男人，闯进了某座公寓楼的看房现场，把房产经纪人和潜在买家们关在了房子里。这就是银行劫匪抢劫银行不成，进而搞出劫持人质闹剧的经过。生活不会总是如你所愿。

就在银行劫匪关上公寓大门的时候，一张纸从劫匪的外套口袋里掉了出来，飘进楼梯间，那是一张孩子的画，画的是猴子、青蛙和麋鹿。

不是马，也绝对不是长颈鹿。这很重要。

即使二十岁的年轻人常常犯下许多错误（那些不是二十岁的人大概都会同意，多数二十岁的人经常犯错，以至于其中的一多半在回答"是"或"否"的二选一问题时，错误率高达四分之三），这个二十岁的人却说对了一件事：一般的银行抢劫犯会狮子大开口，尽量多抢，比如走进银行，大喊："给我一千万，否则我就开枪啦！"可假如一个人拿着枪，紧张兮兮地来到银行，明确表示自己只需要六千五百克朗，很可能是出于一个特殊的缘由才这么做的。

或者两个。

18

十年前那个桥上的男人和闯进看房现场劫持人质的银行劫匪没有半毛钱的关系，两人也从来没见过面。他们唯一的共同点，就是都遇到了"道德风险"。当然,"道德风险"是个银行术语,用来描述金融市场的运作方式。银行显然是个非常不道德的组织,以至于说他们"缺德"都不足以消解我们的心头之恨。我们需要一种方式来描述"银行缺德"这个事实,提醒大家银行就是风险的化身,所以才有了这样的术语。桥上的男人把他的钱给了银行,让他们进行"安全投资",因为当时所有的投资都是安全的。然后那个人用这些安全的投资作为贷款的担保,用新的贷款还清旧的贷款。银行告诉他:"大家都是这么做的。"男人想:"他们是专家,说得准没错。"后来,突然有一天,没有什么是安全的了。在金融市场上,这叫"危机",银行开始"崩溃",其实真正崩溃的是人,银行还在那里,金融市场也不会心碎,它压根就没有心。心碎的是桥上的男人,他付出毕生积蓄,却换来债台高筑,没人能解释这是怎么回事。他质问银行,当初为什么承诺"完全没有风险",银行抱着胳膊,振振有词:"没有什么是完全没有风险的,你应该知道自己在干什么,你不应该把钱给我们的。"

因为这家银行败光了他的全部积蓄,男人去另一家银行借钱还债。他告诉第二家银行,如果借不到钱,他的生意会倒闭,然后无家可归,可他还有两个孩子。第二家银行点点头,表示非常理解,但一个在那里工作的女人告诉他:"你遇到的那个东西,我们叫它道德风险。"

男人不明白,于是女人解释说,道德风险是"协议中的一方受到保护时,其自身行动带来的负面后果"。男人还是不明白,女人叹了口气,说:"两个白痴一起坐在快要断掉的树枝上,靠近树干的那个手里拿着锯。"男人茫然地眨眨眼睛,女人扬起眉毛说:"你是离树干远的那个白痴,银行打算锯断树枝、保住自己。因为银行自身没有损失一分钱,损失掉的只有你的钱,因为你是那个让他们拿锯的白痴。"说完,她冷静地整理好男人带来的文件,交还给他,告诉他,她不会批准任何贷款。

"但是他们亏掉了我所有的钱,这不是我的错!"男人大叫。

女人冷冷地看着他,说:"就是你的错。你不应该把你的钱给他们。"

十年后,银行劫匪走进那套有人看房的公寓。这位劫匪从来没有过那么多的钱,所以没机会聆听银行里的女人谈论什么"道德风险",但银行劫匪的母亲过去常说,"如果你想逗笑上帝,就把你的计划拿给祂看"。第一次听到她这样说时,银行劫匪只有七岁,接受这样的残酷教育似乎为时过早,因为这句话几乎等同于"人生之路有很多条,但大部分都是错误的"。可即使是七岁的孩子也能明白这一点,他还知道,哪怕妈妈口口声声说她不喜欢制订计划,从来没打算喝得醉醺醺的,她仍然有可能喝醉,甚至经常这样,以至于很难说是"凑巧"喝醉的。所以七岁的孩子发誓,永远不沾烈性酒,永远不成为大人,不过,后来这孩子只做到了一半。

同一年的平安夜到来之前,这个七岁的孩子理解了什么是"道德风险"。当时,妈妈又喝醉了,跪倒在厨房的地板上,摇摇晃晃地抱住孩子,抖了孩子一脑袋烟灰。她带着哭腔颤声说:"别生我的气,也别对我大喊大叫,这其实不是我的错。"孩子起初不理解她的意思,随后慢慢意识到,这可能跟最近的一件事情有关系:过去的一个月里,孩子每天放学后都会卖圣诞节的杂志特刊,把赚来的钱都给了妈妈,好让她买过节的食物。孩子看着妈妈的眼睛,它们闪耀着酒精和泪水的光芒,混杂着醉意和自我厌恶。她抽泣着抱紧孩子,低声说:"你不应该给我钱的。"这是她对孩子做过的最接近于道歉的举动。

时至今日，银行劫匪依然常常想起这件事。并非因为这段经历有多么不堪，而是实在不能理解，为什么自己始终无法真正去恨母亲，仍然觉得这不是她的错。

第二年二月，母亲和孩子被赶出了公寓，银行劫匪又发了一个誓，决心永远不做父母，尤其是那种糟糕的父母，付不起账单，甚至不知道要带着孩子住在哪里。

看到银行劫匪的计划，上帝笑了。

桥上的男人给银行里的女人写了一封信，就是她给他讲了什么是道德风险。他把自己希望她听到的话写在信里，然后跳了下去。银行里的女人把这封信装在挎包里放了十年。后来，她遇到了银行劫匪。

19

吉姆和杰克是第一批抵达公寓楼外面的警察，但这并不能证明他们的权限有多大，也无法说明镇子的面积有多小：只是因为周围没有太多警察，尤其是在新年的前两天。

当然，新闻记者们已经在那里了——他们也有可能是好奇的本地人和围观者，只是看起来像记者而已，因为这年头人人都拍视频、照相，以这种方式记录生活，仿佛谁都能组建一个电视台。他们全都期待地看着吉姆和杰克，好像警察就应该知道接下来会发生什么。可他俩根本不知道。这个镇上从来没有人劫持过人质、抢过银行，尤其是现在银行里已经没有现金了。

"你觉得我们该怎么做？"杰克问。

"我？我不知道，真不知道。你平时不是很有主意的吗？"吉姆坦率地回答。

杰克沮丧地看着他。

"我从没遇到过劫持人质案。"

"我也是,儿子。可你不是上过那门课吗?听力什么的?"

"'积极聆听'。"杰克喃喃地说。当然,他上过那门课,但现在很难想出它有什么用。

"嗯,它没教过你怎么和劫持人质的人对话吗?"吉姆鼓励地点点头。

"教过,但是得有人说话才能聆听。我们怎样才能联系上银行劫匪?"杰克说。因为他们没收到任何消息,也没人向他们索要赎金。什么都没有。另外,他不禁想到,如果"积极聆听"这门课真的像老师说的那么好,他早就交到女朋友了。

"我不知道,我真的不知道。"吉姆承认。

杰克叹了口气。

"你当了一辈子警察,爸爸,肯定有这方面的经验吧?"

吉姆自然会尽最大努力展现自己富有经验,想想父亲们是多么喜欢教儿子做事就知道了。因为一旦我们没有什么可以教给孩子,就意味着从那一刻开始,他们不再是我们的责任,我们反而成了他们的责任。所以做父亲的清了清嗓子,转身拿出手机。他在原地站了好一会儿,暗自祈祷儿子不要问他在干什么。

"爸爸……"杰克在他背后说。

"嗯。"吉姆说。

"你是不是在谷歌'遇到劫持人质该怎么做'?"

"也许吧。"

杰克哀叫着弯下腰来,手掌按在膝盖上,无声地对自己咆哮。

因为他知道上级和上级的上级很快就会打来电话,说出一些他最不想听到的话:"也许我们该向斯德哥尔摩寻求帮助?"当然,杰克想,我们这些小镇上的乡巴佬又能做什么呢?他抬头瞥了一眼那座公寓的阳台,银行劫匪和人质都困在里面。杰克暗自骂了一句,他需要一个突破口,能够建立联系的突破口。

"爸爸?"他叹了口气,终于开了腔。

"什么,孩子?"

"谷歌上是怎么说的?"

吉姆大声念了起来:"必须首先搞清楚劫持人质者是谁、他想要什么。"

20

劫匪抢银行。想象一下那一幕。

这件事显然与你无关,跟那个男人跳桥的事类似。因为你是个体面的普通人,所以你不会抢银行。所有的普通人都一致认为,无论在什么情况下,有些事永远不能做。不能说谎,不能偷东西,不能杀人,不能扔石头打鸟。我们都同意这一点。

也许天鹅除外,因为天鹅其实是擅长被动攻击的小浑蛋。不过除了天鹅,别的鸟是一律不能打的。而且你不可以说谎。除非……好吧,有时候你不得不说谎,这是自然,比如当你的孩子问:"这儿怎么有巧克力味儿?你是不是在吃巧克力?"但你绝对不能偷东西或者杀人,在这方面我们可以达成共识。

好了，无论如何都不能杀人。大多数情况下，你甚至连天鹅都不能杀，即使它们是浑蛋，不过你可以杀死站在森林里的有角动物。用来做成培根的动物也可以杀。但是，绝对不能杀人。

除非他们是希特勒。你可以杀希特勒，假如你有一台时间机器和杀死他的机会的话。因为这是通过杀一个人来拯救几百万别的人，还能免除世界大战，任何人都可以理解。不过，你得救下多少人，才有资格杀死一个人？一百万？一百五十万？两个人？一个？一个都不救？这个问题显然没有确切答案，因为没人答得上来。

让我们举一个更简单的例子：可以偷东西吗？不，绝对不行。大家都同意。除非你偷的是某个人的心，因为那是浪漫。或者偷了某个在派对上吹口琴的家伙的口琴，因为这是为大家的耳朵着想。还有，要是你真的必须偷点儿什么小东西的话，大概也是可以的。但这是否意味着可以偷稍微大一点儿的东西呢？谁来决定"大一点儿"是大多少？假如你真的不得不偷，那么这个"不得不"需要达到何种程度，才能让偷窃的行为合理化？换言之，如果你认为自己"不得不"抢银行，而且不会有人为此受到伤害，那么这样做就没问题了吗？

不，当然有问题，而你之所以会这么想，是因为你从来没抢过银行，无法和抢劫犯共情。

也许恐惧除外。某些时候，你可能会觉得非常害怕，而银行劫匪也会害怕，这可能是因为劫匪家里也有小孩，所以有很多机会练习害怕。也许你也有孩子，在这种情况下，你会意识到，自己一直在害怕，害怕自己什么都不懂，没有能力应付所有的事。实际上，我们最终会习惯失败，每当我们没有让孩子失望时，反而会暗自震惊。有的孩子可能会意识到这一点，所以他们经常在某些特殊的时刻做些微不足道的小事，使我们振作起来，制造一点儿浮力，让我们不至于淹死。

那天早晨，银行劫匪穿上外套出门时，并不知道外套口袋里塞着那幅有青蛙、猴子和麋鹿的画。把它塞进去的是画这幅画的小女孩，她有一个姐姐，有人说，姐妹之间总会吵个不停，但这对姐妹不是这样，她们甚至几乎没吵过架。妹妹可以在姐姐的房间里玩，姐姐从来不会对她大喊大叫，妹妹也从来不会故意破坏姐姐喜欢的东西。姐妹俩很小的时候，她们的父母曾经小声说："我们不配有这么好的孩子。"他们说得对。

现在这对父母离婚了，最近几周轮到其中一位带孩子。这一天，姐妹俩坐在车里听早间新闻，新闻里说到的正是父母中的另一位，但她们还不知道对方成了银行抢劫犯。

在跟着抢劫犯生活的那几周，女孩们会乘公共汽车上学，她们喜欢坐公交，还和抢劫犯一起编排了许多关于前排座陌生人的故事。那边那个男的，可能是消防员，抢劫犯低声说。他或许是外星人，小女儿说。然后轮到大女儿了，她非常大声地说："那个人可能是通缉犯，他杀了人，把他们的脑袋搁在自己的背包里，谁知道呢？"然后坐在附近的一个女人就开始不舒服地摇晃起来，女孩们咯咯地笑出了声，最后笑得喘不过气来。作为家长的抢劫犯只好拉下脸来，假装这根本不好笑。

他们几乎总是很晚才到公交车站，每次都会跑着穿过那座桥，车站就在桥的另一侧，姐妹俩会笑着尖叫："麋鹿来啦！麋鹿来啦！"因为抢劫犯的腿很长，跟身体不成比例，所以跑起来时显得很有趣，像一头麋鹿。女孩们出现之前，没有人注意这一点，从孩子的视角看到的人体比例是不一样的，或许因为他们总是从下方注视我们，那是我们看起来最丑的角度。这可能也是他们很容易变成小恶霸的原因，这群机灵的小怪物总能抓住我们最大的弱点，可即便如此，不管遇到什么情况，他们几乎总是能原谅我们。

这是为人父母所能遇到的最大的怪事，无论你是不是银行劫匪，哪怕做过更出格的，孩子依然会爱着你。就算你快要死了，孩子也不会埋怨你不够聪明、不够有趣、没法长生不老。也许是生物学因素决定了一定年龄之前的孩子会无条件地爱自己的父母，理由非常简单：你属于他们。生物学真的是太机智了，我们必须承认。

银行劫匪从来不叫两个女儿的真名，在你属于别的什么人之前，你是不会注意到这一点的：给孩子取名字的人是我们，最不愿意用这些名字的人也是我们。我们会给自己爱的人起绰号，爱要求我们给孩子取一个独属于我们的称呼。所以银行劫匪根据姐妹俩六年前和八年前在妈妈肚子里的表现想出了独特的绰号，其中一个女孩似乎总在里面跳来跳去，另一个却像在爬树，所以一个是青蛙，一个是猴子。麋鹿会为她们做任何事情，哪怕是百分之百的蠢事。也许在这方面，你可以和银行劫匪找到共鸣。你的人生中很可能也有你愿意为之做出各种蠢事的人。

但是，即使如此，你恐怕也绝对不会去抢银行。当然不会。

可你是否曾经恋爱过？几乎每个人都有过这样的经历。爱情会让你做出很多荒唐事，比如结婚、生孩子、扮演幸福的一家人，拥有幸福的婚姻。你也有可能觉得不快乐，但这并不稀奇，在婚姻里面很常见，因为一个人不可能一直都开心，开心的程度也参差不齐，而且有时候根本没时间开心。通常情况下，我们只是在过日子而已。你的生活或许也是这样，可你也会有受够了的时候，比如某天早晨，你醒来之后发现自己成了孤家寡人，那个和你结婚的人背叛了你，对方的谎言被你识破……总之，这就是银行劫匪的遭遇，就算你没经历过背叛，也足以体会到这件事会对一个人造成多么大的打击。

尤其是这并非对方一时冲动，而是长期出轨，你需要面对的除了不忠，还有欺骗。不忠说明对方没把你放在眼里，长久的欺骗意味着经年累月的谋划，这是最让人难以接受的，此前不曾在意的无数蛛丝马迹都成了明晃晃的讽刺，甚至找不到一丁点儿自我安慰的理由——你或许可以把它归咎于寂寞或者欲望，"你总是在工作，我们没有相处的时间"。但如果对方的解释是："呃，既然你真的想听实话，我的出轨对象是你老板。"那就不再有挽回的余地，因为这意味着你的被迫加班和婚姻失败竟然有着同样的缘由。当你离婚后的第一个周一回去上班时，你的老板说："呃，既然卷入过这件事的人再见面会很不自在，所以……你最好还是不要在这里工作了。"上星期五你还是有班上的已婚人士，下星期一你就成了无家可归的无业游民。你会怎么办？跟律师谈谈？起诉某个人？

不行。

因为有人告诫银行劫匪："为了孩子好，还是忍了吧，别把事情闹大。"所以，不想成为坏父母的银行劫匪认栽了，忍气吞声地搬出公寓，离开工作的地方。为了孩子，也许你也会做同样的事。青蛙说，她听见公交车上的一个大人说"爱会伤人"；猴子说，我知道为什么你画爱心的时候会给它加上一个锯齿边了。要怎么跟这两个孩子解释什么是离婚呢？怎么告诉她们什么是出轨呢？怎样才能避免她们从小就成为愤世嫉俗的人？恋爱固然是奇妙、浪漫、令人心跳加速的……可恋爱跟爱不一样，对吧？有必要一样吗？恐怕谁也受不了年复一年的头昏脑涨、心跳加速吧？沉迷恋爱会让你无暇他顾，忘掉你的朋友、你的工作、你的午餐……甚至有饿死的危险，所以你得拿出理智的态度看待它。问题在于一切都是相对的，幸福建立在期望之上，况且我们现在有了互联网——网上不断有人在以各种方式发问：你的生活像我的一样完美吗？嗯？怎么样？现在呢？

你的生活能比得上这个吗？要是比不上，还不赶快改变它！

当然，事实上，如果人们真的像他们在网上表现得那么开心，就不会把那么多该死的时间花在互联网上了，因为没有谁会在真正度过愉快的一天时，还能想着拿出半天的时间自拍。只要拥有足够的肥料，任何人都可以给生活营造虚假的光鲜氛围，所以，假如对面邻居家的草坪看起来更绿，很可能是因为那边的狗屎更多。我们现在知道，每一天都应该是特别的，当然，区别不用那么大，关键在于每天都不重样。

突然之间，你发现自己只是和别人住在一起，而不是一起生活。两人中的某一个可能很久都发现不了婚姻里的问题，总觉得还不错，或者至少不比其他人差。但事实证明，有些人想要更多，不愿意过一天算一天，而另一方只知道上班、回家、上班、回家、上班、回家，两点一线，努力讨好伴侣和老板，结果发现伴侣和老板早就搞在了一起。

"彼此相爱，直到死亡使我们分开"这不是大家常说的吗？伴侣之间不是以此许诺吗？还是我记错了？"彼此相爱，直到我们中的一个觉得腻了。"也许该这样说才对？

现在，猴子、青蛙、银行劫匪的前任和银行劫匪的前老板生活在他们原来的公寓里，银行劫匪住在别的地方——因为这套公寓只登记在对方名下，银行劫匪也不想把事情闹大，引起混乱。但假如没有工作或者任何积蓄，是很难在镇子的这个区域找到房子的，其他镇子的其他区域也不行。银行劫匪组建家庭时之所以没把自己的名字写在共有房产上，是因为从来没想过有一天会失去这一切。离婚固然会让人觉得，自己一直以来为这段婚姻奉献出的时间形同白费，但它对人伤害最大的地方在于，它会偷走你所有的未来计划。

"买房是完全不可能的，"银行劫匪说，"因为谁会把钱借给没有钱的人？人们只会把钱借给其实并不需要借钱的人。""那么我住哪里？"银行劫匪问。"你得租房。"银行说。可要在这个镇上租房，假如没有工作，你必须另外支付四个月的房租作为押金，搬走时这笔押金会退给你。

然后，律师寄来一封信。信上说，猴子和青蛙的另一位家长决定申请子女的唯一监护权，因为"目前情况下，其他监护人没有住房和工作，生活难以为继，所以我们必须为孩子考虑"。

另一位家长还发来一封电子邮件，说："你需要拿走你的东西。"这句话的意思是：你的前任和前老板已经把好东西挑走了，你把剩下的垃圾带走吧。这些垃圾已经打好了包，搁在地下室的储藏间。你还能怎么办？也许该等夜深人静的时候过去拿，以免碰到邻居，可你现在无家可归，这些东西也没有地方放。不过，反正你也没地方住，天又开始冷了，不如在地下室的储藏间凑合一下。

邻居家的地下室储藏间恰好忘了上锁，里面有个箱子放着毛毯，于是银行劫匪把毛毯借来取暖，不知何故，毛毯底下有一把玩具手枪，劫匪决定拿着这把枪睡觉，免得疯狂的小偷半夜破门而入，至少可以吓唬对方。然后你开始哭，因为意识到自己才是疯狂的小偷。

第二天早上，你把毯子还回去，但是留下了玩具枪，因为你不知道这天晚上去哪里睡觉，它可能会派上用场。朝不保夕的日子就这样持续了一周，浑浑噩噩的你可能无法形容自己的感受，但是偶尔也有对着镜子发呆的时候，那时你会想：生活不应该是这样。你吓坏了，所以某天早晨，你做出孤注一掷的决定。好吧，不是你，是银行劫匪，假如换成你，你当然会有别的选择，比如争取法律方面的权利，请律师打官司什么的。可是银行劫匪不想当着女儿们的面把事情闹大，不愿成为那种唯恐天下不乱的父母，劫匪的想法是："假如有机会，我要找到一个在不打扰她们的情况下解决问题的办法。"

后来，劫匪找到一套离猴子和青蛙住的地方很近的小公寓，就在桥边，经过重重转租，每个月的租金加到了六千五百克朗，劫匪想：要是我能先租上一个月，就有时间找工作了。有工作，有地方住，他们就不能抢走我的孩子。于是劫匪清空了银行账户，卖掉所有能卖的东西，终于凑齐了一个月的房租。这一个月的每天晚上，躺在床上的劫匪都在苦思冥想下一个月的房租要从哪里来，三十天过去了，还是一筹莫展。

如果换成你，也许会寻求当局的帮助，你当然会这么做。但来到救济办公室门外的劫匪想起了母亲，想起自己曾经坐在木头长凳上，指缝里夹着一张带编号的标签，想起一个孩子可以为了父母撒何种程度的谎。你无法强迫自己的心突破底线。拥有一切的人总以为，阻止了一无所有的人开口求助的是骄傲，这是前者对后者最愚蠢的误解。骄傲恰恰是最不可能的原因。

酒鬼擅长说谎，但他们的孩子更擅长，因为酒鬼的子女往往不得不找借口掩盖某些事实，想出的理由不能过于古怪或者令人难以置信，必须稀松平常到让人懒得怀疑。比如，酒鬼的孩子的作业本永远不会被狗吃掉，他们只不过是把书包忘在了家里；他们的妈妈没来开家长会，绝对不会是因为被忍者绑架了，而是必须加班，孩子不记得她在哪里工作，因为她只是个临时工；爸爸走了，是妈妈在尽全力养活这个家，你知道的。银行劫匪小的时候，很快就掌握了这种免除后续问题的套路。有一回，劫匪的母亲捏着点燃的香烟睡着了，结果烧掉了家里唯一的房子。她还会偷超市的圣诞火腿……幼小的劫匪清楚，假如救济办公室的那个女人知道了母亲的这些劣迹，可能会强迫自己和她分开。所以，当超市保安过来的时候，劫匪会从母亲那里拿过火腿，撒谎说："这是我拿的。"没人会因为一个孩子而报警，尤其是圣诞节期间，所以他们让劫匪跟着母亲回了家，虽然饿着肚子，但总比一个人回去要好。

如果你也曾经是这样的孩子，长大后又有了自己的孩子，你永远都不会让他们受到这种伤害。无论在什么情况下，都不能让他们学会如此说谎，你会这样发誓。你也不会去什么救济办公室，因为害怕他们会把孩子从你身边夺走。你会接受离婚条件，放弃挽回住房和工作的权利，因为你不希望孩子们看到父母变成仇敌。你会尝试自己解决所有问题，运气好的话还能找份工作，虽然没法靠它过上舒适的生活，但是可以生存一段时间。你需要的只是一个机会。然而他们告诉你，第一个月的工资会被扣留，你必须干满两个月，他们才会支付第一个月的工资，好像第一个月你不需要钱也能活下去似的。

为了第一个月的生活费，你去银行要求贷款，但银行说这不可能，因为你找到的只是临时工作，可能随时被解雇，到时候他们去哪里要债？你身无分文，不是吗？你试着跟他们解释，要是你有钱，就不会需要贷款了，但是银行看不到其中的逻辑。

所以你会怎么做？你努力了。也许是竭尽全力。这时候律师又寄来一封威胁信，你不知道该怎么办、该去找谁，你只是不想把事情闹大。早晨，你照常赶到公交车站，以为女儿们不会看出你心情低落，可她们看出来了，还想靠卖杂志帮你赚钱。把她们送到学校之后，你一个人跑进小巷子，坐在人行道边上哭了起来，因为你的脑子里不断回旋着一句话："你们不应该爱我的。"

你一辈子都在提醒自己，要学会应付一切，不能成为一个混乱的人，不必祈求帮助。可是平安夜到了，你在孤独绝望中苦苦挣扎，因为女儿们会来和你一起过新年。新年的前两天，你把律师寄来的最后一封信揣进口袋，就是这个律师想把孩子们从你身边带走。你的口袋里还有一封房东寄来的信，上面说，如果今天不交房租，就要把你赶出去。现在，没有什么能阻止你走极端，更何况你还有了一个非常糟糕的主意。你发现那把玩具枪很像真枪，你在一顶黑色羊毛帽子上挖了几个洞，套在头上挡住脸，你走进那家因为你没钱而不借给你钱的银行，你告诉自己，你只需要六千五百克朗交房租，等你有了钱，就马上还回去。怎么还？比你更有头脑的人或许会问，但是……好吧……你可能从来没想过那么远，也许你还是应该戴着滑雪面罩、拿着玩具枪回到银行，把钱还给他们。因为你只需要一个月，只需要一个理顺一切的机会。

后来有人发现，那把该死的玩具枪之所以看起来很逼真，因为它就是真枪。楼梯间的地面上有一张画着麋鹿、青蛙和猴子的纸，在微风吹拂下轻轻颤动。顶层的那套公寓里，有一块浸满鲜血的地毯。

生活本来不应该是这样的。

21

那不是炸弹。

那是一盒圣诞彩灯，有位邻居把灯泡串起来挂在自家阳台上。他本来打算等新年过后再把它们收起来的，但后来他和妻子吵了一架，因为她觉得："灯泡的颜色有点儿多，不是吗？别人家都用白色的灯泡，我们为什么要用这么多彩色灯泡？还一闪一闪的，把家里弄得像个妓院。"他忍不住嘀嘀咕咕地说："你去过有一闪一闪小彩灯的妓院吗？"妻子扬起眉毛，出其不意地拷问道："这么说你去过妓院？要不然怎么这么了解妓院是什么样的？……"最后他走到阳台上，关掉了该死的彩灯，这场争吵才结束。但他不愿意费事把箱子搬进地下室的储藏间，所以就把它们留在了公寓门外的楼梯平台上，然后和妻子去了她的父母家庆祝新年，继续争论妓院的事。装彩灯的箱子留在门外，摆放的地方恰好就在银行劫匪劫持人质那套公寓的楼下。故事的开头，邮递员走上楼梯时，突然看到拿着武器的银行劫匪闯进了大门敞开、供人看房的公寓，邮递员吓了一大跳，慌里慌张地往楼下跑，结果被装彩灯的箱子绊了个趔趄，还把箱子里的一根电线给带了出来。

这箱东西看起来不像炸弹，实际上也并非炸弹，就是一箱被翻乱了的圣诞彩灯而已。可高度戒备的吉姆看到它时，却觉得它可能就是炸弹，尤其对只听说过炸弹却没见过真东西的人来说，那就更像了。对没见过妓院的人而言，道理也是一样的。又比如说，一个怕蛇的人坐在马桶上，突然感到后背蹿过来一小股凉气，八成会自动联想到——"有蛇!"当然，这样的推断既不合逻辑，也没有道理，但假如各种奇奇怪怪的恐惧症既符合逻辑又很讲道理的话，就不能叫作恐惧症了。比起圣诞彩灯，吉姆显然更怕炸弹，而且你的大脑和眼睛有时也会打架，这或许就是老警察把彩灯当成炸弹的原因。

所以，两个警察一直在街上站着，守着可能有炸弹的公寓楼。吉姆在谷歌上查资料，杰克给公寓的卖家打电话，打听公寓里大约会有多少看房的人。卖家是个年轻的妈妈，跟家人住在另一个城镇，她说这套公寓是自己继承来的，她已经很久没来这边看看了。对于看房的详细情况，她一无所知，"完全由房产经纪人负责"。然后杰克打电话给警察局，跟去那儿报警的咖啡厅的那个女人通话，她是看见劫匪的那个邮递员的妻子。遗憾的是，杰克没得到多少线索，只听说银行劫匪"蒙着脸，小矮个。但也不是很矮，只是一般矮！也许不能说矮，只能说个头一般！至于什么叫'一般'？我也说不准"！

根据这一点点信息，杰克试图制订一个计划，可没等有什么进展，他的上级就来电话了——因为杰克没能马上向上级提交一份计划——电话里说，上级已经给上级的上级打了电话，对方又联系了上级的上级的上级，所有的上级一致同意，最好的办法就是立刻请求斯德哥尔摩派人支援。只有杰克不同意这么做，因为他平生头一次想要自己处理好这样的事。他建议上级派他和吉姆进入楼梯间，到楼上的那套公寓里去，看看能不能跟银行劫匪搭上话。尽管疑虑重重，上级们还是同意了，因为杰克是那种受到其他警察信任的警察。不过，站在一旁的吉姆听到电话里传出上级的咆哮，说他们应该——"非常非常小心，确保楼梯间里没有炸药和别的什么垃圾，因为这件事可能不止跟劫持人质有关，还可能涉及恐怖活动！你们见没见过携带着可疑包裹的人？还有留着大胡子的家伙？"杰克听了没当回事，因为他还年轻，但吉姆非常在意，因为他是做父亲的。

电梯坏了，于是他和杰克走了楼梯，爬楼的过程中，他们敲响了沿途的每一扇门，察看是否还有待在公寓楼里的邻居。没有人在家，因为这是新年的前两天，该上班的都得上班，不用上班的出门做更好的事了，其余的人不知是听到了警笛，还是从阳台上看到了记者和警察，总之他们纷纷跑到了楼下，看看出了什么事。（他们中的有些人其实是担心大楼里有蛇，因为最近网上有传言说，附近城镇的某座公寓楼的厕所里出现了一条蛇，由此可以推测，一座公寓楼里出现蛇的概率差不多与出现劫持人质事件的概率相当。）

爬到楼梯平台上搁着装圣诞彩灯和电线的箱子那一层时，杰克和吉姆看到了箱子，吉姆害怕极了，一下子闪到了腰（这里需要注意的是，吉姆最近打喷嚏时已经闪到过一次腰，这回竟然又闪了一次），但他还是忍住疼痛，猛然把杰克往身后一拉，从牙缝里喷出气来说："炸弹！"

杰克以做儿子的特有方式翻了个白眼，说："那不是炸弹。"

"你怎么知道的？"吉姆狐疑地问。

"炸弹不是那样的。"杰克说。

"也许人家制造炸弹的就打算这么迷惑你呢。"

"爸爸，冷静点儿，那个真的不是……"

假如杰克是别的同事，吉姆很可能早就催促对方继续爬楼了，也许这就是有人觉得父子之间不适合做同事的原因。他对儿子说："不，我要给斯德哥尔摩打电话。"

因为这个，杰克永远都不会原谅他。

上级和上级的上级——总之就是那些比他们权力大的家伙——立刻命令两个警察回到街上，等待支援。然而即便是在大城市，支援都很难马上来到现场，因为谁会在新年的前两天抢银行？还跑到看房现场劫持人质？"还有，谁又会在新年的前两天安排客户看房？"两个警察的某位上级心想。一群警察拿着对讲机互相掰扯了一通之后，一位斯德哥尔摩的谈判专家给杰克打来电话，说由他来负责整个行动，他正在车上往这边赶，还有几个小时才能到——但杰克必须知道，在谈判专家抵达之前，对方究竟希望他怎么"遏制局势"。听谈判专家说话的口音，那家伙绝对不是斯德哥尔摩来的，不过这倒没关系，因为如果你问吉姆和杰克，他们会说，"斯德哥尔摩人"这个身份只是某种心态的象征，而不是地理来源的界定。"不是所有白痴都是斯德哥尔摩人，但所有斯德哥尔摩人都是白痴。"警察局的人经常这么说。这显然极其不公平，因为白痴有可能变得不那么白痴，斯德哥尔摩人却没法变成非斯德哥尔摩人。

跟谈判专家谈过之后，杰克甚至比他上次和宽带客服打交道时还要生气，而吉姆感到自己责任重大，因为儿子现在还没有机会证明他有能力逮住银行抢劫犯。因此，这一天余下来的时间里，父子俩做出的选择完全是由这两种不同的感受决定的。

"抱歉，儿子，我不是故意的……"吉姆怯怯地说，他不知道该怎么说，因为他不想告诉儿子，假如自己不是杰克的父亲，很可能也会认为那箱东西不是炸弹，但做父亲的绝对不愿意拿自己的孩子冒一丁点儿风险。

"先别说这个了，爸爸！"杰克不高兴地说，因为他又跟上级的上级打起了电话。

"你想让我怎么做？"吉姆问，因为他需要被人需要。

"你先把住在旁边公寓的人找来，跟他们了解一下情况，都怪你刚才大声喊'炸弹'，结果把这座楼里的住户全都吓跑了！"杰克咬牙切齿地说。

吉姆垂头丧气地点点头，开始在谷歌上查电话号码，首先查的是住在他发现"炸弹"那层楼的公寓主人的号码。电话接通后，一个男人回答说，他和妻子都不在家，这个时候他妻子不耐烦地在旁边叫道："谁的电话？"男人冲她喊回去："妓院打过来的！"吉姆怕吓着他，没有提炸弹的事，所以那个男人也不会跟吉姆说："别担心，楼梯平台上的那个箱子里装的是圣诞彩灯，不是炸弹。"假如是这样，故事又会是另一个走向了。既然吉姆没提炸弹的事，因此那个男人只是问："还有别的事吗？"吉姆连忙回答："没了，没了，就是这些。"谢过对方之后，他挂了电话。

然后他给顶层公寓的住户打电话，这一户跟发生劫持人质事件的那套公寓在同一层楼，户主是一对二十出头的小情侣，正在闹分手,而且已经各自搬出去住了。"这么说,你们的公寓现在没人住?"吉姆问,他暗自松了一口气,分别跟两个人谈了谈。这对小情侣似乎觉得,把他俩分手的原因告诉老警察是天经地义的,所以吉姆听他们每人絮叨了一遍。原来,他们分手的理由是,其中一个觉得另一个的鞋太丑,另一个嫌这一个刷牙的时候流口水,而且两个人都嫌对方矮,都想找个子高一点儿的新欢。其中一个说,他们的关系注定要完蛋,因为另一个喜欢香菜,吉姆说:"你不喜欢香菜吗?"对方回答:"我喜欢,但是没有她那么喜欢!"另一个说,他们自从吵了一架之后就反目成仇,根据吉姆的理解,他俩那次吵架的原因是选不出能同时代表他们两个人——还要展现他俩是一对儿——的颜色的榨汁机。从那一刻开始,他们就意识到自己无法再跟对方在同一个屋檐下多待哪怕一分钟,所以两人现在不共戴天。吉姆震惊了,他觉得如今的年轻人就是选择太多,而这正是问题所在:假如吉姆跟他妻子刚认识的时候就有了现在的那些五花八门的约会应用,那么他俩永远都成不了,因为你总是有其他选择,所以始终没法下定决心。吉姆想,要是知道自己的另一半可能正坐在马桶上,捧着手机划来划去地寻找灵魂伴侣,这日子恐怕谁都过不下去……另外,也许整整一代人都会得尿路感染,因为他们只能等到另一半的手机没电了的时候才能进厕所撒尿。虽然在电话的这一头想了很多很多,但感慨万千的吉姆一个字儿都没多说,只是又问了一遍:"这么说,你们的公寓现在是没人住喽?"

两个人都给出了肯定的回答,而且还补充说,他们的公寓里现在只有一台颜色不对的榨汁机,房子明年就要卖掉,但其中一位想不起他们委托卖房的那家房产中介公司叫什么名字了,只记得那个名字"很土,就像你爸讲的笑话那么土"!另一位证实了这一点:"给这家中介公司起名字的那个人比美发师还没有幽默感!你听说过有叫'上勾拳'这种名字的公司吗？我简直太无语了！"

然后吉姆就挂了电话。他觉得这两位分手可惜了，因为他们实在很般配。

他去找杰克，想把这些事告诉他，但杰克只是说："现在不行，爸爸！你联系到那些住户了吗？"

吉姆点点头。

"有人在家吗？"杰克问。

吉姆摇了摇头。"我只想告诉你……"他开口道，可杰克也摇了摇头，继续跟上级通电话。

"现在不行，爸爸！"

于是吉姆什么也没说。

然后怎么样了呢？呃，一切都逐渐失去了控制。劫持人质事件都过去好几个小时了，谈判专家的车还堵在路上，因为高速公路上发生了本年度最糟糕的连环追尾事故（"肯定又是那些懒得换防滑轮胎的斯德哥尔摩人搞出来的。"吉姆自信地说），所以他根本来不了，吉姆和杰克只能靠自己了。我们不难看出，他们花了很大的工夫才联系上银行劫匪（杰克脑袋上还撞了个大包，至于怎么撞的，那真是说来话长），无论如何，他们设法弄到了那套公寓的电话号码（这是个更长的故事），银行劫匪释放了所有人质之后，谈判专家拨打了这个号码，与此同时，公寓里面传出一声枪响。

几个小时以后，杰克和吉姆还在警察局讯问所有证人。当然，这压根没什么用，因为他们之中至少有一个人没说实话。

22

其实，为了不吓到任何人，银行劫匪用了很长时间才拿枪对准了公寓里的所有人。第一个被瞄准的是个叫扎拉的女人，她五十来岁，只看穿戴就知道她是个财务自由的精英，当然，这种人的财务自由多半建立在其他人财务不自由的基础上。

有趣的是，银行劫匪冲进公寓，脚步踉踉跄跄，挥舞着手枪乱瞄，碰巧把枪管对准了扎拉的脸，可她看上去一点儿都不害怕。现场的另一个女人立刻惊恐地叫起来："噢，上帝啊，我们被抢劫啦！"这话听着有点儿怪，因为银行劫匪根本没打算抢劫这帮看房的。对于这种赤裸裸的偏见，换成谁都忍不了，即便你拿着枪，也不能说明你是强盗；就算你是强盗，也可能只想抢抢银行，没想抢劫别的人。所以，当这个女人哭着对她丈夫说"把你的钱拿出来，罗杰"的时候，银行劫匪感觉受到了深深的羞辱，这绝对不是没有道理的发火。紧接着，只听一个站在窗户旁边、穿格子衬衫的中年男人——显然他就是罗杰——不高兴地嘟囔道："我们没有现金！"

银行劫匪正要声明自己不是来抢的，却抬眼瞥见了阳台窗户上的倒影，意识到在场的人里面，只有自己蒙着脸、拿着手枪，旁边是一群不知所措的看房的，其中还有个年纪很大的老太太和一位孕妇，而且刚才那个女的似乎马上就要哭出来。他们都盯着那把枪，害怕地瞪大了眼睛——但都没有窗户倒影里的银行劫匪面罩上的那几个窟窿大。银行劫匪突然震惊地意识到：他们不是这儿的人质，我才是。

唯一看上去并不害怕的人是扎拉。就在这个时候，他们听到街上传来了第一阵警笛声。

23

证人讯问记录

日期：12月30日

证人姓名：扎拉

吉姆： 你好！我叫吉姆！

扎拉： 好的，好的，行了。说吧。

吉姆： 那好，我想了解一下你在案发现场看到了什么，请用你自己的话告诉我。

扎拉： 我还能用别人的话告诉你？

吉姆： 当然不能，说得对。我就是这么一说，你懂我的意思。首先，我想让你知道，你在这里说的话全都会被记录下来，如果你愿意，可以请一位律师过来。

扎拉： 我为什么需要律师？

吉姆： 我就是让你知道这件事。我的上级说，他们的上级说，最好把每一件事都做得妥妥帖帖的。斯德哥尔摩的特别调查小组会过来接手这个案子。我儿子听说以后很生气，他也是警察，你知道吗。不管怎么说，我就是想让你知道可以请律师过来这件事。

扎拉： 听着，如果拿枪威胁别人的家伙是我，我会请律师过来，可既然我是受到威胁的那个，那就不用了。

吉姆： 我明白。我当然不是故意要冒犯你，绝对不是。我知道你今天过得不容易，我能看出来。你只需要如实回答所有的问题就行了。你想来杯咖啡吗？

扎拉： 那玩意儿也能叫咖啡？从那个机器里面出来的？就算地球

上只剩下我们两个人，你又跟我保证这是可以喝下去一了百了的毒药，我也不会喝的。

吉姆： 我也不知道你是在骂我还是骂咖啡……

扎拉： 你说，希望我如实回答所有的问题。

吉姆： 是的，我说过，对吧？好了，我想先问问，你为什么会在那个公寓里呢？

扎拉： 多么愚蠢的问题。我们被放出来的时候，你不是也在楼梯间里吗？

吉姆： 没错，我在。

扎拉： 这么说，我们离开之后，你是第一个进到公寓里的人？就这样还能让抢劫犯跑了？

吉姆： 我其实不是第一个进去的。我在等杰克，我的同事。你大概已经见过他了，他是第一个进公寓的。

扎拉： 你们这些警察看上去都长一个样，你知道吗？

吉姆： 杰克是我儿子，所以我们长得像。

扎拉： 吉姆和杰克？

吉姆： 没错。就像吉姆·比姆和杰克·丹尼这两种威士忌那样。

扎拉： 这很好笑吗？

吉姆： 不，不。我妻子也从来没觉得好笑。

扎拉： 看不出来你还有老婆。挺不错的。

吉姆： 是啊，不过咱们还是言归正传吧。你能简单解释一下，你为什么要去那个看房现场吗？

扎拉： 因为我想去看房啊，这有什么不好理解的？

吉姆： 所以你是去看房的？

扎拉： 你的脑子真好使。

吉姆： 这是什么意思？

扎拉：就是那个意思。

吉姆：我的意思是，你是打算买房吗？

扎拉：你是房产经纪人还是警察？

吉姆：我是说，你看着挺有钱的，怎么也会看上那种公寓。

扎拉：怎么看出来的？

吉姆：呃，我只是和同事瞎猜而已。嗯，那个同事其实就是我儿子。我们是听别的证人说的，你看起来很有钱，那个公寓不像是你这种人会买的。

扎拉：听着，中产阶级有个毛病，总觉得真正的有钱人什么也看不上，其实没有这回事，你只能穷得什么都买不起，绝对不会有钱到什么都不稀罕买。

吉姆：好吧，我还是继续提问吧。顺便问一下，我把你的姓拼对了吗？

扎拉：没拼对。

吉姆：没有吗？

扎拉：不过拼错了也情有可原。

吉姆：哦？

扎拉：因为你很明显是个白痴。

吉姆：抱歉。你能帮我拼一下吗？

扎拉：白色的白，痴呆的痴。

吉姆：我是说，拼一下你的姓。

扎拉：我们要在这里浪费一晚上吗？我可是还有很重要的工作要做。所以我来帮你长话短说吧：一个拿着枪的疯子把我和一群没那么有钱的穷人劫持了，我们给这个疯子充当了大半天的人质之后，你和你的同事们才慢吞吞地包围了公寓楼，案发的全过程都上了电视直播，你们这些笨蛋却还是让抢劫犯跑了。你现在的首要任务难道不是追捕那个银行劫匪吗？为什么还坐在这里跟我掰扯一个姓是怎么拼的？没见过辅音字母超过三个的姓是你的问题，我要是教会了你拼我的姓，你的上级还能给我免税吗？

吉姆：我知道你心情不好。

扎拉：你真聪明。

吉姆：我的意思是，你肯定吓坏了。我是说，没人愿意看房的时候被人用枪指着，对吧？报纸上总说，最近的房地产市场不景气，像劫持人质那样把人给套牢了，一会儿是什么"买方市场"，一会儿又成了"卖方市场"，可归根结底，它永远都是该死的银行的市场，对吧？你不觉得吗？

扎拉：你在搞笑吗？

吉姆：没有，没有。我就是和你聊聊现在的社会变成了什么样，要是银行劫匪成功地打劫了那家银行，而不是把你们全都变成人质，追捕他的警察肯定会少很多。我的意思是，大家都讨厌银行。那句话是怎么说的来着？——"有时候很难判断谁才是最大的坏蛋，是抢银行的？还是开银行的？"

扎拉：有人说过这样的话？

吉姆：没错，我想是的。他们都这么说。昨天我在报纸上读到银行的老板能赚多少钱，他们住在价值五千万的房子里——跟宫殿差不多大，普通人却在勒紧裤带还房贷。

扎拉：我可以问你一个问题吗？

吉姆：当然可以。

扎拉：为什么像你这样的人，总觉得成功人士应该为了他们的成功受到惩罚呢？

吉姆：什么？

063

扎拉：你在警校的时候，是不是上过什么阐释高级阴谋论的角色扮演课？结果被洗了脑，以为警察就应该和银行老板赚得一样多？还是说，你们这些笨蛋连基本的算术都不及格？

吉姆：呃，啊，当然不是。

扎拉：你是不是觉得这个世界欠了你们什么？

吉姆：……啊，对了，我好像还没问过你是干什么的？

扎拉：我就是开银行的。

24

实际上，看起来五十出头但没人敢问她年龄的扎拉并不打算买下那套公寓，当然不是因为买不起，她从自己家的沙发垫缝里翻出来的零钱，随便凑凑都能轻轻松松买上一套。（但扎拉认为零钱太脏，是滋生细菌的天堂，不知被多少中产阶级的脏手碰过，所以她宁愿烧掉沙发垫，也不想把零钱抠出来。不过我们可以这样说：她家的一张沙发和那样的一套公寓是等价的。）可想而知，她是皱着鼻子去看那套公寓的，耳环上的钻石大得能撞翻中等个头的小孩——假如有那个必要的话——而且不止如此，假如观察得够仔细，你还会发现，钻石的光芒足以掩盖困扰她内心的忧伤。

首先需要说明的是，扎拉最近正在看心理医生，因为她从事的职业比较特殊，时间久了，有时候就得寻求专业人士的帮助，提醒自己人生并非只有工作。扎拉的第一次心理咨询还不算太糟糕，她一上来就拿起桌上的一幅镶框照片问医生："这是谁？"

心理医生回答："我妈妈。"

扎拉问："你和她关系好吗？"

心理医生回答："她最近去世了。"

扎拉问："她在世的时候，你们的关系怎么样？"

心理医生意识到扎拉的反应不正常，听到这样的消息，正常的反应是安慰对方，但她并没有当面指出这一点，而是不动声色地回应道："今天的讨论对象不是我。"

扎拉说："找技工修车的时候，我先得了解一下她自己的车是不是一文不值的垃圾。"

心理医生做了个深呼吸，说："我理解。我只能说，我和我妈妈的关系很好，行了吗？"

扎拉将信将疑地点点头，问："你的病人里面有自杀的吗？"

心理医生心头一紧，立刻回答："没有。"

扎拉耸了耸肩，补充完刚才没来得及说的后半句："拣你知道的说。"

对心理医生来说，这是莫大的侮辱，但她不愧是专业人士，很快就恢复了正常，她平静地回答："虽然我从业的时间不是很长，接触的病人也不太多，可我知道，他们都还活着。你为什么要问这个呢？"

扎拉望着心理医生办公室墙上挂的唯一一幅画，若有所思地噘起嘴巴，说："我想知道你是不是能帮到我。"她的语气却出人意料地诚恳。

心理医生拿起笔，露出老练的笑容，说："帮你什么？"

扎拉回答说，她"睡不着觉"，虽然此前也找医生开过安眠药，但现在医生不给她开了，让她先做个心理咨询再说。"所以我就来了。"扎拉说着拍了拍她的手表，仿佛她才是那个按时计费的专业人士。

心理医生问："你觉得你的睡眠问题跟工作有关吗？你在电话

里告诉过我,你经营着一家银行,这似乎是个压力很大的工作。"

扎拉说:"没那么严重。"

心理医生叹了口气,问:"你希望通过我们的咨询解决什么问题呢?"

扎拉马上提出自己的疑问:"我的情况属于精神疾病还是心理疾病?"

心理医生问:"你认为区别在哪里?"

扎拉回答:"如果你觉得自己是海豚,那就是有心理疾病;如果你杀光了所有海豚,那就是精神病。"

心理医生看起来很不自在。第二次跟扎拉见面的时候,她没戴那只海豚胸针。

第二次咨询时,扎拉突然没头没脑地问了一句:"惊恐发作是怎么回事?"

心理医生用只有心理医生这种专业人士才能驾驭的方式回答:"这种症状很难定义。但是,根据大多数专家的说法,惊恐发作……"

扎拉打断了她,说:"不,我想知道你是怎么想的!"

心理医生不自在地在椅子上动了动,思索着各种备选答案,最后,她说:"我认为,惊恐发作是心理痛苦达到一定程度的表现,焦虑感强烈到引起了躯体的不适,迫使大脑无法……呃,这里不知道该怎么说,简单打个比方吧——大脑没有足够的带宽处理所有的信息,导致防火墙崩溃。焦虑使我们不知所措。"

"你在工作方面可不怎么专业啊。"扎拉嘲讽地说。

"为什么这么说?"

"我对你的了解已经超过了你对我的了解。"

"真的?"

"你父母从事的是计算机方面的工作，可能是程序员。"

"你怎么……怎么可能……你是怎么知道的？"

"你有时候是不是会觉得丢脸啊？你是怎么应付这种羞耻感的——你父母做的至少还是跟现实世界打交道的工作，你却在研究那些虚无缥缈的……"

扎拉突然顿住了，似乎在寻找合适的词，在某种程度上受到冒犯的心理医生接话道："虚无缥缈的……感觉？没错，我就是研究感觉的。"

"我本来想说的是'垃圾'，不过，说'感觉'也行，假如能让你感觉好一点儿的话。"扎拉说。

"我爸是程序员，我妈是系统分析师，你是怎么知道的？"

扎拉发出一声不情不愿的呻吟，仿佛在教一台烤面包机识字。

"这重要吗？"

"是的！"

扎拉又对着烤面包机呻吟了一声。

"我让你用自己的话讲讲什么是惊恐发作，别扯什么教科书上的定义，于是你就用了'带宽''处理'和'防火墙'这样的词，它们不是特别常见的词汇，可能是从父母那里听来的，假如你和父母的关系还不错的话。"

心理医生试图夺回谈话的主导权，她问："这就是你在银行业工作出色的原因吗？因为你能读懂人心？"

扎拉像百无聊赖的猫那样伸了个懒腰。

"亲爱的，看穿你可一点儿都不难。你这样的人，永远不会变得跟你们自己想象的那样复杂。你们这代人其实什么学科都不愿意研究，只喜欢研究自己。"

心理医生看上去有点儿生气——也许并非只是"有点儿"而已。

"我们的任务是讨论你的问题,扎拉。你说这些又有什么用呢?"

"我想要安眠药,我早就说了。配点儿红酒送下去,什么问题都解决了。"

"我不能开安眠药,只有你的医生才能开。"

"那我还来这里干什么?"扎拉问。

"这个问题最好由你自己来回答。"心理医生说。

她们就是这么开始打交道的,毫无疑问,两人的关系每况愈下,但值得一提的是,不管怎样,心理医生还是轻而易举地对这位新病人做出了诊断,一点儿都没费事:扎拉的病因是孤独。不过她没有直接说出来(心理医生还有五六年的学生贷款要还,她借钱学了那么多东西可不是为了当个脑子里想什么就说什么的白痴的),而是向扎拉解释,根据症状表现,扎拉可能得了"神经衰弱"。

正捧着手机看新闻的扎拉头都没抬,说:"是啊,没错,神经衰弱是因为睡不着觉,所以给我开点儿安眠药吧!"

心理医生当然没有照办,反而提出了一大串问题,打算帮助扎拉从宏观的角度观察她的焦虑,其中一个问题是:"你担心地球的未来吗?"

扎拉回答:"不怎么担心。"

心理医生鼓励地笑了笑。

"这么说吧,你认为这个世界最大的问题是什么?"她问。

扎拉飞快地点点头,用"答案显而易见"的语气说:"穷人。"

心理医生友好地纠正道:"你是说……贫困。"

扎拉耸了耸肩:"好吧。要是这么说能让你好受点儿的话。"

咨询结束时,扎拉没和心理医生握手。出门之前,她忍不住伸出手来,摆正了心理医生搁在书架上的一张照片,重新排了排其中三本书的位置。依照职业规则,心理医生不应该有最喜欢的病人——就算有的话,也绝对不会是扎拉。

直到第三次咨询时,心理医生才意识到扎拉是多么的不对劲。扎拉说:"作为一种制度,民主制注定要失败,因为只要故事编得好,白痴就什么都相信。"心理医生只能尽量无视这些胡言乱语,转换话题,引导扎拉谈谈她的童年和工作,反复追问她有什么"感觉":那件事发生时,你有什么感觉?提到这个,你有什么感觉?当你回想自己的感觉时,又有什么感觉?那种感觉很难形容吗?经过一番努力,扎拉最后终于感觉到了什么。

她们又讨论了很长时间别的话题,突然,扎拉像是在审视自己的内心那样沉默了一会儿,当她终于再次开口说话时,声音变得低沉而陌生。

"我得了癌症。"

整个房间陷入可怕的沉寂,连两个女人的心跳声都清晰可闻。心理医生的手指滑落到记事本上,呼吸变得轻浅而急促,每次吸气只敢填满肺叶的三分之一。她连大气都不敢喘,生怕发出一丁点儿声音。

"我真的非常非常遗憾。"心理医生终于开口道,她的声音在颤抖,还带着一丝经过深思熟虑的矜持。

"我也很遗憾,说实在的,还很郁闷。"扎拉说着抹了抹眼睛。

"是……什么样的癌症?"心理医生问。

"那又有什么关系呢?"扎拉轻声说。

"对,对,当然没有。对不起,是我没考虑到。"

扎拉漫无目的地望向窗外,直到外面的光线变换,从上午变成了中午,她这才微微抬起下巴,说:"你不用道歉,我得的是虚构的癌症。"

"什……什么？"

"我没得癌症，我骗你的。其实，我想说的是，民主制根本行不通！"

心理医生就是在这一刻意识到扎拉是多么的不对劲的。

"你……你这个玩笑可有点儿大。"她终于憋出这么一句。

扎拉扬起眉毛。

"你的意思是，我还不如真的得癌症？"

"不！什么？绝对不是，但是——"

"你瞧，假装得癌症可比真的得癌症要好得多，对吧？还是说你宁愿我得癌症？"

出于愤慨，心理医生的脖子变红了。

扎拉两手紧紧地抓着自己的膝盖，黯然地说："反正我感觉就像是得了癌症一样。"

心理医生当天晚上也没睡好，扎拉有时候就是能影响到其他人。下一次扎拉过来拜访的时候，心理医生已经把她母亲的照片从办公桌上拿走了。在咨询的过程中，扎拉其实考虑过说出导致自己失眠的真实原因：她的包里有一封信，这封信能说明一切，要是她这时候拿出它来，此后发生的所有事都有可能变得不一样。然而她只是坐在那里，盯着墙上的那幅画——画里有个女人，望着无边的大海和远处的地平线。心理医生舔了舔说得发干的嘴唇，轻声问道："你看着这幅画的时候，想到了什么？"

"我在想，要是我也只能选出一幅画挂在墙上的话，这一幅是绝对没门儿的。"扎拉回答。

心理医生尴尬地笑了笑，问："我一般会请病人猜一猜这个女人的情况。比方说，她是谁？她快乐吗？你想不想猜猜看呢？"

"我又不知道她认为什么是快乐。"扎拉漠然地晃了晃肩膀。

心理医生沉默了很长时间,然后老实承认道:"我以前从来没听到过这样的回答。"

扎拉哼了一声,说:"这是因为,你提问的时候总是先入为主,假定世界上只存在单一类型的快乐,可快乐是跟金钱差不多的东西。"

"听起来很肤浅。"心理医生露出了只有自认为思想非常深刻的人才会露出的优越感十足的微笑。

扎拉就像试图给一个不是青少年的人解释某件事的青少年那样呻吟了一声。

"我的意思不是金钱等同于快乐。我是说,快乐跟金钱差不多——它们的价值都是编造出来的,是我们无法衡量的虚假的东西。"她说。

心理医生的声音微微地颤抖了一下。

"好吧……也许你说得对,但我们可以衡量和评估抑郁的程度。我们知道,抑郁的人害怕感受快乐,这是十分常见的现象。因为一旦习惯了抑郁,它对你而言也许就会变成某种安全保护膜、离不开的舒适圈之类的东西,让你不由自主地想:假如我没有不快乐,假如我没在生气——我就会迷失自我!"

扎拉皱了皱鼻子。

"你相信这一套吗?"她问。

"是的。"心理医生回答。

"这是因为,每当看到比自己富有的人,像你这样的人总是会说:'没错,他们或许比我有钱,可他们快乐吗?'好像快乐才是人生的意义,可一天到晚觉得很快乐,这是连白痴都能做到的事。"扎拉说。

心理医生在本子上记了点儿什么，然后盯着本子问："那你认为怎么样才算快乐呢？"

从扎拉的回答里可以看出，这个问题她显然已经思考了很多年，最后得出的结论是：对她而言，做一份重要的工作要比快乐地生活重要得多。

"快乐就是拥有自己的目标，有自己的目的和方向。你想知道真相吗？真相是，在'有钱'和'快乐'之间，多数人宁愿选择'有钱'。"

心理医生再次露出充满优越感的微笑。

"银行董事当然会对心理医生这么说。"她说。

扎拉又哼了一声。

"你每个小时的咨询费是多少来着？如果免费能让我快乐，你可以不收我的咨询费吗？"

心理医生不由自主地笑出声来，这可有点儿不太专业，她随即惊讶得脸都红了，急忙欲盖弥彰地掩饰道："不，可假如你能让我高兴，我也许会给你免费。"

这回轮到扎拉不由自主地发笑了，笑声就像是不小心从她嘴里溜出来的一样，她已经很久没这样笑过了。

随后她们沉默了许久，甚至到了有点儿尴尬的程度，这时扎拉终于朝墙上那幅画里的女人扬了扬脑袋。

"你觉得她在干什么？"

心理医生看着那幅画，慢慢地眨了眨眼。

"跟其他人一样。她在找东西。"

"找什么？"

心理医生的肩膀向上提起一英寸，又向下耷拉了两英寸。

"找可以抓住的东西，可以为之争取的东西，可以抱以期待的东西。"

扎拉把目光从画上移开，望向心理医生身后的窗户，透过窗户往外看。

"要是她在想着自杀呢？"她问。

心理医生还在看着那幅画，她只是笑了笑，没有把内心的愤怒表现在脸上——她经过了多年的训练，而且很爱自己的父母，不愿他们为她担心，所以能把面部表情控制得很好。

"你为什么觉得她会这么想？"她问。

"所有的聪明人都应该想过这件事吧？"扎拉反问。

起初，心理医生打算运用一些她在训练中掌握的话术回应扎拉，但她很清楚这没什么用，所以她诚实地回答："没错，也许是这样的。你觉得是什么阻止了我们这些聪明人自杀呢？"

扎拉俯身向前，下意识地挪了挪桌上两支笔的位置，让它们互相平行，然后才回答："恐高。"

此时此刻，地球上没有人可以确定她是不是在开玩笑，所以心理医生思考了很久才提出下一个问题。

"我想问问，扎拉——你有什么兴趣爱好吗？"

"兴趣爱好？"扎拉迷惑地重复道，好在语气并没有先前那么不屑一顾。

心理医生连忙解释："没错，比如，你喜欢参加慈善活动吗？"

扎拉无声地摇了摇头。心理医生起初还觉得庆幸，这一次扎拉竟然没拿侮辱性的语言回击她，可紧接着她发现扎拉的眼神不对劲，仿佛自己刚才的问题把她心里的什么东西给打翻弄碎了。

"你还好吗？我说错什么了吗？"心理医生焦急地问，但这时扎拉已经在看表了，随后她站起来向门口走去。入行不久的心理医生缺乏经验，还处于会因为担心失去病人而感到惊慌失措的阶段，所以她不由自主地说出了非常不专业的话："别干傻事！站住！"

扎拉惊讶地站在门口。

"什么傻事？"她问。

心理医生不知道该怎么回答，只能尴尬地笑笑，试探地说："行啦，别干傻事……你还欠我咨询费呢。"

扎拉突然哈哈大笑，心理医生也跟着笑了起来，这下子她更难把握笑到什么程度才算是不专业了。

扎拉走进电梯的时候，心理医生坐在办公室，看着墙上那幅以天空为背景的画里的女人。扎拉是头一个怀疑那个女人可能打算自杀的病人，以前从来没人想到过这一点。

心理医生觉得，画里的女人凝视地平线的动作只可能包含两层意义：向往和恐惧。她画下这幅画是为了提醒自己一些事。心理医生喜欢画，因为哪怕你对着一幅画看了很久很久，都不一定能注意到其中最显而易见的东西——比如，这幅画里的女人其实是站在一座桥上的。

25

证人讯问记录（续）

吉姆：我这会儿怎么觉得自己像个白痴呢。

扎拉：我不认为这种感觉对你来说是现在才有的。

吉姆：要是我知道你是开银行的，就不会那么说了。呃，我的意思是，不管怎么样，我都不应该那么说。其实这会儿我根本不知道应该说些什么。

扎拉： 既然这样，也许我可以走了？

吉姆： 不，等等。听着，这有点儿让人不好意思，我妻子也经常告诉我，有时候我只要闭上嘴，少说两句就行了。所以我还是继续提问吧，好吗？

扎拉： 我们可以试试。

吉姆： 你能描述一下抢劫犯吗？他是什么样的人？你能记得的地方都可以说出来，只要你觉得对我们的调查有帮助就行。

扎拉： 你似乎已经知道最重要的事情了。

吉姆： 什么事？

扎拉： 你用了"他"，所以你显然知道他是个男的。这能解释很多事。

吉姆： 我觉接下来我可能会后悔提出这个问题，不过你为什么要这么说呢？

扎拉： 你们这帮男的不瞄准了都没办法好好撒尿，要是有了枪，还不更乱套？

吉姆： 我能这样理解吗？你的意思是，你不记得他外貌方面的细节了？

扎拉： 有个蒙面人拿枪指着你，心理医生认为这种情况就好比你突然被一辆大卡车给撞了，你觉得你记住肇事车车牌号的可能性有多大？

吉姆： 我必须说，这是非常有见地的观点。

扎拉： 那我就太欣慰了，因为你的想法对我很重要。现在我可以走了吗？

吉姆： 恐怕还不行。你见过这幅画吗？

扎拉： 这是一幅画？怎么看着像被人打翻的尿样呢？

吉姆：我猜，你的意思是，你没见过这幅画。

扎拉：你真聪明。

吉姆：银行劫匪进门的时候，你在公寓里的什么地方？

扎拉：在阳台门旁边。

吉姆：被他劫为人质的那段时间，你在哪里？

扎拉：这有什么区别吗？

吉姆：区别很大。

扎拉：我想不出为什么。

吉姆：听着，你不是嫌疑犯，至少现在还不是。

扎拉：什么？

吉姆：好吧，听着，我想让你明白，我同事认为劫匪是在其中一位人质的协助下逃跑的，而你又不太像是可能出现在看房现场的人。首先，你似乎没有理由买下那样的一套公寓；其次，银行劫匪拿枪对准你时，你似乎不怎么害怕。

扎拉：所以你现在怀疑是我帮助银行劫匪逃跑的？

吉姆：不，不，完全没有。听着，你不是嫌疑犯，呃，至少现在还不是。好啦！我是说，你根本不是嫌疑犯！但我同事觉得事情似乎有点儿奇怪。

扎拉：真的吗？你知道我对你同事有什么看法吗？

吉姆：你能告诉我公寓里发生了什么事吗，拜托？这样我就能做记录了，这是我的工作。

扎拉：当然。

吉姆：太好了。公寓里当时有多少潜在买家？

扎拉：什么叫"潜在买家"？

吉姆：我是说，那里有多少想要买房的人？

扎拉：五个。

吉姆： 五个？

扎拉： 两对已婚伴侣。一个女人。

吉姆： 再加上你和房产经纪人。所以一共有七个人质，对吧？

扎拉： 五加二等于七，没错。你太聪明了。

吉姆： 可实际上怎么有八个人质？

扎拉： 你从来没数过兔子吧？

吉姆： 兔子？

扎拉： 你没聋吧。

吉姆： 什么兔子？

扎拉： 你还想不想让我告诉你究竟发生了什么？

吉姆： 抱歉。

扎拉： 你们真的认为其中一个人质协助银行劫匪逃跑了吗？

吉姆： 你不这么觉得吗？

扎拉： 不。

吉姆： 为什么？

扎拉： 因为他们全都是白痴。

吉姆： 那银行劫匪呢？

扎拉： 银行劫匪怎么了？

吉姆： 你认为他是故意朝自己开枪的，还是不小心走火了？

扎拉： 你在说什么？

吉姆： 你们被放出来之后，公寓里传出一声枪响，我们进去时发现地板上有血。

扎拉： 血？在哪儿？

吉姆： 客厅的地毯和地板上。

扎拉： 哦，别的地方没有吗？

吉姆： 没有。

扎拉：好吧。

吉姆：什么？

扎拉：怎么了？

吉姆：你说"好吧"的时候，听着就像还想再说点儿什么似的。

扎拉：没有的事。

吉姆：抱歉。呃，我同事相信，劫匪就是在客厅里朝自己开枪的。我想说的就是这个。

扎拉：你们还是不知道银行劫匪是谁吗？

吉姆：不知道。

扎拉：听着——你要么赶紧解释一下，为什么怀疑我可能是抢劫犯的同谋，要么就等着我给我的律师打电话吧。

吉姆：没人怀疑你！我同事只想知道你为什么会去那个公寓，既然你不打算买房！

扎拉：我的心理医生告诉我，我需要培养兴趣爱好。

吉姆：你的爱好是看房？

扎拉：像你这样的人，根本想象不到自己有多好玩。

吉姆：像我这样的人？

扎拉：处于你这个经济阶层的人。观察你们的生活很有意思，我喜欢看你们是怎么忍受生活的。我去过几次看房现场，后来又看了几次，就有点儿上瘾了。

吉姆：你是说，你喜欢参观收入比你少很多的人住的房子？而且还上瘾了？

扎拉：是的。这种事就像孩子把抓来的小鸟装进玻璃罐子那样，有一种禁忌的吸引力。

吉姆：你是说把虫子装进罐子吧？是有人会这么干。

扎拉：没错，要是这样说能让你感觉好一点儿的话。

吉姆：这么说，你去看房，是因为这是你的爱好？

扎拉：你胳膊上的那个文身是真的吗？

吉姆：是的。

扎拉：是个锚吗？

吉姆：是的。

扎拉：你是打赌输了才文那种东西的吗？

吉姆：什么意思？

扎拉：有人威胁了你的家人？还是说你是自愿文身的？

吉姆：自愿的。

扎拉：你这种人为什么那么讨厌钱呢？

吉姆：我不会对这种事发表评论的，我只希望你能回答问题，我好把你的证言记下来。为什么其他证人说，看到银行劫匪手里的枪时，你一点儿都不害怕？你觉得那不是真枪吗？

扎拉：我很清楚，那就是一把真枪。但因为我太吃惊了，所以没来得及害怕。

吉姆：看到枪的时候，像你这样的反应可不常见。

扎拉：也许对你来说是这样的。可我很久以来一直想要自杀来着，所以看到那把枪才会吃惊。

吉姆：我不知道该说什么，抱歉。你一直想要自杀？

扎拉：是的。看见那把枪，我突然意识到自己不想死，所以有点儿震惊。

吉姆：你是因为有了自杀的想法才去看心理医生的吧？

扎拉：不。我需要心理医生是因为那时候睡不着觉。我夜里经常躺着不睡，盘算着怎么样才能弄到足够自杀的安眠药。

吉姆：是心理医生建议你培养兴趣爱好的吗？

扎拉：是的，就在我告诉她我得了癌症以后。

吉姆：噢，我非常非常遗憾，真是太让人难过了。

扎拉：好吧，听着……

26

心理医生又一次和扎拉见面时，扎拉说自己找到了兴趣爱好，就是"去看中产阶级住的公寓"，而且已经开始看起来了。她表示这相当令人兴奋，因为许多公寓根本没有她预想中的那么脏，住在里面的人竟然也会打扫房间。心理医生试图跟她解释，看房这种行为其实跟她所谓的"参加慈善活动"差得有点儿远，但扎拉反驳说，有一次看房时，她认识了一个打算亲自动手翻新房子的男的，拿他用来吃饭的同一双手翻新房子——"所以别再指责我不够努力，不愿意结交最不幸的那批社会底层了！"心理医生简直不知道该怎么回应她。扎拉注意到了她挑起的眉毛和张开的嘴巴，然后哼了一声，说："我是不是让你难过了呀？天哪，你们这种人怎么都这样呢，别人只要一开口就准会得罪你们！"

心理医生耐心地点点头，继续下一个问题，不过一开口她就后悔了："你能给我举个例子吗？你都是怎么无意中伤害了像我这样的人呢？"

扎拉耸了耸肩，告诉心理医生，她面试一个来银行找工作的年轻人时，对方指责她"充满偏见"，就因为他走进房间后，她扫了他一眼，说："噢！我觉得你应该去技术部应聘，你一看就像是那种很会摆弄电脑的人！"

扎拉花了很长时间向心理医生解释，她其实是称赞那个年轻人——这年头，连称赞别人都能被说成是偏见了吗？

心理医生打算采用一种听着不像是谈论这件事的方式来谈论这件事,于是她说:"你似乎引起过很多争议,扎拉。我有个建议,每次你发火之前,可以先问自己三个问题:第一,惹你发火的人是否故意想要伤害你?第二,你对当下的情况了解得是否全面?第三,你能从冲突中得到什么好处?"

扎拉边听边疑惑地歪起脑袋,以至于连脖子都跟着响了起来。她能听懂每一个单词,却不清楚它们组合起来是什么意思,就好像这些单词是随机从帽子上拆下来的零散字母。

"为什么我不能搞冲突?冲突是好事。弱者才喜欢和谐,所以他们整天碌碌无为,还要嘲笑我们这些努力做事的人。"

"你们在努力做什么事?"心理医生问。

"成为胜利者。"

"那很重要吗?"

"失败者一文不值,亲爱的。你以为谁都可以随随便便坐到会议室的主位上吗?"

心理医生觉得有点儿找不着北了,她试图把话题转回原来的问题上。

"而且……胜利者能赚很多钱,这也非常重要,我说得对吧?你赚到钱以后会怎么花呢?"她问。

"我的钱花在跟其他人保持距离上面。"扎拉回答。

心理医生从来没听到过这样的回答。

"这是什么意思?"她问。

"高级餐厅的桌子之间离得更远,头等舱没有中间的座位,豪华酒店有单独的套房客人入口。在这个人挤人的世界上,你能买到的最贵的东西就是人与人之间的距离。"

心理医生向后靠在椅子上。不难发现,扎拉像极了教科书上描述的那种典型人格：避免和人目光接触，不想握手，喜欢挑衅，宁愿做只跟数字打交道的工作，而且总是忍不住想要摆正书架上的那张照片（为了测试扎拉的反应，心理医生每次都故意提前把它弄歪），但对于扎拉这样的人，你又很难直接跟她讨论这些事，所以心理医生只能迂回地问点儿别的："你为什么喜欢你的工作呢？"

"因为我是分析师，而大多数跟我做着相同工作的人都是经济学家。"扎拉不假思索地回答。

"这有什么区别呢？"

"经济学家只研究已经发生的问题，所以他们永远不会预测股市什么时候崩盘。"

"你是说，分析师会预测崩盘吗？"

"分析师期待崩盘。只有当形势对银行的客户有利的时候，经济学家才能赚钱，而分析师什么时候都能赚钱。"

"这会让你感到内疚吗？"心理医生问，她主要是想看看扎拉明不明白世界上还有"内疚"这种感觉。

"你在赌场里输了钱，会怪到发牌的人身上吗？"扎拉问。

"我觉得不能这样比较。"

"为什么不行？"

"因为你说的是'股市崩盘'，但实际上崩溃的既不是股市，也不是银行，崩溃的是人。"

"你会这么想，其实也是非常符合逻辑的。"

"真的？"

"因为你总觉得世界欠了你什么，其实它什么都不欠你的。"

"你还是没回答我的问题。我问你为什么喜欢你的工作，你告诉我的却是你为什么擅长这份工作。"

"只有弱者才会喜欢他们的工作。"

"我认为这话不对。"

"那是因为你喜欢你的工作。"

"听你的意思,好像喜欢自己的工作有错似的。"

"你是不是又觉得难过了呀?你们这种人特别容易难过,你知道这是为什么吗?"

"不知道。"

"因为你们自始至终都是错的,假如别做那么多错事的话,就不会那么难过了。"

心理医生看着桌上的时钟,她依然相信扎拉最大的问题是孤独,可也许"孤独"和"没朋友"是有区别的……不过心理医生依旧什么都没表现出来,只是用无可奈何的语气嘟囔道:"你知道吗……我想咱们今天就到这里吧。"

扎拉冷漠地点点头,站了起来,把椅子塞回桌子底下,角度不偏不倚,非常精准。她半转过脸去,突然开口问:"你觉得世界上有坏人吗?"语气却含含糊糊,听上去好像不是真的打算把这句话说出来似的。

心理医生竭尽所能不让自己显得惊讶,然后谨慎地回应:"你想让我从心理医生的角度还是从纯粹的哲学角度回答这个问题?"

扎拉再次露出仿佛在和烤面包机说话的表情。

"你是个裤兜里随时装着字典的小孩吗?难道还要拿出来照着念不成?别管那么多,回答我的问题:你觉得世界上有坏人吗?"

心理医生在座位上不安地扭来扭去,扭得裤腰都快掉了。

"我大概只能说……没错,我觉得世界上有坏人。"

"你觉得他们知道自己是坏人吗?"

"什么意思?"

扎拉的目光落在"桥上的女人"那幅画上。

"我反正见过很多完全像猪一样的人，反应迟钝、没有脑子，但无论是谁都不愿意承认自己是坏人。"她说。

心理医生思考了很长时间才回应道："没错。老实说，我认为几乎每个人都应该告诉自己，我们得为这个世界变得更好做点儿贡献，至少别让它变得更糟。要始终站在正确的一边，哪怕有些坏事看起来似乎有助于实现某些崇高的目标，也坚决不能做……其实每个人都能分辨是非，一旦违反了自身的道德准则，我们会下意识地为自己找借口开脱，我认为这就是犯罪学里面提到的中和技术理论——把自己的错误行为合理化，要么归咎给宗教或者政治理念，要么说我们是别无选择，总之我们需要一些东西给自己的坏行为辩护。我相信很少有人明知道自己是……坏人，还能睡得着觉。"

扎拉什么都没说，只是抓紧了她的特大号挎包，而且有点儿用力过猛，似乎打算坦白什么事。她的手已经摸进包里，马上就要碰到那封信了，在那个短暂的瞬间，她甚至还打算承认自己在兴趣爱好方面撒了谎——她不是近来才开始到处看房的，而是已经看了十年，对这项活动已经完全超出了爱好的程度，称得上一种痴迷了。

然而她还是一个字都没说，就这么合上包，关门走了出去。房间里一下子安静下来，心理医生依然坐在桌旁，为自己的困惑而困惑着。她想为下一次咨询做些笔记，却不由自主地打开笔记本电脑，浏览起了售房网站上的房屋资料。扎拉下次会去哪里看房呢？心理医生显然不可能知道，可要是扎拉告诉过她，自己去看的房子都是带阳台的，而且在阳台上都能望见那座桥的话，也许就不那么难猜了。

这时候，扎拉正站在电梯里，电梯下降到半途，她按下了停止键，这样哭的时候就能不被打扰了。她还是没能拆开挎包里的那封信，也从来没有过那样的勇气，因为她知道心理医生说得对——她就是那种一旦认清了自己的真面目就会再也睡不着觉的人。

27

这是个关于抢银行、看房和劫持人质的故事，不过本质上还是跟白痴的联系最大，当然也可能没这么简单。

十年前，有个男人写了一封信，把它寄给了一个在银行工作的女人，然后这个男人送孩子上学，在他们耳边小声说他爱他们，接着，他一个人开车去了水边，把车停在那里之后，他爬到一座桥的栏杆上，跳了下去。这件事过去不到一周，有个十几岁的女孩也站上了同一座桥的栏杆。

对你来说，这个女孩是谁显然并不重要，她不过是数十亿人中的一个，大多数人永远没有机会以独立的个体的身份出现在你眼前，他们只是芸芸众生中面目模糊的一员。在拥挤的人行道上，我们无非是擦肩而过的陌生人，短暂接触的只有彼此的外套，浑然不觉各自之于对方的意义。桥上的那个女孩名叫纳迪娅，男人跳下去之后的那个星期，她也站到了桥栏杆上。虽然不知道他是谁，但她和他的孩子们在同一个学校上学，校园里人人都在谈论男人跳桥的事，正因如此，她才萌生了同样的念头。无论事前还是事后，没人说得清一个十来岁的小孩到底为什么不想活。诚然，生而为人，难免时常受伤，逼得人偏要跟自己过不去，要么嫌弃自己的脑子，要么讨厌自己的身体，照镜子时总觉得里面是个陌生人，还要问上一句:"我是怎么了？我为什么会这么想？"

她倒没受过什么伤，也没遭遇过不幸，只是有个不会被X光片照出来的邪恶小生物占据了她的心，一刻不停地对着她的脑袋低语，指责她不够优秀，软弱而丑陋，永远不会有任何成就，只会变得很糟糕。当你哭干了眼泪也没法让那个只有你能听见的声音安静下来，无论走到哪里都觉得自己和环境格格不入的时候，就会做出一些让人难以置信的蠢事。尽管你总是小心翼翼地收着一口气，缩起来的肩膀从来不曾放松过，握紧拳头贴着墙根走路，老是害怕有人注意到你——因为没人搭理你才是天经地义的——可也会有筋疲力尽的那一天。

纳迪娅只知道自己从来没跟任何人有过共同点，始终孤独地活在别人无法理解的各种感受之中。她坐在满是同龄人的教室里，表面看起来一切正常，内心却有个站在森林深处尖叫的小人，震得她的心都快要炸开。森林里的树也在不停生长，直到有一天，阳光再也无法穿透枝叶，照亮那里的黑暗。

所以她站上了那座桥，发现水面离桥下的地面有些远，意识到假如跳下去，自己不会淹死，而是落在混凝土上摔死，她觉得稍微有些宽慰，因为从很小的时候开始，她就害怕淹死，但并非畏惧死亡本身，而是害怕淹死之前的恐慌和无能为力。有个没脑子的大人告诉过她，在旁人看来，快要淹死的人看起来并不像是快要淹死的样子："溺水的时候，你喊不出来，胳膊也挥不起来，只会往下沉，你的家人可能还会站在沙滩上高兴地朝你招手，却完全不知道你快死了。"

这个溺水的画面在纳迪娅的脑子里生了根，她仿佛时时刻刻都活在里面，跟父母坐在餐桌旁，她会不由自主地想："你们看不见吗？"但他们确实没看见，她也什么都没说。终于有一天，她没去上学，而是打扫了自己的房间，整理好床铺，没穿外套就走出家门，因为她不再需要外套了。她在镇上晃荡了一整天，走走停停，四处溜达，希望这个镇子能最后看她一眼，让它明白没能听到她那些无声的尖叫会导致怎样的后果。她没盘算过具体该怎么死，只要能死掉就行。太阳落山时，她发现自己不知怎么已经站到了那座桥的栏杆上——只要往前挪出一只脚，再挪另一只，是不是很简单？

那个叫杰克的十几岁男孩看见了她。他不知道自己为什么又会回到那座桥上，而且每天晚上都过去，整整持续了一个星期。父母当然不许他去，可他从来不听，执拗地偷偷跑出去，仿佛这样就能再一次看到那个男人站在桥上——然后他就可以倒转时钟，让一切回归正常。当他看到这次站在桥上的是个十几岁的女孩时，并不知道该对她说些什么，所以他什么都没说，只是冲了过去，用力把她拽下来，她没有站稳，后脑勺磕在了碎石路面上，晕了过去。

她在医院里醒过来，一切都发生得那么快，她刚刚瞥见有个男孩冲过来，下一秒就失去了意识，所以当护士问她发生了什么事的时候，她甚至不确定自己是不是真的看到了他，可她的后脑勺的确在流血，她只好说自己是打算爬到栏杆上给夕阳拍照，结果摔破了脑袋。为了不让别人担心，她早就习惯迎合别人，说他们想听的话，所以她想都没想就重复了老习惯，护士看上去还是很担心，也不相信她的话，但她很会撒谎，这毕竟是她练习了一辈子的技术，于是最后他们说："爬到那个栏杆上，简直傻透了！你没掉到另一边去摔死，真是太走运了！"她点了点头，干裂的嘴唇动了动，说了声："没错。"走运。

她本可以从医院回到那座桥上的，最后却没这么做，连她自己也不知道这是为什么。假如那个男孩没把她拽下来,她也不确定自己会向前迈步还是向后退步,于是从那以后,她每天都会思考自己和那个跳下去的男人有什么不一样,这促使她选择了一项预备从事终生的职业——心理医生。来找她求助的病人全都痛苦不堪,像极了当年站在桥栏杆上、已经探出一只脚的她,她坐在这些人对面的椅子里,用眼神告诉他们:"我也曾经和你一样,但我知道还有更好的解决方案。"

当然,有时候她还是会不由自主地回想自己那时候为什么打算跳下去,然而所有相关的记忆早已模糊不清,尽管还是会孤独地坐在餐桌旁,但她发现了应对的方法,找到了出口,终于从那座桥上爬了下来。有的人就是能够接受自己永远都不会摆脱焦虑的事实,学会与它和平相处。她试图成为这些人中的一员。她告诉自己,这就是你应该善待别人的原因,哪怕对方是白痴,而你永远不知道他们可能背负着怎样的重担。随着时间的流逝,她意识到,几乎每个人都会向自己提出这样的问题:我优秀吗?我让什么人感到骄傲了吗?我对社会有用吗?我擅长自己的工作吗?我是不是个大方体贴的人?我在床上表现得是不是足够体面?有人愿意和我做朋友吗?我是好父母吗?我是好人吗?

人人都想成为好人,至少内心深处都存在这样的渴望。人心固然是向善的,然而问题在于,你很难一直对白痴表现善意,因为他们是白痴——这是纳迪娅研究了一辈子的课题,也是我们每个人都会面对的痛处。

她再也没见到过那个曾经出现在桥上的男孩,有时她真心实意地相信他是她幻想出来的人物。也许他是天使吧。杰克同样再也没见过纳迪娅,他也没再去那座桥,但从那天开始,他成为警察的计划就变得不可动摇，这让他意识到自己是与众不同的。

十年后，经过培训，纳迪娅成为心理医生，搬回了这座小镇。她接收了一位名叫扎拉的病人，后来扎拉在看房的时候被劫为人质，杰克和他爸爸吉姆找来人质事件的所有目击证人问了话。出事的那套公寓有个阳台，从那里可以望见那座桥，这就是扎拉去那里看房的原因。十年前，她在自己家门口的擦鞋垫上发现了一封信，信是跳桥的那个男人写的。他的名字整整齐齐地写在信封背面，她想起自己曾经和他见过面，虽然报纸从来没公布过男人的名字，但是这个镇子实在太小，她很容易查出他的身份。

扎拉依然每天把这封信随身装在包里。她只去过那座桥一次，男人跳桥之后的那一周，她来到桥边，看到一个女孩爬上了同一段栏杆，但被一个男孩给救了。扎拉站着没有动，只是躲在阴影里发抖。救护车来接女孩去医院时，她还站在那里，此时男孩已经离开了，扎拉来到桥上，捡到了女孩的钱包和身份证，知道了她的名字——纳迪娅。

扎拉用了十年时间暗中观察纳迪娅的人生——从她上学一直到工作，但始终与女孩保持一定的距离，因为不敢接近她。扎拉也用了十年时间观察那座桥——从远处，从每座待售公寓的阳台，因为她也不敢靠近它，担心假如自己再次走上那座桥，还会有人跳下去，而且，如果她主动接近纳迪娅，由此发现了自己的真面目，也许跳下去的人会是自己。但矛盾之处在于，即便意识到了自己的抗拒，扎拉内心的人性还是迫使她忍不住想要了解跳桥的男人和纳迪娅的区别，因为她为这件事感到愧疚，觉得自己是个坏人。尽管每个人都口口声声地说想要认识自己，但没人真能做到，所以扎拉仍然没有拆开那封信。

这么复杂的故事看似不太可能发生,也许这是因为大多数故事都跟我们想象的不一样,比如这一个,实际上它可能跟抢银行、看房、劫持人质什么的一点儿关系都没有,甚至也不是讨论白痴的。

也许它是关于那座桥的故事。

28

真相?真相就是那个该死的房产经纪人其实是个差劲的房产经纪人,一上来就把看房给搞砸了——如果说潜在买家们在看房过程中没有达成任何共识的话,那么他们至少对这个结果的看法是一致的,没有什么能比如此无可救药的事更能把一群陌生人团结在一起的了。

首先,看房的宣传广告本身就是个灾难——如果那玩意儿也能叫广告的话——连单词都没拼对,照片完全是糊的,摄影师似乎觉得,所谓的"全景拍摄"就是把相机往要拍的房间里横着一扔,它就可以在飞行中自动取景了。看房日期的上面印着这么一行字——"'房子怎么样'中介公司!房子怎么样?"试问地球上还有谁,会想出在新年的前两天安排看房这种馊主意?更有甚者,那套公寓的浴室里摆着香熏蜡烛,茶几上搁了一碗青柠檬,布置下这一切的那位勇士,也许只是听说过世界上有"看房"这么一回事,实际上从来没看过房——壁橱里塞满了衣服,浴室里还有一双拖鞋,这双鞋的主人过去五十年里大概一直穿着它在屋里转悠,但一次都没抬过脚;书柜里装满了书,可颜色根本不协调,连窗台和厨房的桌子上也全是书;冰箱整个儿被房主的孙子孙女画的画给盖住了,这些画因为年代久远,还都泛了黄。看房经验丰富的扎拉立刻判断出,这次活动的组织者非常不专业：看房现场应该布置成没有人居住的样子，否则只有连环杀手才愿意搬进这种明显还住着人的地方。一般情况下，人们买的都是相框，而不是别人的照片，他们更希望把书放在书架上，而不是厨房的桌子上。与此同理，待售的房屋当然也需要营造一种"每个人都适合住在这里"的感觉。也许扎拉应该向房产经纪人指出这个问题，然而偏巧房产经纪人是个人类，扎拉讨厌的正是人类——尤其不喜欢开口说话时的人类。

因此扎拉没有吭声，只是绕着公寓转了一圈，假装表现得挺有兴趣，模仿着她以前看房时从那些真心想买房的顾客脸上学来的表情。这对她来说是个很大的挑战，因为她觉得只有沉迷嗑药和收集剪下来的指甲的变态才有可能对这种公寓感兴趣，所以，趁其他人没注意，扎拉溜到了阳台上，站在栏杆旁，凝视着那座桥，直到她的身体开始不受控制地摇晃。过去的十年里，她的反应一直是这样的。那封从来都没打开过的信依然躺在她的包里，而她现在已经学会了不流眼泪地哭泣，因为这样的哭法非常实用。

阳台的门虚掩着，她不仅能听见自己脑子里的声音，还能听到公寓里面的动静。两对伴侣正在屋子里转悠，试图忽略所有的那些丑家具，同时用自己想象出来的丑家具取而代之。其中那对年纪比较大的伴侣已经结婚很久了，那对年轻的最近才结婚。只要看看相爱的人是怎么拌嘴的，就会知道，在一起的时间越长，引起两人吵架所需要说的话就越少。

年长的那对夫妇是安娜-莱娜和罗杰，他们已经退休好几年了，但显然还没有习惯退休生活，看上去总是心事重重，其实他们根本没有需要紧张的事。安娜-莱娜是个异常敏感的女人，罗杰是个固执己见的男人，购物网站上那些针对各种家用小工具（此外还有剧场演出，以及胶带座和玻璃摆件之类的小东西）的巨细靡遗、啰唆个没完的一星评论（最高五星）基本都是安娜-莱娜和罗杰这类人写的。当然，有时候这些东西他们连用都没用过，但没有什么能够阻挡他们撰写差评的激情。假如你只能通过阅读评论来了解一个东西或者一件事情的真相，那么你恐怕永远都不会对任何事物形成自己的见解。安娜-莱娜的上衣颜色通常只在拼花地板上才能看到，罗杰穿着牛仔裤，上身的那件格纹衬衫曾经被他在网上打过一星，因为它"缩水了几英寸"！过了几天，罗杰又给他买的体重秤写评论，说它"一点儿都不准"……回到看房现场，只见安娜-莱娜扯过公寓里的窗帘，不屑地说："绿窗帘？谁会用绿色的窗帘？现在的人真是奇怪。不过，他们可能是色盲，也可能是爱尔兰人。"她的这些话不是对任何人说的，因为她已经养成了不大声说出来就无法思考的习惯，反正从来不会有人认真听她说话，对于这一点，她也早就习惯了。

罗杰当然没听到安娜-莱娜说了什么，因为他抬脚踢着护墙板，还在自言自语地嘟囔："这块板子松了。"而护墙板之所以松了，很可能是由于罗杰一连踢了它十分钟的缘故，但对罗杰这种实事求是的人来说，松了就是松了，无论是踢的还是本来就这样，他绝对不会嘴下留情。安娜-莱娜会时不时地凑到罗杰耳朵旁边，说说她对在场的其他潜在买家的看法。遗憾的是，除了无法安安静静地思考之外，安娜-莱娜还是个不会小声说话的人，她的"低声耳语"音量一点儿都不低，顶多有些刻意为之的断断续续，就好比有些人相信，在飞机上放屁时，只要控制得当，一会儿只放一点儿，别人就发觉不了似的。你永远没法变得如同你想象中的那么谨慎。

"阳台上的那个女的，罗杰，她到底是来干什么的？一看就很有钱，根本不会买这种房子。瞧，她还穿着鞋呢，谁都知道看房时得把鞋脱了！"安娜-莱娜说。罗杰没回应。安娜-莱娜透过阳台窗户，眼睛一眨不眨地瞪着扎拉，仿佛扎拉刚刚放了个屁。她再一次靠近（比上回还近）罗杰，"小声"地说："还有门厅里的那几个女的，她们看起来真不像是能买得起这种房子的！对吧？"

罗杰终于没再踢护墙板，他转过身来看着妻子，一直望进她眼睛里，然后说了十一个字——他这辈子从来没跟地球上的其他女人说过这十一个字："看在上帝的分儿上，亲爱的。"

他俩要么是再也没有吵架的打算，要么就是一直在冷战。如果两个人待在一起的时间久到一定程度，"吵架"和"漠不关心"就会渐渐变成同义词。

"亲爱的，看在上帝的分儿上，不管谁问你，你就说这个地方的装修太差劲，需要重新装修，这样就没人愿意买这套房了。"罗杰继续说道。

安娜-莱娜疑惑不解地问："可装修差劲是好事，不是吗？"

罗杰叹了口气。"看在上帝的分儿上，亲爱的。对我们来说当然是好事，因为我们可以自己重装。但是其他人——隔着老远都能看出来，他们里面没有一个知道应该怎么重新装修。"

安娜-莱娜点点头，皱起鼻子嗅了嗅空气里的味道。"这个地方闻起来绝对有一股潮气，对吧？是不是什么地方发霉啦？"她说，因为罗杰教过她，一定要挑点儿这样的毛病，然后大声质问房产经纪人，别的潜在买家听了就会担心房子有问题。

罗杰失望地闭上眼睛。

"看在上帝的分儿上，亲爱的，你应该对房产经纪人说，而不是我。"

受挫的安娜-莱娜点了点头，再次大声说出了自己的想法："我就是练习练习。"

站在阳台栏杆前远眺的扎拉听得到他们说的每一句话,看着那座桥,她的心如同往常一样慌乱,喉咙里涌动着熟悉的呕吐感,指尖不由自主地颤抖着。她也曾安慰自己,或许有一天,她的感觉会好一点儿,适应这一切,或者变得更糟,以至于无法忍受,自己也跳下去——这些恐怕全部都是自欺欺人的想法。她从阳台上往下看,但不确定够不够高。绝对想活下去和绝对想死的人都有个唯一的共同点:往下跳的时候首先得确定一下高度。可扎拉不确定自己想活还是想死——不喜欢活着,并不意味着你就想死——所以她才花了十年之久的时间寻找和参与这样的看房活动,每次都会站上那套房子的阳台,凝视着那座桥,借此面对内心深处那些糟糕到极点的东西。

她听见公寓里又有人说话了。这次开口的是那对年轻伴侣,茱莉亚和卢欧,她俩一个金发、一个黑发,正在叽叽喳喳地吵个不停,每一个觉得自己的荷尔蒙散发着与众不同的味道的年轻人都会这样吵架。茱莉亚怀孕了,是她惹恼了卢欧。这一对儿里面,其中一位的衣服似乎是她自己做的,衣料可能来自她从被谋杀的魔术师那儿偷来的斗篷,另一位看上去像个在保龄球馆外面兜售毒品的。卢欧(当然,这是个昵称,不过是那种用了很久,仿佛粘在她身上的昵称,连她本人都会这样自我介绍。另外,这个昵称还是让扎拉感到恼火的众多原因之一。)举着手机走来走去,嘴里嘀咕着:"这儿根本没信号!"茱莉亚抢白她说:"是呀,太可怕了,要是我们在这儿住,就只能靠说话互相交流了!别再转移话题了!我们得想想那些鸟该怎么办!"

她们很少能达成共识,但从卢欧的辩解来看,她似乎对这一点认识得不是很清楚。每当卢欧问茱莉亚"你不高兴了吗",茱莉亚的回答常常是"没有"。卢欧听了之后会满不在乎地耸耸肩，神情如同那些家庭清洁用品广告里的人那样无忧无虑，而这只会让茱莉亚更不高兴，因为傻子都看得出她本来就很不高兴。认识茱莉亚的时候，卢欧养着一大群鸟——不是为了当午餐，而是当宠物养的。"她是个海盗吗？"第一次听说这件事的时候，茱莉亚的妈妈这样问女儿，但茱莉亚忍受了鸟的问题，因为她在恋爱，还因为她觉得鸟类的寿命应该没有那么长。

然而，事实证明，鸟类的寿命很长。最终意识到这一点的茱莉亚决定用成年人的方式处理这件事：一天晚上，她偷偷摸摸爬下床，敞开窗户，把那群鸟放了出去——其中一只小可怜竟然掉到街上摔死了！一只鸟！摔死了！第二天，茱莉亚只能趁卢欧去上班时请邻居家的几个小孩喝汽水，拜托他们等卢欧发现鸟笼子开着的时候充当替罪羊。什么？你想问问其他的鸟飞去哪儿了？告诉你吧，它们还坐在笼子里！瞧见没有，为了舒舒服服地活下去，这群生物连脸都不要了！简直是给进化论抹黑啊！

"我是不会给它们安乐死的！我也不想再提这件事！"卢欧说，她听起来很受伤，双手用力地插在连衣裙的口袋里，环顾着整个公寓。她的连衣裙之所以有口袋，是因为她觉得这样很好看，还可以有地方放她的手。

"好吧，好吧。那你觉得这套房子怎么样？我觉得咱们应该买下它！"茱莉亚喘着粗气说，因为电梯坏了，她俩是走楼梯上来的，还因为卢欧老是对家人和朋友说"我们怀孕了"，好像她俩都怀孕了似的，茱莉亚很想在卢欧睡觉时用蜡封住自己的耳朵，不是她不爱卢欧，正因为太爱她了，爱到几乎难以忍受，茱莉亚才会这么做。还有一点她忍不了：她俩到现在已经看过二十多套房子了，卢欧每次都能挑出毛病，似乎根本不想搬家。可她们现在的住处只有一个卧室，茱莉亚每天晚上都会被迫起来玩孕妇最爱的夜间游戏"胎动还是放屁"，醒来再睡着往往很难，因为卢欧和她的那群鸟都打呼噜。茱莉亚恨不得马上搬家，只要有多余的卧室，搬到哪里都可以。

"没信号。"卢欧愁眉苦脸地重复道。

"谁在乎？买了吧！"茱莉亚坚持道。

"嗯，我不确定。我还得看看娱乐室。"卢欧说。

"那是个步入式衣帽间。"茱莉亚说。

"也可以改成娱乐室！我去拿卷尺！"卢欧开心地点着头说，她有个最可爱也最让人恼火的特点——无论上一秒和茱莉亚为了什么而争吵，她都有可能在下一秒心情瞬间变好，仿佛想到了美味的奶酪。

"你知道吧，不准把奶酪放在我的步入式衣帽间里。"茱莉亚严厉地说。她俩现在的公寓有个地下室储藏间，茱莉亚说那儿是"遗弃嗜好博物馆"：每隔三个月，卢欧都会迷上点儿什么，比如20世纪50年代的连衣裙、法式海鲜汤、古董咖啡杯、CrossFit健身、盆景和关于"二战"的播客节目，然后她会花三个月时间研究自己迷上的这样东西，整天泡在相关的网络论坛上——这些论坛的常客大概被人锁在了蜂窝一样的小屋里，给他们提供 Wi-Fi 信号简直是最大的失策。收到来自四面八方的各种信息投喂之后，突然有一天，卢欧会觉得受够了这一切，然后马上找到新的爱好。自从和茱莉亚在一起，她唯一保留下来的爱好就是收藏鞋，用一句话来概括她最贴切不过：她有两百多双鞋，每到雨雪天却总是穿错鞋。

"不，我还没好好研究那个地方！我得量量尺寸！这样才能知道有没有空间放奶酪！我的植物也需要……"卢欧开口道，因为她刚刚决定，要在娱乐室里搞一排加热灯，在下面种植物，这个娱乐室还是个步入式衣帽间,又是个……

　　与此同时,安娜-莱娜一只手摩挲着沙发靠垫,想到了鲨鱼。她最近经常想起鲨鱼,因为在她和罗杰的婚姻中,他们越来越像鲨鱼,这是安娜-莱娜暗自忧伤的源头。她揪起靠垫的布套摸来摸去,试图用"大声的"思考转移自己的注意力:"这是宜家的吗?没错,绝对是宜家的,我认得它。这种还有花卉图案的呢,花卉的更好看。现在还真流行这样的东西呢。"

　　你甚至可以半夜把安娜-莱娜叫醒,让她背宜家的产品目录——当然你得有个说得过去的理由,但重点在于她完全能背出来。安娜-莱娜和罗杰逛遍了全瑞典的宜家商场。纵然罗杰有很多缺点,也搞砸过很多事,但每当来到宜家,安娜-莱娜就会想起罗杰是爱她的。两个人在一起很久之后,重要的就只剩下了那些小事。在漫长的婚姻中,不需要说话就能争吵,不必说"我爱你"也能表达爱意。最近一次逛宜家时,罗杰和安娜-莱娜去餐厅吃午饭,他提议每人来一块蛋糕,因为他知道安娜-莱娜重视这样的日子,也因为她觉得重要的日子对他来说也是重要的。他就是这样爱她的。

　　她继续装模作样地抚摸"花卉图案更好看"的沙发靠垫,同时偷偷摸摸地(她自己觉得这样就算偷偷摸摸了)瞥了一眼旁边的那两个女人——孕妇和孕妇的老婆。罗杰也在打量她们,不过,表面上,他一本正经地拿着房产中介公司印发的房源资料,指着上面的户型图咕哝道:"看在上帝的分儿上,亲爱的,瞧瞧这个!他们为什么叫这么个小房间'儿童房'?不就是个普通的小破卧室嘛!"

　　罗杰不喜欢在看房现场遇到孕妇,因为等待宝宝出生的家庭总会报出更高的价格。他也不喜欢儿童房。正因如此,逛宜家的时候,安娜-莱娜总会拉着罗杰问这问那,分散他的注意力,帮他暂时忘记那些悲伤的回忆。她就是这样爱他的。

卢欧看到了罗杰,朝他咧嘴笑笑,仿佛他们根本不是今天来抢房子的竞争对手。

"嗨!我是卢欧,那是我妻子茉莉亚。我能借你的卷尺用用吗?我忘带了!"

"当然不能!"罗杰紧紧抓住手中的卷尺、袖珍计算器和记事本,两条眉毛颤动着拧到了一起。

"冷静点儿,我只是想——"卢欧开口道。

"我们都应该为自己的过失负责!"安娜-莱娜大声打断了她。

卢欧看起来很惊讶,惊讶使她感到紧张,一紧张她就觉得饿,周围又没有多少可吃的东西,于是她伸手去拿茶几上那个碗里的青柠檬。安娜-莱娜见状,大声叫道:"我的天!你在干什么?那个不能吃!那是观赏柠檬!"

卢欧放下柠檬,把手插回连衣裙的口袋里,回到妻子身边,喃喃地说:"不,这个公寓不适合我们,亲爱的。它看起来是挺不错的,可我觉得这儿的能量场不对劲,咱们住在这里没法做真正的自己,嗯。你还记得我读到过的那篇叫'我们的能量'的文章吗?就是我想当设计师的那个月?文章里说,我们必须脸朝东睡觉。至于头和脚冲着哪个方向……嗯……先别管了!反正我不喜欢这个公寓。咱们走吧?"

站在外面的阳台上,扎拉像收尸那样收拾了一下自己的心情,挂着嘲弄的微笑回到室内。就在她走进来的时候,那个孕妇突然发出一声尖叫,起初听起来像是突然被踢了一脚的动物的怒吼,随即怒吼变成了斩钉截铁的宣告:

"不！够了，卢欧！我可以带上鸟搬进来，忍受你那些难听的音乐，甚至把你那些垃圾都带过来！但是，如果不买下这套房子，我今天就不走了！我宁可在这儿的地毯上生下咱们的孩子！"

公寓里一下子变得鸦雀无声，众人纷纷盯着茱莉亚，唯一没能从众的是扎拉，因为刚刚从阳台外面跨进来的她看到了银行抢劫犯。一秒钟过去了，两秒钟过去了，在这两秒钟的时间里，房间里只有扎拉明白接下来会发生什么事。

然后，安娜-莱娜也看到了那个戴滑雪面罩的身影，她立刻大声喊道："噢，上帝啊，我们被抢劫啦！"所有人都惊得张大了嘴巴，却没有声音发出来。恐惧能让人在看到手枪的那一刻变得僵硬麻木，自动关闭各种脑电波和背景音，只留下最能保命的本能反应。又过了一秒、两秒，他们听到的只有自己的心跳——具体来说，就是心脏先停一停，然后玩命般地狂跳不已：震惊之下，他们起先没反应过来发生了什么，然后才意识到究竟是怎么回事。生存的本能和对死亡的恐惧扭打成一团，为一些失去理智的想法腾出了充裕的滋生空间——当你看到枪口的那一瞬，想到"我今早出门时关掉咖啡机了没有"和"要是我死了，我的孩子怎么办"这两种问题的概率有可能是不相上下的。

可是，哪怕银行劫匪始终没吭声，甚至跟在场的所有人一样害怕，一段时间过后，震惊也依然变成了混乱。只听安娜-莱娜气急败坏地憋出一句："你是来抢劫我们的，对吧？"银行劫匪似乎要提出抗议，但还没来得及张口，安娜-莱娜就一把扯过罗杰——就像她刚才扯起那块绿色的窗帘那样，哭着说："把你的钱拿出来，罗杰！"

罗杰犹疑不定地看向银行抢劫犯，显然陷入了激烈的思想斗争,因为罗杰虽然很小气,可也不想死在这么一套亟待重新装修的破烂公寓里。于是他从裤子后袋里掏出钱包,像他这样的男人总会随身带着钱包,去海边的时候除外,到了海滩,他们会把钱藏在鞋里,然后发现钱在那儿其实没什么用。罗杰转身看向离他最近的那个人——站在阳台门口的扎拉,问:"你有现金吗?"

扎拉惊呆了,但很难看出她是被劫匪的手枪还是被罗杰的问题吓到了。

"现金?说真的,我看起来像贩毒的吗?"

透过汗湿的滑雪面罩上的小洞,可以看到银行劫匪不停地眨着眼睛扫视整个房间。

终于,银行劫匪吼道:"不……不,这不是抢劫……我不过是……"然后,劫匪又喘着粗气改了说法:"好吧,也许就是抢劫!可你们不是受害者!更像是人质!非常抱歉!我这一天过得实在是太复杂了!"

一切就是这么开始的。

29

证人讯问记录

日期:12月30日

证人姓名:安娜-莱娜

杰克: 你好,我是杰克。

安娜-莱娜: 我不想再跟警察说话了。

杰克: 我非常理解你的心情。我只是想问几个简单的问题。

安娜-莱娜：	要是罗杰在这儿，他会告诉你，你们都是白痴，一个局子的警察，连个困在公寓里的银行抢劫犯都抓不着！
杰克：	所以我才需要向你请教。为了抓住罪犯。
安娜-莱娜：	我要回家。
杰克：	相信我，我真的理解你，我们只想弄明白公寓里到底发生了什么。你能告诉我罪犯持枪闯入时发生了什么吗？
安娜-莱娜：	那个女的，扎拉，没脱鞋。另外那个，卢欧，想吃青柠檬。看房的时候怎么能这样！这可是大家心照不宣的规则！
杰克：	抱歉，你说什么？
安娜-莱娜：	她想吃青柠檬，观赏柠檬！房产经纪人把它们放在那儿当装饰用！不能吃！我正准备去找房产经纪人，让她把卢欧扔出去，因为这样的行为太过分了！可就在这时，那个疯子挥着手枪进来了。
杰克：	我明白了。然后发生了什么？
安娜-莱娜：	你应该和罗杰谈谈。他的记忆力非常好。
杰克：	罗杰是你丈夫？你们一起去看房了吗？
安娜-莱娜：	是，罗杰说这套房挺适合投资的。你这张桌子是宜家的吧？没错，就是的，对吧？我认得。还有象牙白色的呢，象牙白和你们这里的墙更配哟。
杰克：	不好意思，讯问室的装修不是我负责的。
安娜-莱娜：	因为这儿只是个讯问室就不用装修得漂亮一点儿了吗？反正你们都去宜家买桌子了，那张象牙白的桌子就在你这张的旁边，我在提货区看到过……唉，算

了，萝卜青菜各有所爱。

杰克： 我找机会跟上级提提这件事。

安娜-莱娜： 好吧，随你便。

杰克： 罗杰说，这套房子"挺适合投资的"，意思是你们买来不是自己住的？买下来再转手卖掉？

安娜-莱娜： 你为什么要问这个？

杰克： 我只想了解一下都有谁去了那套公寓、为什么去，排除人质和罪犯勾结的嫌疑。

安娜-莱娜： 勾结？

杰克： 我们认为，有人可能帮助了他。

安娜-莱娜： 你们认为，我和罗杰勾结罪犯？

杰克： 不，不。我们只不过是按照流程问几个问题，就这么简单。

安娜-莱娜： 这么说，你怀疑是她，那个扎拉？

杰克： 我可没那么说。

安娜-莱娜： 你说，你们认为有人可能帮助了银行劫匪。那个扎拉非常可疑，我一眼就看出她不对劲，那么有钱还跑来看那种公寓。我还听见那个孕妇告诉她老婆，那个扎拉看起来像"库伊拉·德·维尔[1]"，我记得似乎是哪个电影里的，反正她看起来不像好人。还是说你们觉得艾丝特尔帮了银行劫匪？她可是快九十岁了，你知道吧。你们准备指控九十岁的老太太勾结罪犯吗？现代警察就是这么办案的吗？

---

1. 库伊拉·德·维尔：迪士尼电影《101忠狗》里的反派角色。全书注释均为译者注。

杰克：	我谁都没指控。
安娜-莱娜：	看房的时候，罗杰和我从来不会帮助任何人。这点我可以保证。罗杰说，我们走进看房现场的那一刻，就是战斗打响的时候，周围全是敌人。所以他总是让我出面，告诉来看房的其他人，房子需要全面整修，会花很多钱，还得嫌弃屋子里有潮气什么的。罗杰很擅长谈判，我们搞定过不少非常好的投资。
杰克：	这么说你们经常这么干？只是为了炒房？
安娜-莱娜：	不卖出去算什么投资？这是罗杰说的。我们买下房子以后，罗杰负责重新装修，我负责装饰，卖出去之后再买下一套房子。
杰克：	听起来不像是一般退休的人干的事。
安娜-莱娜：	罗杰和我喜欢一起做项目。
杰克：	你还好吗？
安娜-莱娜：	是的。
杰克：	你好像在哭。
安娜-莱娜：	我今天过得很辛苦！
杰克：	对不起，是我考虑得不周到。
安娜-莱娜：	我知道罗杰也不是总会考虑得那么周到，但他已经很细心了。他喜欢给我们两个找点儿事做，因为他担心我们整天待在一起没有话说。我在他眼里并不是那么有趣，可能会让他觉得无聊，除非我们能一起做项目。
杰克：	我敢肯定，他不是真的这么想的。
安娜-莱娜：	你又知道什么？
杰克：	我瞎猜的。我什么都不知道，对不起。我只想问几个问题，关于潜在买家的。

安娜-莱娜：	他们是给自己找家的。
杰克：	什么？
安娜-莱娜：	罗杰说，一共有两种买家：找投资的和给自己找家的。找家的是情绪化的白痴，很容易冲动买房，以为只要搬进去，他们的所有问题都会瞬间消失。
杰克：	我好像没听明白。
安娜-莱娜：	罗杰和我不会让情绪阻碍我们的投资，但其他人都会犯这样的蠢错误，比如今天看房的那两个女的，怀孕的那个和她老婆。
杰克：	茱莉亚和卢欧？
安娜-莱娜：	没错！
杰克：	你认为她们就是"给自己找家的"？
安娜-莱娜：	太明显了。这种人看房的时候，总是妄想着只要自己住在那儿，一切都会往好的方向发展：早晨起来不会觉得气闷，照镜子时也不感到堵心，连吵架都变少了，两个人也许还会像刚结婚那会儿似的，忍不住拉拉手什么的。她们就是这么想的。
杰克：	请务必原谅我，你是不是又哭了？
安娜-莱娜：	我怎么样不用你来告诉我！
杰克：	好吧，好吧。可不可以这么说呢，你们在研究别人的看房行为方面花了很多的心思？
安娜-莱娜：	做研究的主要是罗杰。罗杰很聪明，你知道吧。他说过，必须了解你的敌人，而你的敌人想要的是赶紧买下房子住进去，再也不用搬到别的地方了。罗杰跟他们不一样。我们看过一部关于鲨鱼的纪录片，罗杰对它很感兴趣。有一种鲨鱼，如果停下来不动就

会死,只有一直游才能呼吸到足够的氧气。我们的婚姻就是这么完蛋的。

杰克: 抱歉,我又没听懂。

安娜-莱娜: 你知道退休最不好的地方是什么吗?

杰克: 不知道。

安娜-莱娜: 有太多的时间胡思乱想。闲着就会出事,所以罗杰和我成了鲨鱼,要是一动不动,我们的婚姻就得不到任何氧气,所以我们买房、翻新、卖房,买房、翻新、卖房。我其实建议过用打高尔夫代替炒房来着,但罗杰不喜欢高尔夫。

杰克: 很抱歉,我打断一下,咱们是不是有点儿跑题了?你只需要告诉我关于人质的情况就可以了,不用把你和你丈夫的情况介绍得那么仔细。

安娜-莱娜: 可这就是问题所在。

杰克: 什么?

安娜-莱娜: 我觉得他不想当我丈夫了。

杰克: 为什么这么说?

安娜-莱娜: 你知道瑞典有多少个宜家商场吗?

杰克: 不知道。

安娜-莱娜: 二十个。你知道罗杰和我去过多少个吗?

杰克: 不知道。

安娜-莱娜: 全都去了,一个都没落。我们最近才逛到了最后那个,我不知道罗杰一直在计数,可当我们去餐厅吃饭时,罗杰突然说,我们应该每人来一块蛋糕。我们总是会在宜家商场吃饭,但从来没点过蛋糕,这时候我才意识到他一直在计数。我知道罗杰看起来并不

	浪漫，但有的时候他可能是地球上最浪漫的男人，你知道吗。
杰克：	听起来确实很浪漫。
安娜-莱娜：	他表面上看着挺凶的，其实他不讨厌孩子。
杰克：	什么？
安娜-莱娜：	人人都以为他讨厌孩子，因为房产经纪人在户型图上标出"儿童房"的时候，他会非常生气，可他生气只是因为有孩子的买家会把房价拉高到让人难以置信的程度。他不讨厌孩子。他爱孩子。所以我才会在逛宜家儿童区的时候分散他的注意力。
杰克：	抱歉。
安娜-莱娜：	为什么？
杰克：	对不起，我猜你的意思是你们没有孩子。如果是这样，我觉得很抱歉。
安娜-莱娜：	我们有两个孩子！
杰克：	对不起，是我误会了。
安娜-莱娜：	你有孩子吗？
杰克：	没有。
安娜-莱娜：	我家的两个孩子年龄跟你差不多，但他们不想要自己的孩子。我儿子说，他宁愿专注于自己的事业。我女儿说，世界上已经人口过剩了。
杰克：	哦。
安娜-莱娜：	你能想象吗，你的孩子不想要孩子，这说明你们得是一对多么糟糕的父母啊！
杰克：	我从来没想过。
安娜-莱娜：	罗杰会是个好祖父，你知道吧。可他现在连我的丈

夫都不愿意当了。

杰克： 我确定你们两个的问题会解决的，无论发生什么。

安娜-莱娜： 你不知道发生了什么。你不知道我做了什么，全都是我的错。可我只想停手，不想再一套房接一套房地折腾了，这么多年了，我受够了。我也要给自己找个家。可我对罗杰做了那样的事，怎么还有资格说这个。我真不应该为那只该死的兔子付钱的。

30

千万别以为劫持一群白痴做人质轻而易举，其中的艰难很可能完全超出你的想象。

银行劫匪始终犹豫不决，脸也被滑雪面罩刺得痒痒的。大家都在盯着劫匪看，银行劫匪刚想说点儿什么，罗杰却先发制人地举起一只手，说："我们没有现金！"

安娜-莱娜就站在他身后，她马上照猫画虎地重复道："我们没有'钱'，明白吗？"说完，她还搓了搓指尖。安娜-莱娜似乎总以为只有她才能听懂罗杰说的话，就好像他是一匹马，而她是地球上唯一的马语者，无论遇到什么场合，她都会下意识地把罗杰的言论向别人转述一遍。每次两人去餐馆吃饭，罗杰明明已经要求服务员送账单过来了，安娜-莱娜却还要煞有介事地对着服务员补上一句："买单，谢谢。"同时假装在手掌上写写画画，模仿着签单的动作。要是罗杰有那个耐心去注意安娜-莱娜的言行的话，一定会觉得她这样做非常烦人。

"我不要你们的钱……拜托，请保持安静……我听听外面是不是……"银行劫匪说,冲着公寓门口的方向侧了侧耳朵,试图确认楼梯间里是否挤满了警察。

"不要钱?那你来这儿干什么?既然把我们当成人质,总得说说你有什么具体的要求吧?"站在阳台门口的扎拉轻蔑地哼了一声,她认为银行劫匪的表现实在是太差劲了。

"你们能给我点儿时间考虑一下吗?"银行劫匪问。

遗憾的是,公寓里的这群人似乎根本不打算满足银行劫匪的要求。不要觉得只要拿着枪就能为所欲为,让别人乖乖就范:殊不知世界上存在着这么一群人,他们因为从来没见过枪,就盲目相信自己永远不会被枪指着,即便真的有那么一天,他们也不愿意接受自己正在被人拿枪威胁的事实,甚至不会把它当回事。

除了在电视上看到过枪,罗杰从来没在现实中见过真枪,再加上他喜欢关于鲨鱼的纪录片,所以他又一次举起手来(这次举的是另一只手,说明他是认真的),响亮而清楚地发问道:"这究竟是抢劫还是劫持人质啊?你到底想怎么样啊?"

看到罗杰换了一只手,安娜-莱娜紧张起来,因为假如罗杰在短短几分钟之内,一连用了两只手打手势的话,说明情况非常不妙,于是她"小声"地说:"少说点儿刺激人的话不行吗,罗杰?"

"看在上帝的分儿上,亲爱的,难道我们没有权利知道准确信息吗?"罗杰气愤地反问道。然后他再次转向银行劫匪,重复了一遍:"这到底是不是抢劫啊?"

站在罗杰身后的安娜-莱娜伸长了脖子望向罗杰面前的银行劫匪,拇指和食指比画了一个手枪的形状,对着劫匪挥了挥,嘴里模仿着"砰砰"的枪声,还贴心地补充了一个问句:"抢劫?"

银行劫匪闭上眼睛,做了好几个深呼吸。其实,平时你也会遇到这样的情况,比如说,你正在开车,孩子们却在汽车后座吵了起来，你越听越糟心，逐渐控制不住自己的脾气，忍不住开口呵斥他们，嗓门之大完全超出你的想象，他们被你的模样吓得不轻，甚至不约而同地闭上了嘴巴，所以整件事的结果就是：你本想着教训孩子，到头来却只会不由自主地讨厌自己。你不想成为那种千夫所指的父母，因此只能低三下四地跟孩子道歉，告诉他们你有多爱他们，不过现在你需要专心开车……总之，银行劫匪就是用同样低三下四的语气恳求公寓里的每一个人的："你们能不能……我能不能请你们躺在地上……大家都安静一点儿，好不好？让我好好……考虑一下？"

没有人躺下。罗杰直白地拒绝道："我们得知道这究竟是怎么一回事！然后再决定是不是要躺下！"扎拉当然也不愿意，她说："你看见地板有多脏了吗？只有那些养宠物的才不会嫌弃这么脏的地板！"茱莉亚希望自己会是例外："瞧，我从扶手椅上起来都得二十分钟，所以我是不会躺在地上的！躺哪儿都不行！"

银行劫匪这才注意到茱莉亚怀孕了。就在这时，卢欧一个箭步蹿出来，挡在茱莉亚身前，举起两只胳膊，谄媚地对劫匪笑道："拜托，别把我老婆说的话当回事，她就是个急性子。求求你，别开枪！我们会按照你说的去做！"

"我才不是急性子——"茱莉亚抗议。

"手——枪——"卢欧咬牙切齿地小声提醒她。卢欧上一次这么害怕，还是她想给鞋拍照，却不小心按下了自拍键的时候。

"看起来不像是真枪。"茱莉亚指出。

"好啊，那我们就冒个险，大不了孩子不要了。"卢欧反唇相讥。这时候，银行劫匪忍无可忍，举枪对准了茱莉亚。

"我……我没注意到你怀孕了。你可以走了。我不想伤害任何人，尤其是孩子，我只打算一个人好好想点儿事情。"

听到这些话，罗杰突然冒出一个主意，一个只有罗杰才能想出来的聪明主意。

"没错!走吧!快走!"他喊道,然后他又大步来到银行劫匪面前,严肃地补充道:"我是说,你可以让他们全都走人,对吧?其实你只需要一个人质就够了,这样简单多了。"

罗杰不停地拿大拇指戳自己的胸口,意思是他最适合成为劫匪的人质,随后他又加了一句:"再加上房产经纪人,我可以留下来,跟房产经纪人一起。"

茱莉亚狐疑地瞪了他一眼,厉声诘问道:"这正合你的心意,不是吗?趁我们都走了,你就可以单独报价,拿下这套房子了!"

"少管闲事!"罗杰叫道。

"反正我们是不会把你和房产经纪人单独留下来的!"茱莉亚斩钉截铁地说。

碰了一鼻子灰的罗杰摇起脑袋,他下半张脸上的所有褶子都跟着晃悠起来。

"这套公寓根本不适合你们!动手能力强的人才应该买这种房子!"他说。

争强好胜的茱莉亚又怎么会放过这句狡辩里的漏洞,她立刻驳斥对方:"我老婆的动手能力就很强!"

"什么?"卢欧吃惊地问,险些没反应过来自己也是某个人的老婆。

安娜-莱娜大声思考道:"小点儿声!别吓着孩子。"

罗杰挑衅地点点头:"没错!别吓着孩子!"

安娜-莱娜面露喜色,因为罗杰可算是听到了她的话,然而茱莉亚的眼神一下子变得黑魆魆的。

"买不到这套房子,我就不走了,你这个不要脸的老东西。"她说。

卢欧紧张地拽住她的胳膊，咬着牙根低声说："你怎么老是跟别人吵架？"

因为卢欧以前见过茱莉亚露出这样的眼神。几年前，她俩第一次约会时，茱莉亚站在酒吧外面抽烟，卢欧在吧台点饮料。过了两分钟，一个保安过来找卢欧，指着窗外问："你是和她一起来的吗？"卢欧点了点头，于是……下一秒她就被扔出了酒吧。酒吧外面显然划定了吸烟区，那儿是唯一允许抽烟的地方，但茱莉亚硬是站在距离吸烟区边界两码开外的地方。保安让她挪进吸烟区抽烟，茱莉亚却围着边界线跳来跳去，戏弄保安："我在这儿可以吗？这里呢？要是脚站在外面，拿烟的胳膊伸到里面去呢？这样行不行？我站在外面，把烟往吸烟区里面喷？"只要喝过一点儿酒，茱莉亚就总想着挑战权威，这种人格特质或许不适合在第一次约会时就表现出来，不过，被扔出来以后，卢欧问保安是怎么知道她和茱莉亚是一起来的，对方粗鲁地回答："我让她滚蛋，她隔着窗户指着你说：'那是我女朋友，她不走我也不走！'"那是卢欧第一次成为别人的女朋友，当天晚上，她对茱莉亚的无可救药的迷恋就进化成了一发不可收拾的爱情。

卢欧后来才发现，茱莉亚怀孕时的性情跟她喝醉的时候一模一样，所以过去的八个月对她来说很难熬——不过，人生总是充满了惊喜。

"拜托，茱莉亚？"卢欧试探地恳求道。

茱莉亚咬着牙根低声回应她："要是我们现在就走，下次回来的时候，这套房子很可能已经卖出去了！我们都看了多少套房子了？二十套有了吧？每次你都能挑出毛病！我受够了！所以这套房子我要定了！谁也别想拦着我——"

"手——枪——"卢欧重复。

"你打算自己生一只十磅重的猴子出来吗,卢欧?嗯?闭嘴!"

"每次吵架,你都打怀孕牌,这不公平!茱尔丝[1],我们早就讨论过了……"卢欧喃喃地说,双手往连衣裙的口袋里插得更深了,茱莉亚随即意识到自己有点儿过分了,因为卢欧的手只有在邻居家的小孩弄死了她养的鸟的时候才会这么用力地抠衣袋。

银行劫匪轻轻地咳嗽了一声,说:"抱歉,我不想打扰你们,可是……"说着,劫匪把手里的枪举高了一点点,好让每个人都能看到它,想起这里究竟发生了什么事。

茱莉亚抱着胳膊,重复了最后一遍:"我哪儿都不去。"

卢欧深深地叹了一口气,深得就像见了底的汽车油箱,然后她坚定地点点头:"她不走我也不走。"

这显然是非常感人的一幕——假如扎拉没有跳出来拆卢欧的台的话,只听扎拉嗤笑着说:"没人让你走,你又没怀孕。"

卢欧的手往口袋里探得更深了,简直要在里面掏出两个洞来,她嘟囔道:"我们原本就是一起过来的。"

因为没人关心眼下最重要的事,罗杰得不到自己想要知道的准确信息,他越来越恼火,忍不住双手指着银行劫匪说:"你到底想怎么样,嗯?难道你还想要这套房子吗?"

安娜-莱娜两手举到半空,比画了一个方块的形状,就像哑剧演员表达"公寓"这个意思时那样打手势。看到发难的又是这两位,银行劫匪哀叫了一声。

"我为什么……你不能这么……你的意思是,我打算抢走这套公寓吗?"劫匪说。

罗杰似乎也意识到自己刚才大声说出的想法有些荒谬,但他是

---

1. 茱尔丝:茱莉亚的昵称。

个就算错到离谱也永远正确的男人,他急忙为自己打圆场:"那当然!这套房子翻新之后,涨价的空间很大!"

安娜-莱娜站在他身后,比画了个拿锤子钉钉子的动作。

银行劫匪再次压低声音咳嗽了一阵,感觉自己的脑袋马上就要疼起来了。然后劫匪说:"你们能不能……先躺下?就躺一会儿?我没打算……我是说,我其实只是想抢银行,没打算……听着,我起先根本没这么想!"

出于种种原因,在场的人全都安静下来,只能听到银行劫匪抽泣的声音。那绝对不是让人舒服的一幕——举着手枪哭泣——所以其他人完全不知道该怎么回应。卢欧轻轻推了推茱莉亚,咕哝道:"瞧瞧你干的好事。"茱莉亚也对她咕哝:"都怪你……"罗杰转身看着安娜-莱娜,小声说:"这儿确实很有翻新的潜力。"安娜-莱娜立刻回应:"没错,确实,不是吗?你说得很对!可是……我也闻见了潮气……说不定还有发霉的味道?"

银行劫匪依然在哭,可没人愿意往劫匪这边看,因为如上所述,拿着手枪哭泣会造成情感表达方面的混乱,引起旁观者的困扰。终于,艾丝特尔小心翼翼地开口了——她要么非常明白该怎么做,要么就是完全不了解情况。到目前为止,这个故事始终没怎么提到艾丝特尔,似乎有点儿奇怪,但这并非由于艾丝特尔容易被人忘记,而是因为她很难被人记住。艾丝特尔具有所谓的"透明人格",八十七岁的她弯腰驼背,皮肤皱皱巴巴,像一块瘦小枯干的老姜。她悄悄地溜到银行劫匪面前,问:"你还好吗,亲爱的?"银行劫匪没吭声,她却丝毫不受影响,兀自嘀咕下去:"我叫艾丝特尔,我替我女儿来看房子。我丈夫克努特停车去了。在这边找个停车位可真难,今天街上又来了那么多警车。对不起,我让你心烦了吧?我可没有怪你,克努特找不到地方停车,当然不是你的错。你现在觉得好点儿了吗？想不想喝杯水呢？"

艾丝特尔似乎根本不觉得那把手枪碍眼，而且她看起来是那么的善良，仿佛就算不小心被劫匪杀掉，她也会觉得这是劫匪对她的赞誉，甚至感谢劫匪以这种方式注意到了她。银行劫匪拿纸巾擦干眼泪，低声回答："好的，拜托。"

"这儿有青柠檬！"卢欧指着茶几上的那个大碗喊叫，里面至少装着几十个青柠檬。如今的看房现场似乎很流行用这种水果做装饰，要是哪天房产经纪这个职业灭绝了，地球表面大概会被厚厚的一层来不及用完的青柠檬覆盖，也许只有擅长使用很小的刀子和莫名其妙地喜欢墨西哥啤酒的小年轻才能在这样的世界上生存下去。

艾丝特尔端来一杯水，为了方便喝水，银行劫匪把面罩掀起来一点点。

"好点儿了吗？"艾丝特尔问。

银行劫匪轻轻地点点头，把杯子递还给她。

"我……我很抱歉。"劫匪说。

"噢，别担心，亲爱的，没关系。"艾丝特尔说，"你说你不是来抢公寓的，我觉得这很聪明。因为抢公寓这个主意显然不怎么聪明，警察知道了，会直接来这套公寓抓你！你是打算抢劫街对面的那家银行吧？那儿不是变成无现金银行了吗？"

"没错，谢谢。我注意到了。"银行劫匪咬牙切齿地说。

"聪明！"扎拉宣称。

银行劫匪扭脸看着她，忽然完全失去了控制，仿佛车后座的孩子们再次吵起架来，只听劫匪咆哮道："但是我一开始不知道！明白了吗？任何人都有可能犯错误！"

罗杰有个本能，每当有人大喊大叫，他就会下意识地喊得更响，于是他也叫道："我只想知道你到底打算干什么！"

所以银行劫匪喊了回去:"让我想想!"

罗杰更大声地吆喝道:"你真不适合抢银行!知道吗?"

银行劫匪挥着手枪大叫:"你真走运!"

卢欧急忙冲上前去吼道:"行啦!都别喊了!对孩子不好!"

诚然,她说得很对,大喊大叫会让胎儿心烦意乱,卢欧在一本书上读到过,这本书还说,怀孕是一次共同的旅程。吼完之后,她看着茱莉亚,似乎期待对方给她颁发一枚奖牌。茱莉亚翻了个白眼。"真的吗,卢欧?都有人拿枪指着我们了,你还有闲工夫担心噪音?"她说。

与此同时,艾丝特尔轻轻拍打着银行劫匪的胳膊,解释说:"没错,那两位要有小宝宝了,你知道,虽然她们是从……嗯,你知道的。"

她对银行劫匪眨了眨眼,好像只需要说到这里就够了,可她的暗示似乎没起作用,所以艾丝特尔整了整裙子,改变了话题:"好了,我不明白我们为什么要躺下。难道不能先互相自我介绍一下吗?我叫艾丝特尔,你从来没说过你叫什么。"

银行劫匪歪了歪脑袋,好像在展示脸上的面罩,然后开口道:"我……瞧……这个问题不应该找我回答。"

艾丝特尔立刻歉疚地点点头,转向其他人。

"嗯,好吧,也许我们的朋友希望保持匿名。但你可以告诉我们你叫什么,对吧?"她冲着罗杰点点头。

"罗杰。"罗杰喃喃地说。

"我叫安娜-莱娜!"安娜-莱娜说,她已经习惯不问自答了。

"我是卢欧,这是我老婆,茱莉——嗷!"卢欧捂着小腿说。

银行劫匪看着众人,简短地点了点头。

"好吧。你们好。"劫匪说。

"现在我们互相认识啦!真好!"艾丝特尔宣布,甚至还高兴地拍了拍手。对这样一个没有存在感的人来说,她拍手的力道实在有些惊人,而且拍手这样的动作,非常不适合在一个有持枪劫匪在场的房间里做,因为其他人可能会把突如其来的拍手声当成枪声,吓得躺在地板上。

银行劫匪诧异万分地扫视着横七竖八躺在地板上的众人,挠了一下头,对艾丝特尔说:"谢谢,您真是帮了我大忙。"

安娜-莱娜蜷着身子躺在沙发旁边的地毯上,艰难地喘息了半分钟,然后才意识到自己并没有中枪——她呼吸不畅的真正原因是,自以为听到枪响的罗杰往地上扑的时候,把她给压倒了。

31

证人讯问记录

日期:12 月 30 日

证人姓名:艾丝特尔

吉姆: 我真的非常抱歉,我们会让您尽快回家的。

艾丝特尔: 噢,别担心。老实说,今天的事太让人兴奋了。我已经快九十岁了,遇到这种事的机会可不多了!

吉姆: 当然,没错。嗯,我同事和我很想请您看一下这张画。我们在楼梯间发现了它,我们觉得画的是猴子、青蛙和麋鹿。您见过这张画吗?

艾丝特尔: 没,没,恐怕没有。这真的是头麋鹿吗?

吉姆: 我不知道,真不知道。老实说,我也不确定这重不重要。您能不能告诉我,您在看房现场做了些什么呢?

艾丝特尔： 我跟我丈夫克努特一起去的。他当时没在公寓里，还在外面停车。我们是替女儿去看房的。

吉姆： 银行劫匪出现之前，您注意到什么不寻常的事情没有？

艾丝特尔： 哦，没有。我跟那两位好心的女士聊了几句，她们是从……你知道……从斯德哥尔摩来的。

吉姆： 您说的是哪两位？

艾丝特尔： 噢，你知道的。"从斯德哥尔摩来的"那两位。

吉姆： 您为什么朝我挤眼睛呢？就好像我应该知道这是什么意思似的。

艾丝特尔： 就是卢欧和茱尔丝。她们要有孩子啦。虽然她俩都是从……你知道，"斯德哥尔摩"来的。

吉姆： 您的意思是，她们是同性恋？

艾丝特尔： 那样完全没有错。

吉姆： 我没说那样有错，对吧？

艾丝特尔： 如今这样完全没问题。

吉姆： 当然啦。我又没在暗示别的。

艾丝特尔： 我觉得这很棒。真的。现在的人可以自由地爱自己想爱的人。

吉姆： 我需要申明一下，我完全支持您的观点。

艾丝特尔： 我年轻的时候，假如你们都是从……那个地方来的，嗯，你明白我的意思，要是你们想结婚生孩子，会有人觉得很碍眼。

吉姆： 从"斯德哥尔摩"来的？

艾丝特尔： 没错。但我其实一直很喜欢斯德哥尔摩，你知道，你得让人按照自己喜欢的方式过日子。我的意思是……这并不是说我去过……斯德哥尔摩，我当然从来没去过……

117

我的婚姻很幸福。跟克努特。不过我还是很开心，你知道的。

吉姆： 我不知道咱们到底在说什么。

32

街上传来第一阵警笛声时，银行劫匪跑到阳台上，瞥了一眼栏杆下面。几乎与此同时，第一组由手机拍摄、名为"蒙面枪手"的模糊照片出现在了网上。然后更多的警察出现了。

"该死，该死，该死，该死。"银行劫匪轻声念叨着，跑回公寓里，除了茱莉亚，其他人都躺在地板上。

"我不能再躺了，我得上厕所！难道你希望我在地板上解决吗？"茱莉亚戒备万分、斩钉截铁地说，尽管银行劫匪刚才什么都没说，更没有反对她站起来。

"去厕所也不会改变什么。"扎拉说，她嫌恶地从镶木地板上抬起脸。

卢欧似乎拥有许多"虽然什么都没说，却依然被骂了个狗血淋头"方面的经验，只见她坐了起来，安慰地拍了拍银行劫匪的腿。

"别往心里去，茱莉亚就这样，她不是针对你。她就是有点儿敏感，因为孩子在她肚子里蹦迪呢，你知道吗？"

"不准泄露私人信息，卢欧！"茱莉亚咆哮。

对于"私人"这个范畴，茱莉亚和卢欧有着自己的定义，不过茱莉亚是唯一有权对定义做出解释的人。

"我在和咱们的银行劫匪说话，你只告诉过我，不能跟其他潜在买家说话。"卢欧辩解。

"我其实不是银行……"银行劫匪开口道，可茱莉亚的声音很快压过了劫匪的声音。

"没区别！卢欧，现在不是套近乎的时候！我清楚他们的套路——跟你分享生活小故事，让你觉得过意不去，不好意思比他们出价高！"茱莉亚说。

"这种事就发生过一次。"卢欧反驳。

"三次！"茱莉亚说，她走向厕所门口。

卢欧歉意地朝银行劫匪打了个手势："茱莉亚说，我就是那种在水族馆见过海豚以后就不忍心吃鱼的人。"

银行劫匪理解地点了点头："我的女儿们跟你一样。"

卢欧笑了："你有女儿？她们多大啦？"

银行劫匪的喉咙仿佛被两个数字粘住了："六岁和九岁。"

扎拉清了清嗓子，问："她们会继承你的事业吗？"

受到冒犯的银行劫匪眨了眨眼，低头看着手里的枪："我从来没……以前从来没干过。我……我不是罪犯。"

"我当然不觉得你是职业罪犯，因为你表现得实在是太差劲了。"扎拉宣布。

"你怎么这么喜欢挑毛病？"卢欧抢白了她一句。

"我没挑毛病，我只是在提供反馈。"扎拉一本正经地用提供反馈的语气说。

"不要站着说话不腰疼，有本事你也去打家劫舍试试看。"卢欧告诉扎拉。

"我没打家劫舍，我抢的是银行。"银行劫匪插话道。

"那么你抢银行抢得怎么样？一分到十分，你能得几分？"扎拉讥嘲地问。

银行劫匪羞怯地看着她："两分吧，大概。"

"你有计划吗？怎么离开这里？应该没有吧？"扎拉问。

"别这么苛刻！批评不能使任何人进步！"卢欧批评扎拉。

扎拉仔细地打量着她："原来你的个性是这样的啊？那你觉得满意吗？"

"去你的。"卢欧骂道。银行劫匪试图息事宁人。

"你们能不能……拜托？我什么计划都没有，我得考虑一下。我没想到……会变成这样。"劫匪说。

"什么变成这样？"卢欧问。

"我的生活。"银行劫匪吸了口气。

扎拉从口袋里掏出手机，说："好吧，我们给警察打电话，解决问题。"

"不！别打！"银行劫匪说。

扎拉翻了个白眼。

"有什么好怕的？你觉得他们不知道你在这里吗？你至少也得给他们打个电话，告诉他们你想要多少赎金吧？"她说。

"你不能打电话，这里没信号。"卢欧说。

"我们这就开始蹲监狱了吗？"扎拉说，她摇晃着手机，似乎这样就能找到信号。

卢欧两手紧贴在口袋里，半是自言自语地说："其实没信号并没有那么糟糕，因为我在哪里读到过，盯着电子屏幕长大的孩子会变傻。科技会阻碍大脑的发育。"

扎拉讽刺地点了点头。

"真的？诺贝尔奖得主里面有阿米什人吗？"她挖苦道。

"我还读到过，研究表明，移动信号致癌。"卢欧执拗地说。

"没错，可要是遇到紧急情况怎么办？假如你搬到这里，因为没有信号，你没法打电话叫救护车，你家的宝宝吃花生噎死了怎么办?"扎拉问。

"你在说什么?怎么可能给那么小的孩子吃花生?"

"万一晚上有人往你家的信箱里塞了花生呢?"

"你真是病得不轻。"

"反正我不会让我的孩子噎死……"

两人的争吵被再次突然出现在她们旁边的茱莉亚打断了。

"你们吵什么?"她问。

"是她先挑事的!我只想表示一下友好……当然不是'见了海豚不吃鱼'的那种友好!"卢欧大声辩解,指着扎拉。

茱莉亚呻吟一声,歉疚地看着扎拉。

"卢欧告诉你水族馆的事了?海豚连鱼都不是呢。"她对扎拉说。

"这都什么跟什么啊!对了,你不是要上厕所吗?"卢欧问她。

"厕所里有人了。"茱莉亚耸耸肩。

银行劫匪一只手扯了扯滑雪面罩,数了数房间里的人,然后结结巴巴地说:"等等等等……你你你什么意思,有有有人?"

"有人!"茱莉亚重复了一遍,好像这样回答有什么用处似的。

银行劫匪走过去,拽了拽厕所的门,门是锁着的。

从这里开始,我们的故事又跟兔子扯上了关系。

33

证人讯问记录(续)

艾丝特尔: 我必须把话说明白,我确定斯德哥尔摩是个非常令人
愉快的地方,假如你喜欢斯德哥尔摩人的话。我还可

以告诉你，我认为克努特也没有偏见，因为我年轻的时候给他整理过办公室，发现那儿有一本专门介绍斯德哥尔摩的杂志。

吉姆： 太好了。

艾丝特尔： 我当时可没像你这么想，我们实际上还狠狠地吵了一架，克努特和我。

吉姆： 我明白了。所以，银行劫匪进门的时候，您在跟卢欧和茱莉亚说话？

艾丝特尔： 她们养鸟，两个人一直在拌嘴，不过拌嘴的方式挺可爱的。当然，另外一对也在吵，罗杰和安娜-莱娜，他俩吵起来就根本算不上可爱了。

吉姆： 罗杰和安娜-莱娜在吵什么？

艾丝特尔： 兔子。

吉姆： 什么兔子？

艾丝特尔： 啊，老实讲，真是说来话长。他们在争论房价，每平方英尺多少钱。罗杰担心，这年头，是个人就能推高房子的价格，他说，房产市场被杂种房产经纪人和杂种银行家还有斯德哥尔摩人把持着。

吉姆： 等等，他说同性恋也把持着房产市场吗？

艾丝特尔： 同性恋？他们为什么要这么干？这么说他们太过分了！谁会说出这样的话？

吉姆： 您刚才说，"斯德哥尔摩人"也在把持房产市场。

艾丝特尔： 没错，但我指的是斯德哥尔摩人，不是加引号的"斯德哥尔摩人"。

吉姆： 有什么区别吗？

艾丝特尔： 当然有。一种不加引号，另一种加引号。

吉姆： 对不起，我现在糊涂了。让我按照时间顺序写一写。

艾丝特尔： 不着急，随便写。我又不用赶时间。

吉姆： 抱歉，我们能不能回到第一个问题，重新开始？

艾丝特尔： 第一个问题是什么来着？

吉姆： 您觉得其他潜在买家有什么不寻常的地方吗？

艾丝特尔： 扎拉看上去很难过。安娜-莱娜不喜欢绿色的窗帘。卢欧担心橱柜不够大。不过那是个步入式衣帽间，他们现在都这么叫了——听到茱尔丝这么叫它，我才知道的。

吉姆： 不，等等，有点儿不对劲。平面图上没有步入式衣帽间。

艾丝特尔： 也许它在图里看起来很小？

吉姆： 平面图是按比例画的，对吧？

艾丝特尔： 哦，是吗？

吉姆： 平面图上的那个衣橱连两平方英尺都不到。我能问问吗，您看到的步入式衣帽间有多大？

艾丝特尔： 我不太擅长估计尺寸。不过卢欧说，她打算把它改成娱乐室。她自己做奶酪，还种花。嗯，反正就是养养植物什么的。茱尔丝听了不怎么高兴。卢欧说，每次她自己酿香槟，把茱尔丝的内衣抽屉搞得乱七八糟，就会爆发"地狱大决战"。

吉姆： 抱歉，我们能继续讨论衣柜的尺寸吗？

艾丝特尔： 茱尔丝坚持说，那是个步入式衣帽间。

吉姆： 它有多大？能藏人吗？

艾丝特尔： 藏谁？

吉姆： 任何人。

艾丝特尔： 我觉得能。这很重要吗？

吉姆： 不，不，大概不重要。但我同事很想让我问问所有证人，劫匪可能藏在哪些地方。您想来点儿咖啡吗？

艾丝特尔： 好极啦，一杯咖啡，我当然不会拒绝的。

34

银行劫匪盯着厕所门，又凝视着所有人质，问："你们觉得有人在里面吗？"

"你觉得呢？"扎拉阴阳怪气地反驳道。

银行劫匪不停地眨眼，就像在发送莫尔斯电码。

"这么说，你认为里面确实有人？"劫匪问。

"你爸妈是不是近亲结婚生了你？"扎拉问。

卢欧替银行劫匪感到受了冒犯，她厉声呵斥扎拉："你怎么这么讨人厌？"

茱莉亚踢了卢欧的小腿一脚，压低声音说："别掺和，卢欧！"

"你不是老说，我们要教育孩子勇敢面对霸凌吗？我是不会让她在我眼皮底下这么跟——"卢欧抗议道。

"跟谁说话？银行劫匪吗？这能叫霸凌吗？有人拿枪威胁我们，我们还不能生气了吗？"茱莉亚抱怨道。

"我没有——"银行劫匪说，但茱莉亚举起一根手指表示警告。

"你知道吗？这一切都是你造成的，所以，你可以闭嘴了。"她说。

扎拉正在端详自己衣服上沾到的灰尘，脸上的表情就像她刚从粪堆里爬出来一样，说："幸好你们的孩子有个脑子清楚的母亲。"

茱莉亚猛然转过身来看着她，说："你也可以闭嘴了。"

扎拉竟然真的闭上了嘴，对于这个反应，没有谁比她本人更惊讶的了。

这个时候，罗杰小心翼翼地站了起来，然后帮助安娜-莱娜也站起来，她看着他的眼睛，他尴尬得不知道该往哪里看，他俩还不习惯不关灯就互相触碰。安娜-莱娜脸红了，罗杰背过身去，开始心不在焉地敲墙，假装很忙的样子。他总是在看房的时候敲墙，安娜-莱娜不太确定这是为什么，罗杰解释说，这是因为他需要知道"可不可以在墙上钻孔"。在罗杰看来，钻孔作业相当重要，必须知道哪些是承重墙，要是把承重墙拆了，天花板会塌下来。显然，通过敲墙听声音就能辨别哪些是承重墙，至少罗杰是有这个本事的，所以，无论到哪里看房，他都会敲、敲、敲、敲。安娜-莱娜曾经以为，在某些特别的时刻，每个人都会或多或少地表现出一些真实的自我，完整地展露自己的灵魂，对罗杰而言，这些时刻——它们转瞬即逝，除了安娜-莱娜，没有人会注意——就是他敲墙的时候，每敲一下墙，罗杰会立刻满怀期待地看着他敲过的地方，像个孩子那样，仿佛期待有朝一日，墙壁里会传出回应的敲击声。这些瞬间，也是安娜-莱娜最爱罗杰的时候。

咚咚咚。咚，咚，咚。

罗杰忽然停了手，因为他听到卢欧、茱莉亚和扎拉在谈论上锁的厕所门。一股寒意忽然沿着罗杰的脊柱向下蹿去，他意识到一件最可怕的事：厕所门后面，或许藏着潜在买家！所以他决定立刻把局面控制住。他径直走到锁住的厕所门口，刚要抬手敲门，却突然听见安娜-莱娜喊道："不！"

罗杰惊讶地转过身，看着妻子。她浑身都在发抖，连指头尖都变红了。

"请……别开门。"安娜-莱娜小声说。罗杰从来没见过她这么害怕。扎拉站在罗杰和安娜-莱娜旁边，眼睛来回扫视着他们。然后，不出众人所料，扎拉走到厕所门口，敲了敲门，短暂的停顿过后，厕所里也响起了敲门声。

这个时候，泪水已经从安娜-莱娜的脸颊上滑落下来。

35

证人讯问记录

日期：12月30日

证人姓名：罗杰

杰克：你还好吗？

罗杰：这叫什么问题？

杰克：你的鼻子好像流血了。

罗杰：是的，好吧，有时候会这样，那些庸医说，这是"压力大"的表现。别管了，提问吧。

杰克：那好吧。你是跟你妻子安娜-莱娜一起去看房的，对吧？

罗杰：你怎么知道的？

杰克：笔录里面有。

罗杰：你怎么会有我老婆的笔录？

杰克：我们在讯问所有的证人。

罗杰：你没权利把我老婆说的话记下来。

杰克：请保持冷静。

罗杰：我很冷静。

杰克：根据我的经验，不冷静的人才会这么说话。

罗杰：我不会回答关于我老婆的任何问题！

杰克：不……好的，行吧。那你能回答一些关于罪犯的问题吗？

罗杰：你不是都问过别人了吗？我还能怎么回答？

杰克：首先，你觉得他藏在哪里？

罗杰：谁？

杰克：你觉得会是谁？

罗杰：银行劫匪？

杰克：不，沃尔多。

罗杰：那是谁？

杰克：你不知道沃尔多是谁？以前有本小人书，叫《寻找沃尔多》。算了，我就是开个玩笑。

罗杰：你觉得我会去读小人书吗？

杰克：对不起。你能不能告诉我，你觉得罪犯会藏在哪里？

罗杰：我怎么知道？

杰克：请原谅，我有点儿穷追不舍，但我们有理由相信，罪犯仍然躲在那个公寓里。我认为你也许可以提供帮助，因为你妻子说，你每次看房前都会详细研究房子的情况，我觉得你肯定了解过平面图上标出的所有尺寸。

罗杰：哪个房产经纪人都不能信，他们中的某些人甚至会在尺子上做手脚。

杰克：我就是这个意思。你在那套公寓里发现过什么问题吗？

罗杰：我发现房产经纪人是个白痴。

杰克：为什么？

罗杰：两堵墙之间少了三英尺。

杰克：真的？哪两堵墙，你能在平面图上指出来吗？

罗杰：这里。你敲敲墙就能听出来，里面有个夹层。

杰克：为什么会有这种东西？

罗杰：也许这套房子加上隔壁那套房子曾经是一整套大户型公寓，当时镇上的人可比现在有钱多了，房价也比现在便宜。现在的房地产市场完全被庄家把持了，为了割普通人的韭菜——而这全都要怪房产公司、银行和斯德哥尔摩来的人，他们哄抬房价，是一切的罪魁祸首。你翻白眼干什么？

杰克：对不起，其实我不想掺和这种事。可是，最近几年，你和你妻子不是买进卖出了很多套房子吗？说是短期投资？这么做肯定也会抬高房价的吧？

罗杰：赚点儿小钱也有错？

杰克：我没那么说。

罗杰：我很会砍价，砍价又不犯法，你知道的！

杰克：没错，没错，当然不犯法。

罗杰：起码我觉得自己很会砍价。

杰克：我没听明白。

罗杰：我以前是工程师，退休之前。你的笔录上没写吗？

杰克：什么？没有。

罗杰：所以这无关紧要，对吧？我一辈子就干了这么一份工作，难道不值得你写在笔录里吗？你知道临近退休的那几年，我的同事们都在干什么吗？

杰克：不知道。

罗杰：弄虚作假。就像她一样。

杰克：你妻子？

罗杰：不，沃尔多。

杰克：什么？

罗杰：你觉得只有你们这代人知道什么叫讽刺吗，小子？

茱莉亚冲着厕所门点了点头,手伸向银行劫匪,命令道:"把枪给我。"

"绝……绝对不行!你想什么呢?"银行劫匪结结巴巴地说,小心地把枪藏在别人看不见的地方,好像它是一只正在被主人寻觅,而劫匪打算私吞的小猫。

"我怀孕了,我需要上厕所。把枪给我,我来把锁轰开。"茱莉亚重复道。

"不。"银行劫匪低声说。

茱莉亚两手一摊。

"那你自己来,对着锁开一枪。"她说。

"我不同意。"劫匪说。

茱莉亚威胁地眯起眼睛。

"什么?你不同意?你劫持我们当人质,把警察都招来了,厕所里竟然还有个不明身份的家伙,谁知道躲在里面的究竟是什么人?你有点儿自尊好不好!就凭你这种心态,还想抢银行?不要总指望着别人教你做事情!"她说。

"你不就是在教我——"银行劫匪开口道,但马上被茱莉亚打断了。

"对准了锁开枪,我说!"她叫道。

有那么一个瞬间,银行劫匪似乎真的打算这么做,可突然门锁传来细微的"咔嗒"声,门缓缓地敞开了,厕所里传出一个声音:"别开枪!拜托,别开枪!"

一个穿着兔子戏服的男人出现在厕所门口。好吧,确切地说,那不算是一套完整的戏服,就是个兔子头套,除了戴着头套,男人几乎一丝不挂,只穿着内裤和袜子。他大约五十来岁,假如说得含蓄一点儿的话,就身材而言,这个男人似乎并不适合穿这么少的衣服出来招摇。

"请不要伤害我,我只是在做我的工作!"男人在兔子头套里面操着斯德哥尔摩口音哀求道,举着双手。他显然是个真正的斯德哥尔摩人,土生土长,不只是吉姆和杰克用来形容白痴的那种"斯德哥尔摩人"(当然,这并不意味着这个男人不是白痴,瑞典毕竟还是个自由的国家),但也并非艾丝特尔用来形容那些"显然没有任何问题"的家庭的、打了引号的"斯德哥尔摩人"(其实,就算是也没关系,因为这只能说明,他"显然没有任何问题")……总而言之,他就是个普通得不能再普通的斯德哥尔摩人,恰好又戴了个兔子头套、大声说着"安娜-莱娜,别让他们开枪打我"而已。

没有人吭声,尤其是罗杰。他安静得可怕,紧盯着安娜-莱娜。她凝视着兔子,抽抽噎噎地哭了起来,手指在屁股周围敲敲打打,躲闪着罗杰震惊的目光。她不记得上次看到丈夫这么惊讶是什么时候了,但无论如何,结婚许久之后再露出这种表情应该是很反常的。一生只专注于一项工作的罗杰,唯一依靠的也只有安娜-莱娜,把她视为理所当然、一成不变的存在,然而这一刻,安娜-莱娜知道罗杰的世界观崩塌了,她绝望地小声恳求道:"别伤害他。那是伦纳特。"

"你认识这个人?"罗杰气急败坏地问。

安娜-莱娜伤心地点点头。

"认识,可不是你想的那样,罗杰!"她回答。

"他……他是……?"罗杰嗫嚅了半天,最后言不由衷地挤出了这么一个问题,"……他也是潜在买家吗?"

看到安娜-莱娜回答不上来,罗杰猛然转过身去,冲向厕所门口。他的劲头太猛，茱莉亚和卢欧（甚至连扎拉都尝试帮忙，因为本来站在前面挡路的她贴心地跳到了一边）用尽全力才把他拉住，以免他把兔子掐死。

"我老婆为什么哭？你是谁？你是潜在买家吗？马上回答我！"罗杰吼道。

他并没有马上得到答案，这也刺激到了安娜-莱娜。退休之前，罗杰一直是个受人尊重的业务骨干，连老板们都得听他的。罗杰并不是那么希望退休，甚至为此痛苦了好一阵子。刚退休的那几个月，他经常开车到公司门口转悠，有时候一天溜达过去好几次，就想看看没有自己他们还能不能玩得转，结果大失所望：公司并没有如他想象的那样乱成一锅粥，继任者轻而易举地接替了他的工作。意识到自己并非不可或缺，罗杰犹如背上了沉重的负担，无论干什么都慢了不少。

"回答我！"他命令兔子，可兔子正忙着把兔子头套从脑袋上扯下来。他的脑袋明显是卡在了头套里面，大颗的汗珠从一绺头发滚到另一绺头发，最后砸到他光裸的脊背上，仿佛一盘无聊的弹球游戏，他的内裤也被汗水浸得皱了起来。

银行劫匪一言不发地站在旁边看着，扎拉显然觉得是时候提供更多的反馈了，于是她用力推了银行劫匪一下。

"你不打算做点儿什么吗？"她问。

"做什么？"银行劫匪问。

"控场啊！你到底想不想劫持人质了？"扎拉问。

"我不想劫持人质，我就是个抢银行的。"银行劫匪抱怨道。

"你抢银行抢得多么成功呀！对吧？"扎拉嘲讽道。

"拜托，别再逼我了。"

"哦，有本事你就给兔子来上一枪，这样大家还能尊重你一点儿，打他的腿就行了。"

"不，别开枪！"兔子尖叫。

"别再命令我了。"银行劫匪说。

"他可能是个警察哟。"扎拉说。

"我还是不想……"

"那就把枪给我。"

"不！"

扎拉冷漠地转过身来，看着兔子："你是谁？你是警察吗？快说，否则我们就开枪了。"

"开不开枪我说了算！反正我是不会开枪的！"银行劫匪抗议。

扎拉纡尊降贵地拍了拍银行劫匪的胳膊。

"没错，当然是你说了算，当然啦。"她说。

银行劫匪无奈地跺了跺脚。

"谁也不听我的！真没见过像你们这么差劲的人质！"劫匪说。

"求求你，别开枪，我的头卡住了。"伦纳特在兔子头套里哀求，"安娜-莱娜可以解释一切，我们……嗯……我和她是一起的。"

罗杰忽然觉得喘不动气了，他转回身去看着安娜-莱娜，动作非常非常缓慢。安娜-莱娜不由得回想起遥远的20世纪90年代初，她把几盘录着一部关于羚羊的重要纪录片的录像带拿去录了肥皂剧被罗杰发现了的那一次。然而，面对她当时和现在的两次背叛，罗杰始终无言以对——因为他们两个本来就很少沟通，安娜-莱娜原以为有了孩子之后情况会改善，结果却恰恰相反：孩子会吸走家里所有的氧气，挤占成年人情感交流的空间，有些家长甚至一连很多年都找不到机会向别人倾诉自己的感受，假如你长久以来一直无法获得这样的机会，有时候就会完全忘记该怎么做。

从许多方面都能看出罗杰对安娜-莱娜的爱。比如，罗杰每天都会检查浴室镜柜上的螺丝和铰链是不是牢靠，还要确保开闭柜门时毫不费力。他知道，安娜-莱娜每天使用浴室镜柜的时候，需要的正是如此默契的支持。退休之后，她对室内设计产生了兴趣，并且在相关的书里读到，每套全新的设计方案都需要一个"锚点"，它是设计师的创意发展壮大的基础。安娜-莱娜的锚点就是浴室镜柜，罗杰对此非常理解，因为他能够欣赏不动产的美，了解它们的价值，比如承重墙。你不能让它们来适应你，你只能主动去适应它们。所以，每次搬家的时候，罗杰总是最后才把浴室镜柜从老房子里拆下来，并且会最先把它装进新房子的浴室。这就是他爱她的方式。然而现在她却站在那里，既惊讶又愧疚地向他坦白："这是伦纳特，他和我……呃，我们……我们是……这件事不该被你发现的，亲爱的！"

沉默。背叛。

"所以你们两个……你、你们俩……背着我？"罗杰吃力地说。

"不是你想的那样。"安娜-莱娜坚持道。

"完全不是你想的那样。"兔子向他保证。

"真的不是。"安娜-莱娜补充。

"嗯……也许有那么一点点，取决于你是怎么想的。"兔子退让了一步。

"你别说话，伦纳特！"安娜-莱娜喝道。

"那就告诉他真相。"兔子建议。

安娜-莱娜用鼻孔呼吸了几次，闭上眼睛。

"伦纳特只是个……我们是在网上取得联系的。这件事不应该让你……结果你还是知道了，罗杰。"

罗杰的胳膊无力地垂在身体两侧，一副失魂落魄的模样。过了一会儿,他望向银行劫匪,指着兔子,小声对劫匪说:"我想请你帮我宰了他,多少钱能干?开个价吧。"

"请你们不要再让我开枪打人了,好吗?"银行劫匪恳求道。

"我们可以把枪杀伪装成意外事故。"罗杰说。

安娜-莱娜不顾一切地朝罗杰走了几步,去够他的手。

"拜托,亲爱的……罗杰,冷静点儿……"她说。

罗杰根本不想冷静,他伸出手来指着兔子,赌咒发誓说:"你死定了!听见没有?你死定了!"

安娜-莱娜惊慌失措,只能说点儿她认为可以引起罗杰重视的话,让他打消杀人的念头:"罗杰,等等!要是有人死在这里,这套公寓就成了谋杀现场!那样房价就上去了!因为人们喜欢谋杀现场!"

罗杰果然知难而退。虽然紧握的拳头还在颤抖,但他做了个深呼吸,设法稍微平静下来。毕竟,房价就是房价。他的肩膀首先耷拉下来,然后整个身子都跟着垮了下来,由内而外地泄了气。罗杰低头看着地板,小声问道:"你们……这样多长时间了?你和这个……这只该死的兔子?"

"一年。"安娜-莱娜回答。

"一年?!"

"拜托,罗杰,我这么做都是为了你。"

在绝望与困惑的驱使之下,罗杰的腮帮子簌簌发抖,嘴唇反复蠕动,但他所有的情绪仍然困在心里,无法表达出来。这个时候,戴兔子头套的男人似乎看到了解释实情的机会,只听他操着中年斯德哥尔摩男人特有的口音和语调(音域如同高速公路那样宽广)开腔道:"听着,罗格——你不介意我叫你罗格吧?不要为了这样的事难过!女人们经常来找我帮忙,你知道。因为我很乐意为她们做她们的丈夫不愿意去做的事!"

罗杰的整张脸扭曲成了一条巨大的褶子。

"什么样的事？你们两个到底是什么关系？"他吼道。

"业务关系！我是专业的！"兔子告诉他。

"专业的？安娜-莱娜，你跟他睡觉还要花钱吗？"罗杰叫道。

安娜-莱娜的眼睛瞪大了一倍。

"你疯啦？"她咬牙切齿地问。

为了消除误会，兔子上前一步，靠近罗杰。

"不不，我不是'那种'专业人士，我不跟别人睡觉。好吧，反正不是专业陪睡。我是专门破坏看房的——专业破坏师！这是我的名片。"兔子从一只脚上的袜筒里掏出一张名片，上面写着"无界·伦纳特有限公司"，"有限公司"四个字充分表明了业务的严肃性。

安娜-莱娜咬着嘴唇里面的皮，说："没错，伦纳特一直在帮我。帮我们！"

"这都是些什么乱七八糟的……"罗杰叫道。

兔子骄傲地点点头。

"嗯，没错，罗格。有时候我会伪装成酒鬼邻居，有时候我会把你们去看的那套公寓楼上的房子租下来，开最大音量播放色情片。不过，这次你妻子选的是最贵的套餐。"他指了一遍自己的打扮——白袜子、内裤、赤膊和依然没能摘下来的头套——无比自豪地宣布："瞧见没有？这是'拉屎的兔子'！高级套餐！假如你选了这个，我会在大家看房之前偷偷溜进来藏好，全体潜在买家进门之后，就会看见有个没穿衣服的成年人在厕所里面拉屎！这是谁都忍受不了的终极大杀器！如果你搬进来住，地板划了、壁纸难看什么的都还好说，对吧？可是拉屎的兔子……"说着，兔子抬起手来，示意性地敲了敲头套的两个太阳穴，"它会永远留在你的脑子里！只要还在这儿住，你就摆脱不了它，永远都能看见它！"在场的人全都同情地看着兔子，对于眼前这个家伙，除了同情，他们没有别的想法。

安娜-莱娜伸手去抓罗杰的胳膊，他却像被烫到一样把胳膊抽走了。她吸了吸鼻子，说："拜托，罗杰，你还记得去年咱们看的那套经过翻新的百年老房吗？当时有个醉汉突然闯进来，朝所有潜在买家扔肉酱意面？"

严重受辱的罗杰响亮地哼了一声。

"当然记得！我们后来低价买下了那套公寓，比市场价低了整整三十二万五千块！"他说。

兔子开心地点了点头。

"不是我吹牛，'朝邻居扔意大利面的醉汉'是最受欢迎的套餐之一。"他说。

罗杰死死盯着安娜-莱娜。

"你的意思是说……可是……我跟房产经纪人的那些谈判算什么？我的那些战术又算什么？"他问。

安娜-莱娜无法直视他的眼睛。

"要是你砍价失败，心情会很低落，我只想让你……赢。"她说。

她并没有说出全部真相。真相是，现在她想要一个家，想立刻停手，不再炒房，想偶尔出门看个电影，了解几段虚构的故事，而不是守着电视，一部接一部地看纪录片，她也不想再当鲨鱼……可她担心这样的背叛是罗杰接受不了的。

"多少次了？"罗杰哑着嗓子问。

"三次。"安娜-莱娜说谎道。

"其实是六次！我能背出所有的地址……"兔子纠正她。

"闭嘴，伦纳特！"安娜-莱娜哽咽着说。

伦纳特乖顺地点点头，又开始拉扯兔子头套的鼻子。专心致志地努力了半天之后,他兴奋地说:"我觉得有个地方松了一点儿!"

罗杰始终低着头凝视地板,脚尖用力抠着鞋底,因为他是那种用脚来感受情绪的人。忽然,他抬腿迈步,绕了半个大圈,走到阳台门口,就在这时,他的脚趾头一下子撞在了前方的踢脚线上,他立刻非常非常非常小声地骂了几句脏话,咒骂的对象既有该死的踢脚线,也有那只该死的兔子。

"你这个傻蛋……笨驴……蠢猪……"罗杰嘟嘟囔囔地说,搜肠刮肚地寻找着侮辱性最强的形容词,最后终于选出了满意的,"你这个白痴斯德哥尔摩人!"他感到自己的脚趾头和心窝子疼得一样厉害,于是紧紧地握住拳头,扬起脑袋,以迅雷不及掩耳的速度——因此谁也来不及阻止他——转身跑过房间,一下子把兔子揍倒在地。在这奋力的一击之中,罗杰倾注了他全部的爱与力量。

兔子贴着地板滑进了厕所,幸运的是,带衬垫的兔子头套吸收了罗杰拳头的力道,伦纳特浑身的软肉(他的身体捏起来像个饺子)也起到一定的缓冲作用。兔子睁开双眼,抬头看着天花板,发现茱莉亚正俯身打量他。

"你还活着吗?"她问。

"脑袋又卡在头套里面了。"他说。

"你受伤了吗?"

"好像没有。"

"很好。那你赶紧让开,我要撒尿。"

兔子抽抽噎噎地说了几声对不起,爬出了厕所。爬到半路的时候,他拧着身子递给茱莉亚一张名片,还冲着她的肚子点了点头,兔子头套上的长耳朵立刻掉落下来,把他的眼睛给盖住了,只听他艰难地说:"我的业务……还包括破坏儿童聚会,要是你不喜欢你家的小崽子……可以给我打电话。"

137

茱莉亚把兔子关在厕所门外，但她保留了那张名片。任何脑子正常的父母，都会留这么一手。

安娜-莱娜看着罗杰，但他不愿意看她。他的鼻子滴滴答答地流着血，医生告诉过安娜-莱娜，遇到压力时流鼻血，是职业倦怠的一种症状。

"你流血了，我去拿纸巾。"她低声说，罗杰却抬起胳膊，拿袖子擦掉了脸上的血。

"该死，我就是有点儿累！"他说。

罗杰大步跨进门厅，因为他打算躲到别的房间里静一静，然后才发现这套公寓是开放式的，没有隔断，免不了又骂了几句街。安娜-莱娜本想跟在他后面，但她意识到他需要一些空间，于是钻进了步入式衣帽间，因为那个地方离他最远。她垂头丧气，一屁股坐在衣帽间的小凳子上，压根没去在意那股不知从哪里吹过来的凉风——也许是哪扇窗户打开了吧？可是，衣帽间这种犄角旮旯的地方会有窗户吗？

银行劫匪站在公寓中央，被一群斯德哥尔摩人——象征意义和字面意义上的——围着。毕竟，对罗杰这样的人和我们大多数人来说，"斯德哥尔摩"不仅仅是个地名，还是个象征性的形容词，代表那些喜欢惹恼我们、不让我们舒服的家伙。他们总觉得自己高人一等，其中就包括那群不给我们放贷的开银行的、揪着只想开点儿安眠药的病患问这问那的心理医生、买下我们打算重新装修的抢手公寓的老头、偷走别人老婆的兔子……总而言之，那些对我们视而不见、不理解也不在乎我们的家伙，统统都是斯德哥尔摩人。每个人都会在人生中遇到几个斯德哥尔摩人，即便斯德哥尔摩人自己,也注定会与他们宿命之中的斯德哥尔摩人相遇,只不过在他们眼里,那些家伙的名号可能是"住在纽约的人"和"布鲁塞尔的政客"——或者其他什么地方来的、自以为比斯德哥尔摩人优越许多的外乡人。

看房现场的每个人都有各自的执念、心魔和忧虑:罗杰受了伤、安娜-莱娜想回家、伦纳特摘不掉他的头套、茱莉亚累了、卢欧闷闷不乐、扎拉很痛苦,至于艾丝特尔……好吧……虽然现在我们还看不出艾丝特尔的顾虑是什么……可也许她并非表面上的那个艾丝特尔。有些时候,"斯德哥尔摩"也可以是个褒义词,是对我们"去更大的地方,在那里活出不一样的自我,实现自己渴望已久却没有胆量去做的事"这个梦想的肯定。公寓里的每个人都在和自己的过去搏斗。

"原谅我。"银行劫匪突然开口,打破了众人的沉默。虽然大家看上去像是没听到劫匪说的话,可实际上他们听得很清楚,得益于薄薄的墙壁和变态到几乎没有隔断的室内布局,这几个字甚至传进了步入式衣帽间和门厅,也穿透了厕所的门板。虽然在场者彼此之间可能并没有多少共同点,但是他们都清楚什么叫作"认错"。

"对不起。"劫匪语气更加怯弱地说,尽管这一次同样无人回应,然而,正是从这里开始,事情起了变化,从故事发展的角度来看,"银行劫匪是如何逃出待售公寓的"这一谜题的真相也逐渐浮出水面。事到如今,劫匪只觉得自己必须道歉,听到劫匪道歉的人也都觉得自己应该原谅对方。

当然,不可否认,"斯德哥尔摩"也是一种"综合征"的名称。

证人讯问记录（续）

杰克： 好吧，好吧。咱们可以回到我的问题上了吗？

罗杰： 那只该死的兔子，就是他这种人操纵了房产市场。那些开银行的和房产经纪人，还有该死的兔子。他们什么都操纵。全都是假的。

杰克： 你指的是伦纳特吧？他也在我的证人名单上，可他走出公寓的时候没戴兔子头套。你说的"全都是假的"是什么意思？

罗杰： 一切都是假的，整个世界都是假的，连我以前工作过的地方也是假的。

杰克： 我是说看房现场。

罗杰： 哈，没错，你只在乎案子。以前的工作把我的身体搞坏了，可你当然不会在意。反正这是个消费社会，少了谁地球都一样转，是不是？

杰克： 不，我绝对没有那个意思。

罗杰： 有个白痴医生说，我是"职业倦怠"，其实我就是有点儿累，算不上什么"倦怠"，可其他人非要大惊小怪，连老板都想找我谈谈我的"工作环境问题"。我只想继续工作，你明白吗？我是个男人。我退休的前一年，他们一直欺骗我，编造一些并不存在的项目给我做。因为我对他们来说已经没用了，他们只是可怜我，又怕我理解不了，其实我什么都理解。我是个男人，对吧？你理解吗？

杰克： 当然。

罗杰： 一个男人，当别人不再需要他的时候，他希望对方能看着他的眼睛，跟他实话实说。可我今天才知道，原来我根本没那么擅长砍价，活儿全都让那个死兔子干了。

杰克： 我明白。

罗杰： 我敢打赌，其实你一点儿都不明白，你这个小王八蛋。

杰克： 我是说，我明白你觉得很受伤。

罗杰： 你知道我退休之后，我以前的公司怎么样了吗？

杰克： 不知道。

罗杰： 屁事儿没有，什么都没发生，一切都很正常。

杰克： 抱歉。

罗杰： 你真的觉得抱歉吗？

杰克： 你能不能再给我讲讲两堵墙之间的夹层那件事？请在平面图上再帮我指一下，好吗？那个夹层到底有多宽？能不能站下一个成年男人？

罗杰： 在这儿。宽度至少有一码。他们把原先的大户型公寓拆成两套房子的时候，很有可能懒得把原来的墙加厚，只是多砌了一道墙。

杰克： 为什么？

罗杰： 因为他们是白痴。

杰克： 他们在两堵墙之间留下了夹层？

罗杰： 是的。

杰克： 你的意思是，罪犯可能藏进了夹层里面？就算这个夹层对他来说可能太窄了？

罗杰： 我没开玩笑。

杰克： 请在这里等一下。

罗杰： 你要去哪儿？

杰克： 我需要和我的同事谈谈。

38

　　罗杰在公寓的大门前站了半天,为了止住鼻血,他一只手紧紧地捏着鼻梁,另一只手握着门把手,似乎随时准备开门走人。走进门厅的银行劫匪看见了罗杰的动作,却并不打算阻止他,只听劫匪开口道:"你想走就走吧,罗杰。我理解。"

　　罗杰迟疑了,他轻轻转动了一下门把手,仿佛在测试它好不好用,但没把门打开,他又使劲儿踢打护墙板,把板子全都踹松了。

　　"不用你来指挥我!"罗杰吼道。

　　"好吧。"银行劫匪说。窝囊的劫匪实在没胆量告诉罗杰,指挥人质恰好是银行劫匪分内的事。

　　两人一时无话。过了一会儿,银行劫匪在全身上下的口袋里掏了一阵子,找出一包棉球,递给罗杰,小声解释道:"我的一个女儿有时候会流鼻血,所以我总是带着……"

　　罗杰狐疑地接受了劫匪的馈赠,往两个鼻孔里各塞了一团棉球。尽管他的手依然拽着门把手,但他无法说服自己的脚离开公寓,因为没有安娜-莱娜同行,他的脚就不知道该往哪里去。

　　门厅里有张长椅,银行劫匪在椅子的一头坐了下来。不久之后,罗杰坐在了另一头,掀起衬衣擦了擦鼻子和眼睛下面。他们很长时间都没说话。最后,银行劫匪终于开了腔:"很抱歉,让你们卷入这种事。我不想伤害任何人。我只需要六千五百克朗交房租,所以才会去抢银行。我会尽快把钱还回去的!包括利息!"

　　罗杰没吭声,他抬起一只手,小心翼翼地敲了敲身后的墙,动作几乎称得上温柔,好像担心自己会把墙敲破。咚,咚,咚。因为他在情感上还没准备好,说不出"安娜-莱娜就是我的承重墙"这样的话,所以只能问点儿别的:"定期还是活期?"

"什么?"劫匪说。

"你说要连本带息地还钱,利息按照定期还是活期?"

"我没想过。"

"它们之间的区别可是非常大的。"罗杰热心地提醒道。

就好像需要银行劫匪担心的事情还不够多似的。

这个时候,茱莉亚从厕所里出来了,她本能地瞪了站在客厅里的卢欧一眼。

"安娜-莱娜呢?"茱莉亚问。

卢欧一下子蒙了,就像她发现往洗碗机里摆放碗碟的方式也有对错之分的时候那样茫然。

"她好像进了衣帽间。"

"一个人?"

"是。"

"你就不能跟进去看看她怎么样了吗?她处处都为她那个心理失调的老王八蛋丈夫着想,却还被他骂成那个样子,你难道不应该盯紧她吗?她现在很可能会闹离婚,你还让她一个人待着?你怎么能这么迟钝呢?"茱莉亚谴责道。

卢欧的舌头缩到了牙齿后面。

"我就是……你别误会。我们现在讨论的是安娜-莱娜还是……你?我是说,我做了什么惹你生气的事吗?要不然你就是假装不高兴,好让我明白……"她蜷着舌头辩解了一大通。

"有时候你真的是什么都不懂,对不对?"茱莉亚喃喃地说,朝衣帽间走去。

"我是说,有些时候,你嘴上说的不高兴的原因根本就不是你不高兴的真正原因!我只是想知道,你说我迟钝是真的因为我迟钝还是别的什么……"卢欧在她身后大声叫道，可茱莉亚什么都没说，只是比画了一个通常用来对付开德国车的路怒症男司机的专用手势。卢欧走进客厅，从碗里拿了个青柠檬，神经兮兮地啃了起来，连皮都吞了。扎拉站在窗前，卢欧有点儿怕她——因为所有的聪明人都怕扎拉——就没敢在客厅多待，抬脚溜进了门厅。

银行劫匪和罗杰分别坐在门厅里那张长椅的两头。自打跟茱莉亚结婚，卢欧就被灌输了一脑袋"你要尊重别人的边界"之类的告诫，但她一直不怎么理解这句话的含义，所以她连想都没想，就硬生生地挤到了劫匪和罗杰中间，往椅子上一坐。"硬是要挤着坐"这种行为其实并非卢欧的原创，而是她爸爸的发明，他对人际边界的感知同样差劲，而且把自己知道的东西毫无保留地全都传授给了卢欧，不分良莠。

银行劫匪尴尬地瞥了卢欧一眼，椅子另一头的罗杰怒气冲冲地瞪着她，被卢欧这么一挤，他和劫匪都只剩半个屁股挂在椅子上。

"吃吗？"卢欧冲他们晃了晃手里的青柠檬，两人摇了摇头。卢欧歉疚地看向罗杰，补充道："对不起，刚才我老婆说你是个心理失调的老王八蛋。"

"她说我什么？"

"你没听见？那算了，她什么都没说。"

"她这话是什么意思？'心理失调'是什么意思？"

"别往心里去，因为大部分人根本听不出来茱莉亚是在骂人，她只会巧妙地让别人觉得确实对不住她。嘿，她是不是挺有才的啊？我还知道，你和安娜-莱娜是绝对不会离婚的！"卢欧回答。

罗杰的眼睛一下子瞪得比他的耳朵还大："谁说我们要离婚的？"

柠檬皮呛得卢欧咳嗽起来，她脑子里控制逻辑和理性思维的某个微小神经末梢也随之上下跳动，仿佛在说："快给我住嘴！"尽管如此,卢欧还是听到自己说:"没人这么说,没人说过任何关于离婚的话!瞧,既然你都这么问了,我就说你们两个不会离婚吧!其实就算离了,对你们这种退休的人来说,找个新的爱人不也是很浪漫的事儿嘛!"

罗杰抱起胳膊,嘴巴都没怎么张开地回敬道:"真是谢谢了啊,你实在太贴心了。你简直是一碗心灵鸡汤啊,有毒的那种。"

卢欧大脑里的那几根弦终于控制住了她的舌头,她点点头,用力咽了咽口水,抱歉地说:"对不起,我话太多了,茱尔丝总这么批评我。她说,我就是太积极了,反倒把别人弄得很消极。她还说,我老觉得只有半杯水就足够把自己淹死了,而且——"

"真不明白,她怎么会觉得你'积极'。"罗杰哼了一声,轻蔑地说。

卢欧沮丧地说:"反正她说过我太积极了。她从怀孕开始,整个人都变严肃了,我觉得这是因为做父母的都很严肃,所以我们也得提前适应。有时候我认为自己还没做好承担责任的准备——比如说,我觉得我的手机很过分,因为它总是让我升级这个更新那个,气得我大声跟它说:'你让我喘不过气啦!'但你肯定不能朝一个孩子这么吆喝,对吧?可孩子也是一直需要更新升级的生物,他们连过马路和吃花生的时候都有可能弄死自己!我今天已经一连三次忘记把手机放在哪儿了,真不知道我是不是做好了抚养孩子的准备。"

银行劫匪同情地抬起头来:"她怀孕多长时间啦?茱莉亚?"

卢欧的眼睛立刻亮了。

"很长时间啦!孩子随时有可能生下来!"她回答。

罗杰的眉毛剧烈地抽了抽,近乎同情地说:"哦。那个……如果你不打算买这套房,我劝你别让她冒险在这里生孩子,因为一旦把孩子生在这儿,这套房子对她来说就具备了情感价值,这样会把房价抬高到不可思议的地步。"

也许卢欧应该生气,可她看起来更伤心了。

"我会记住你的话。"她说。

银行劫匪在长椅的另一头叹了口气,再次沮丧地呻吟起来。

"看来我今天可能还算是做了一点儿好事。发生劫持人质事件会不会拉低公寓的房价?"劫匪问。

罗杰哼了一声。

"完全相反。那个白痴房产经纪人很可能会在下一个广告里补上一句'这套公寓上过电视新闻',这样一来,房价更是会飙到天上去。"他回答。

"对不起。"银行劫匪喃喃地说。

卢欧向后靠在墙上,嚼着青柠檬,连皮带肉。银行劫匪着迷地看着她。

"我从来没见过有人这么吃青柠檬,这样好吃吗?"劫匪问。

"不怎么好吃。"卢欧承认。

"这东西对预防坏血病很有好处。以前的水手会把青柠檬带到船上。"罗杰看似无所不知地说。

"你当过水手?"卢欧问。

"没有,但是我看过很多电视。"罗杰回答。

卢欧若有所思地点了点头,似乎在等着别人问她点儿什么,发现没人开口,她只好说:"说实话,我不怎么想买这套房子,起码也得等我爸看过之后再决定。如果他觉得这套公寓还行,我再考虑要不要买。不管我买什么东西,他都会先帮我拿拿主意。他什么都懂,我爸。"

"他什么时候过来?"罗杰疑惑地问,说着,他拿出一个小本子和一支印着"宜家"字样的铅笔,计算起了房价。他已经在本子上列出了可能推高房价的常见因素：分娩、谋杀（并且被电视台报道）、斯德哥尔摩人。在另一张清单里，他写的是可能压低房价的因素：潮湿、发霉、需要重新装修。

"他来不了。"卢欧回答，然后又用跟纯粹喘气差不多的声音说："他病了。老年痴呆。待在护理中心。我讨厌'待在'这个词，为什么不是'生活在'护理中心？他不会喜欢那里的，因为那儿什么都是坏的，水龙头漏水、换气扇很吵、窗户的插销松了，没有人修理。爸爸以前什么都能修。问他什么他都能回答。要是不先打电话问问他，我都不敢买快过期的鸡蛋。"

"我很抱歉。"银行劫匪说。

"谢谢。"卢欧小声说，"不过没关系，鸡蛋的保质期比你认为的长，这是我爸说的。"

罗杰在他的本子上写下"老年痴呆"几个字，他发现，听说了这件事之后，自己不仅没能高兴起来，反而有些难过。其实，无论跟他抢房子的竞争对手是谁都不重要，因为他还有安娜-莱娜。罗杰把小本子塞回口袋，咕哝着说："你爸说得没错。都怪那些政客操纵市场，他们想让我们以更快的速度消耗鸡蛋。"

他是在电视上播过的一部关于鸡蛋的纪录片里了解到这些的，而这部片子是在那部关于鲨鱼的纪录片播完之后的当天深夜播出的。其实罗杰对鸡蛋并没有特殊的兴趣，但有时候安娜-莱娜在电视机前睡着后，他会静静地盯着屏幕，坐到很晚很晚——因为不想吵醒她，而且她要是醒了，就会把枕着他肩膀的脑袋挪开了。

卢欧揉搓着自己的指头尖，因为她是用这个部位感受情绪的人。她说："他也不会喜欢护理中心的暖气的，它们是那种根据户外气温自动调节室温的新型号，你连室内温度都不能自己决定。"

"恶心！"罗杰叫道，因为他是那种认为男人应该亲自决定室内温度有多高的男人。

卢欧无力地笑了笑。

"但是爸爸喜欢茱尔丝,你简直想象不到他有多么喜欢她。我刚跟她结婚那会儿,他特别骄傲!说她实在是太会挑人了……"卢欧说,接着她突然脱口而出,"我一定会是个非常糟糕的家长的。"

"不,不会的。"银行劫匪安慰她。

但是卢欧坚持说:"会的,我就是那样的人,我对孩子一窍不通。有一回我帮表姐带孩子,他什么都不想吃,一直在说'疼'。于是我告诉他,疼是因为他马上就要长出翅膀来了,因为不吃东西的小孩迟早会变成蝴蝶的。"

"这个说法真可爱。"银行劫匪微笑道。

"原来他说疼是因为得了急性阑尾炎。"卢欧补充说。

"噢。"银行劫匪的微笑消失了。

"我不是早就告诉你们了吗,我什么都不懂。我爸快死了,我快当妈了,我也想成为他那样的家长,可他没法告诉我该怎么去做了。当家长的必须什么都懂,越早越好。茱尔丝总想着让我做决定,可我什么都不明白……甚至不知道该不该买鸡蛋,我看我是永远都学不会了。茱尔丝说,我是故意在看房时挑毛病,因为我害怕……我也不知道自己究竟在怕什么,反正就是害怕。"

罗杰重重地往墙上一靠,拿宜家铅笔剔起了指甲缝。他十分清楚卢欧究竟在害怕什么:她害怕一旦自己拍板买下房子,假如发现了什么毛病——哪怕只是一点儿微不足道的小缺陷——她就得出来承担责任。近些年看房的时候,遇到这种情况,罗杰已经能够做到悄悄地对自己认错了,只不过,他还是做不到大声承认自己看走了眼,因为在那种情况下,他往往会非常生气。衰老通常会从人生中夺走一些东西，因此罗杰才变成了现在这个样子，他被衰老剥夺的东西包括"实现目标的能力"，或者至少是"愚弄你爱的人，让她以为你能够实现目标"的能力。罗杰现在意识到，其实安娜-莱娜已经看穿了他，知道他不能再给予她什么了。他们的婚姻已经变成虚情假意的表演，厕所里早就藏了一大群兔子，无论看多少套房子都于事无补。罗杰不停地剔着指甲缝，直到铅笔尖折断，然后他咳嗽一声，把他能想象出来的最好的礼物送给了卢欧。

"你应该为了你老婆买下这套公寓。这套房没什么毛病，既不潮湿也没有发霉，只需要一点儿小小的翻新。厨房和厕所状况良好，没有不良贷款，产权明晰。虽然有几块松动的护墙板，但很容易就能把它们固定好。"他说。

"我不知道怎么修护墙板。"卢欧低声说。

沉默了很久很久之后，罗杰眼睛望着别处，终于说出了老男人最难对年轻女人启齿的那三个字："你能行。"

39

警察局的警员室里，吉姆倒了一杯咖啡，还没来得及喝，刚刚还在讯问室和罗杰谈话的杰克就冲了进来，叫道："我们得马上回那个公寓一趟！我知道他藏在哪儿了！在墙里面！"

老实说，吉姆没怎么听明白杰克的意思，但他还是照办了。两人离开警局，上了车，满心期待地开回案发现场，以为只要自己再次踏进那套房子，一切就能水落石出，以为他们曾经错过的显而易见的线索里面隐藏着所有问题的答案，以为自己能够赶在斯德哥尔摩人来到现场、抢走全部功劳之前把这桩案子搞定。

当然，两个警察只猜对了一小部分，那就是——他们确实错过了显而易见的线索。

有个年轻警察在公寓楼的大厅里值勤，阻挡记者和闲杂人等溜进大楼偷窥案发现场。杰克和吉姆认识他，因为镇子太小了，大家都是熟人。针对一部分年轻警察，人群中流传着一个比喻，说他们不是"抽屉里最快的刀"，而大厅里的这位年轻警察，甚至连收进抽屉的资格都没有：吉姆和杰克从他眼皮底下进了大楼，他却浑然不觉。吉姆和杰克恼火地对视了一眼。

"要是让我说了算，我是绝对不会让那家伙看守案发现场的。"杰克咕哝道。

"我去上厕所的时候，绝对不会让这家伙帮我看着啤酒。"吉姆也对儿子咕哝道，不过，根据他的语气，我们无从判断他认为看守啤酒和看守案发现场到底哪个更重要。无论如何，再过两天就是新年了，警察局实在太缺人手，没有更多的选择。

两人分头行动，寻找线索。杰克擎着胳膊，用指关节和打火机把所有的墙都敲了一遍。不甘示弱的吉姆抬起沙发，想看看会不会有人碰巧藏在沙发下面。茶几上堆着几个比萨盒子，吉姆掀起其中一个的盒盖，检查里面有没有残余的比萨，看到这一幕，杰克的鼻孔瞬间扩张到了原来的两倍。

"爸爸，要是里面还有剩的，你不会打算拿出来吃了吧？这些盒子可是在这儿放了一天了啊！"他说。

吉姆愤愤不平地合上了盖子。

"比萨又放不坏。"他说。

"住在垃圾场的老山羊才会这么想。"杰克嘟囔道。他小心翼翼地继续敲墙，咚、咚、咚，把不同高度的地方敲了个遍，起初志在必得，最后越来越绝望，就好比你把钥匙掉进了湖里，马上伸手去捞，以为钥匙不会沉得那么快，结果没想到那个小东西早就消失得无影无踪，你只有望湖兴叹的份儿。积累了一天的压力与失落，终于让杰克自信的那一面出现了轻微的裂缝。

"不，该死。我搞错了。他不可能藏在这里。"

他站在罗杰在平面图上指出来的那堵后面有夹层的墙壁正前方，然而墙上并没有可以供人钻进去的缺口。假如银行劫匪真的藏进了夹层，必须得有人先拆掉一部分墙，然后把劫匪封在里面，可眼前这堵墙粉刷得相当平整，完全看不出拆改的痕迹，更何况拆墙补洞是个费时耗力的大工程。杰克吐出一大串包含特定性别用语和各式禽畜类专有名词的脏话，颓丧地往墙上一靠，背上的骨头也跟着嘎吱嘎吱地响了起来。吉姆看到儿子的脸上露出挫败的表情，耳朵到肩膀之间的皮肤肉眼可见地皱成一团，这一幕唤起了他身为父亲的同情心，他试探着鼓励儿子："那个壁橱呢？"

"太小了。"杰克不客气地回答。

"平面图上是这么画的，可艾丝特尔说，那其实是个步入式衣帽间……"

"什么？"

"她就是这么说的，我没在笔录里提过吗？"

"你为什么不早说？"杰克脱口而出，他已经往壁橱那边跑过去了。

"我又不知道这很重要。"吉姆辩解道。

杰克把头伸进壁橱，寻找电灯开关，前额突然撞上一只衣架，被撞的恰好是他头上已经鼓起了大包的那个地方，他疼得捣了衣架一拳，所以拳头也跟着疼了起来。不过，吉姆说得对，壁橱里那些旧外套、旧西装，以及装满了更旧的物件的箱子后面，果然存在着更大的空间,这个壁橱的确比平面图上画的大多了。

40

有人敲了敲壁橱的门。

咚、咚、咚。

"进来吧!"安娜-莱娜欣喜地叫道,当她发现敲门的人并非罗杰的时候,整个人又萎靡下来。

"我能进来吗?"茱莉亚轻声问。

"干什么?"安娜-莱娜说着,把脸扭到一边,因为她觉得哭鼻子是比上厕所还要私密的个人行为。

茱莉亚耸耸肩。

"我受够外面那些人了,你好像和我一样。所以,也许咱们有共同点。"她说。

安娜-莱娜必须承认,除了罗杰,她已经很长时间没跟其他人有共同点了,于是她坐在凳子上点了点头,不过,她的动作被一大排老气的男式西服挡住了一半。

"对不起,我在哭,刚才的事都是我的错。"她说。

茱莉亚环顾四周想找个地方坐下,最后她从壁橱后面拖出一架折叠梯,坐在最低的那一级,然后开口道:"听说我怀孕了的时候,我妈告诉我的第一件事就是,'现在你必须学会躲在壁橱里哭了,茱尔丝,因为要是当着孩子的面哭,他们会被你吓到的'。"

安娜-莱娜擦擦眼泪,从西服底下探出脑袋:"你妈告诉你的'第一件事'?"

"我是个别扭的孩子,所以,我妈的幽默感非同寻常。"茱莉亚笑了笑。

安娜-莱娜扯扯嘴角,朝茱莉亚的肚子热切地点了点头。

"你还好吗?我是说,你和……这个小家伙?"她问。

"噢,很好,谢谢。我每天要撒三十五泡尿。我恨袜子。我还开始领悟到,在公共交通工具上安炸弹的那些恐怖分子大概都是些讨厌公交车里气味的孕妇,因为车上的人实在太难闻了,熏得你想吐。你相信吗,有一回,坐我旁边的那个老头在车上吃香肠!萨拉米香肠!在公交车上!不过,谢天谢地,小家伙和我都还不错。"

"我的意思是,你怀着孕还要在这儿当人质,太可怕了。"安娜-莱娜轻声说。

"哦,当人质对你们来说也不是什么好事,而我只不过是多扛了点儿东西而已。"

"你很怕那个银行抢劫犯吗?"安娜-莱娜问。

茱莉亚慢慢地摇了摇头。

"不,我其实不害怕。老实说,我甚至觉得那把枪不是真的。"

"我也这么觉得。"安娜-莱娜点头附和,其实她大脑一片空白。

"警察可能随时会来,我们必须保持冷静。"茱莉亚向她保证。

"但愿吧。"安娜-莱娜又点点头。

"老实说,银行劫匪似乎比我们还害怕。"

"没错,你说的很可能是对的。"

"你还好吗?"

"我……我也不知道。我今天让罗杰伤透了心。"

"哦,我怎么觉得,你好像已经忍耐罗杰很多年了,他平时给你造成的伤害应该比你今天给他搞的这一出还要过分?所以我怀疑,你今天连跟他打了个平手都算不上。"

"你不了解罗杰,他比别人想象的敏感,他就是太坚持自己的原则了。"

"敏感……坚持原则……这些词儿怎么听着这么耳熟呢。"茱莉亚若有所思地点着头说,因为她觉得人类历史上那些发动过战争的老头子有一个算一个,全部都符合这些词儿的描述。

"有一回,一个留黑色络腮胡的年轻人问罗杰,能不能把停车场的车位留给他,罗杰等了二十分钟才挪车,为了坚持他的原则!"

"有魅力。"茱莉亚说。

"你不了解他。"安娜-莱娜一脸茫然地重复道。

"别怪我说话难听,安娜-莱娜——假如罗杰真的像你说的那么敏感,钻到壁橱里来哭的人就应该是他了。"

"他就是很敏感……内向的那种。我只是不明白……他看见伦纳特的时候,为什么会觉得我们……有一腿。他怎么会把我想成那样的人?"

茱莉亚转了转身子,想在梯子上坐得更舒服一点儿,突然瞥见了自己在金属梯级上的倒影——看上去并不怎么讨人喜欢。

"就算罗杰认为你出轨,那也是他的错,不是你的。"她说。

安娜-莱娜双手紧按着大腿,好让手指头不再发抖,同时停止了眨眼。

"你不了解罗杰。"

"我认识不少像他这样的男人。"

安娜-莱娜的下巴开始缓慢地左右移动。

"为了原则,他等了二十分钟才挪车。因为那天的早间新闻里有个男人,他是个政客,他说,我们应该停止帮助移民——他们来到这里,以为这儿的东西全都是免费的,想怎么拿就怎么拿。再这样下去,我们的社会就完了。他不停地咒骂,说他们都是一丘之貉,移民和跟移民差不多的人。罗杰给这个男人所在的政党投过票。对于经济和燃油税之类的事，罗杰有着非常固定的看法，他不喜欢由斯德哥尔摩人来决定斯德哥尔摩以外的人该怎么活。有时他会变得很敏感，有时发表意见的方式也很粗暴，这些我都承认，但他有自己的原则，没人能否认这个事实。那天，听完那个政客发言之后，我们去了商场，当时快到圣诞节了，我们取车的时候，看见停车场里满满当当的，大家为了停车排起了长队，那个有黑色络腮胡的年轻人看见我们往自己的车那边走，就放下车窗问我们是不是要离开，能不能把车位留给他。"

然而此时茱莉亚已经准备站起来，把步入式衣帽间变成步出式衣帽间了。

"你知道吗，安娜-莱娜？我不想听接下来的故事……"

安娜-莱娜理解地点点头，每当她讲起自己那些故事的时候，经常有人对她说类似的话，好在她已经习惯了大声思考，无论如何都能把故事讲完。

"停车场里太挤了，那个年轻人花了二十分钟才开到我们停车的那个地方。罗杰说，我们就在这里等着，等他什么时候过来了，我们再挪车。年轻人的车后排还坐着两个小孩，我没注意到，但罗杰看见了。离开停车场时，我告诉罗杰，我为他感到骄傲。他说，这并不意味着他会改变自己对经济或者燃油税或者斯德哥尔摩人的看法。然后罗杰又说，他意识到，自己在那个年轻人的眼里，恐怕跟电视上的那个政客没有什么两样，年龄相同、发色相同、口音也相同，似乎什么都一样。可罗杰不希望那个大胡子年轻人觉得他和那个政客是完全一样的人。"

安娜-莱娜拿起其中一件男式西服的袖子擦了擦鼻子。这要是罗杰的袖子就好了，她想。

值得指出的是,安娜-莱娜刚才的这段大声思考成功地阻滞了茱莉亚尝试起身的动作,她决定随机应变,重新坐回梯子上。不过,因为听得太入神,直到故事讲完,她才完全恢复坐姿。茱莉亚若有所思地张了张嘴,最初发出的声音像是喘不过气来的咳嗽,随后,咳嗽声变成突如其来的爆笑。

"这么长时间以来,这是我听过的最可爱也最荒唐的故事。安娜-莱娜。"她说。

安娜-莱娜的鼻尖开始尴尬地上下移动。

"我们讨论过很多政治问题,罗杰和我。我们的看法很不一样,不过你总能……我觉得,理解一个人并不一定非要同意这个人的观点,你明白我的意思吗?我知道其他人有时候可能会觉得罗杰有点儿白痴,但他并不总是像别人想的那么白痴。"

"卢欧和我支持的政党也不一样。"茱莉亚承认。

她很想补充说,谈到政治的时候,她觉得卢欧就像个蒙在鼓里的嬉皮士,而且这种事你在刚谈恋爱的时候往往发现不了,至少也得过上几个月才后知后觉。但最后她没再多说,因为彼此相爱的人很可能完全不在乎政治观点之类的东西。

安娜-莱娜拿外套袖子把整张脸抹了一遍。

"我真不应该背着罗杰做出那种事来!他工作非常出色,本该成为合伙人,可一直没得到机会。现在,无论做什么,只要……赢不了,他就会很难过。我想让他觉得自己是个赢家,就给那个'无界·伦纳特'打了电话。一开始,我告诉自己,这种事只干一次就够了……没想到越来越熟练。我又告诉自己……嗯,你这么年轻,可能理解不了,不过……谎总是越撒越顺……我骗自己说,这一切都是为了罗杰,当然,实际上全都是为了我。我装饰过那么多套公寓,让它们看起来像个家,就为了让买房的走进来说:'噢,这就是我想要生活的地方！'我希望自己有一天也能成为他们中的一员，找个地方安顿下来。罗杰和我已经很久没在什么地方正儿八经地生活过了，我们总是匆匆忙忙的，像个过客。"她说。

"你们在一起多久了？"

"从我十九岁开始。"

思考了很长时间之后，茱莉亚这才开口问道："你们是怎么做到的？"

安娜-莱娜不假思索地回答："彼此相爱，意味着谁也离不开谁，而当你们谁也离不开谁的时候，就算不再那么相爱了，你们也没法……没法分开。"

茱莉亚沉默了好几分钟。她妈妈自己一个人生活，而卢欧的父母已经结婚四十年了。无论茱莉亚有多么爱卢欧，想到这件事的时候，她偶尔也会感到恐惧。四十年，你能爱一个人这么久吗？她朝衣帽间的墙壁扬了扬手，微笑着对安娜-莱娜说："我老婆要把我气疯了，她说要在这个地方酿葡萄酒、储存奶酪。"

安娜-莱娜把老泪纵横的脸从两条面料相同的西裤之间探出来，像是在揭示一个令人尴尬的秘密那样回应道："有时候罗杰也气得我发疯。他拿家里的吹风机……呃，你应该能猜到……他把它伸到浴巾底下。吹风机当然不是这么用的……也不能用在那个地方。这让我想尖叫！"

茱莉亚打了个哆嗦。

"恶心！卢欧也会这么干。太恶心了，我要吐了。"她嫌弃地说。

安娜-莱娜咬住了嘴唇。

"我得承认，我从来没想到，你也会遇到这样的问题。我总觉得，要是跟……女人住在一起，生活会容易许多。"

茱莉亚突然哈哈大笑。

"这跟性别没关系,安娜-莱娜。只跟你爱上的人是不是白痴有关系。"

安娜-莱娜也大笑起来,比她平时笑的时候大声多了,然后她们互相看着对方。安娜-莱娜的年纪是茱莉亚的两倍,可她们现在找到了许多共同点,比如,她俩都和不清楚各类毛发之间区别的白痴结了婚。安娜-莱娜看着茱莉亚的肚子,微笑起来。

"什么时候生?"

"随时都有可能!你听见了吗,小外星人?"茱莉亚说,前一句回答安娜-莱娜,后一句说给她的小外星人听。

安娜-莱娜似乎没明白茱莉亚为什么叫孩子"小外星人",不过她闭上眼睛说:"我们有一儿一女,跟你年龄差不多,但他俩都不想要孩子,罗杰很难过。假如你在今天这种情况下见到他,又不了解他的话,恐怕很难想到,如果他有机会,肯定能成为好祖父的。"

"还有很多时间,不是吗?"茱莉亚问,她这么问主要是因为安娜-莱娜的儿女跟她年纪相仿,而她本人不希望太晚做母亲。

安娜-莱娜伤心地摇了摇头。

"不,他们已经下定了决心,当然,这是他们的选择,现在……现在不都是这样吗。我女儿说,世界上已经人口过剩了,她还担心气候变化。我不知道为什么还有人会担心这些,平时的烦心事都已经够多的了,他们是不是一天不焦虑就难受啊?"

"这就是她不想要孩子的原因?"

"是,她就是这么说的,除非我误会了,我很可能是误会了她。不过,要是世界上没有那么多人,也许对环境来说是好事……其实我也不明白这些大道理,我只希望罗杰能再一次感到自己是个有价值的人。"

茱莉亚似乎没跟上她的逻辑。

"孙子、孙女能让他觉得自己有价值？"她问。

安娜-莱娜勉强地笑了笑。

"你去幼儿园接过三岁的小孩没有？拉着他们的手走回家？"

"没有。"

"那个时候，你会觉得这是自己一生中最有价值的时刻。"

两个人沉默无言地坐在那里，想象着那个场景，身体微微有些发抖。

但她们谁也不打算探究自己为什么要发抖。

41

艾丝特尔安静地穿过门厅，衰老的身体轻若无物，假如她的话没那么多，一定能成为出色的猎手。她拿宠溺的眼神依次端详着坐在长椅上的银行劫匪、卢欧和罗杰，发现其中一位注意到了自己，她急忙清清嗓子，歉意地说："我就是过来问问，你们有谁饿了吗？冰箱里有吃的，我可以给你们热一热。我敢肯定，那就是吃的。在厨房里。大家一般都会把吃的放在厨房里吧。"

艾丝特尔清楚，没有什么比问问别人饿不饿更能表现她对他们的关心了。银行劫匪忧愁而感激地对她笑了笑。

"能吃点儿东西真是太好了，谢谢，可我不想给您添麻烦。"劫匪说。

卢欧热切地点了点头，因为她实在是饿极了，饿到连青柠檬的皮都吞得下去。"也许我们可以点个比萨外卖？"她问。

这个念头让她非常开心，以至于不小心拿手肘碰到了罗杰。他猛地抬起脑袋,似乎刚刚从沉思冥想中醒来。

"什么?"他问。

"比萨!"卢欧重复。

"比萨?现在?"罗杰哼了一声,看看他的手表。

仿佛突然想到了什么,银行劫匪叹了一口气,说:"不行。首先,我没有那么多钱点外卖。瞧,我连人质的温饱都保证不了……"

罗杰抱起胳膊,有些好奇地看着银行劫匪,头一次没用审视的眼神打量对方,说:"我能问问吗,你有什么计划?你打算怎么从这里脱身?"

银行劫匪用力眨了眨眼,毫不掩饰地回答:"我不知道。我没想那么远。我就是想试试……我只需要交房租的钱,因为我在办离婚,律师说要是我没地方住,他们就会把我的孩子带走。我的女儿们。唉,说来话长,我不想絮絮叨叨地惹你们心烦……对不起,也许我最好还是自首,我明白!"

"如果你现在自首,跑到街上去,警察可能打死你。"卢欧及时地泼来凉水。

"怎么能这么说呢!"艾丝特尔惊叫。

"她说的很可能是真的,他们认为你是武装抢劫犯,非常危险,对于这样的人,一般都会当场击毙的。"罗杰睿智地补充道。

劫匪滑雪面罩的两个眼睛洞周围突然变湿了。

"这把枪连真的都不是。"银行劫匪说。

"看起来就不像真的。"罗杰表示赞同,其实他对枪械一窍不通得令人发指。

银行劫匪低声说:"我真是个白痴,失败者加白痴。我什么计划都没有,要是他们想打死我,我八成是逃不掉了,因为我什么都干不好。"

银行劫匪站起来，朝公寓门口走去，仿佛刚刚下定了决心。

卢欧突然蹿过去，拦住了劫匪。她之所以这么做，一部分是因为银行劫匪提到过孩子，还因为处于目前这个人生阶段的卢欧跟那些一直做错事的人非常有共鸣。只听她大声叫道："嘿！你这就打算放弃了吗？都已经坚持到现在了！至少也得让我们点个比萨吧？那些劫持人质的电影里面，警察都会给大家提供比萨的！免费！"

艾丝特尔两手交叠按着肚子，补充说："我对比萨完全没意见。你觉得他们也会给咱们送点儿沙拉过来吗？"

罗杰头也没抬地咕哝道："免费？你说真的？"

"跟肾结石一样真。"卢欧发誓，"电影里的人质总会吃到比萨！要是我们能想办法联系上警察，就能点比萨啦！"

罗杰盯着地板看了很久很久，然后瞥向公寓另一头紧闭的壁橱门，眼睛下面的皮肤断断续续地抽搐了半天，似乎打算透过门板感应妻子的存在。忽然，他像是拿定了主意那样——因为在罗杰的经验中，假如自己犹豫不决的时间太长，一准会把事情搞砸，所以他倾向于尽快采取行动——双手一拍大腿，站起身来。他喜欢抢占先机，哪怕仅仅处于实现这个目标的过程之中，他心里也会觉得温暖。

"好的！我来搞定比萨！"他说。

他坚定地朝阳台走去。艾丝特尔连忙去厨房找盘子。卢欧往壁橱的方向走，打算问问茉莉亚想吃什么样的比萨。银行劫匪独自留在门厅里，抓着手里的枪，小声地嘟囔着："最差劲的人质。你们真是历史上最差劲的人质。"

161

42

杰克和吉姆把整个壁橱翻了个底朝天,却没找到任何与银行劫匪有关的线索。壁橱后面的箱子是空的,除了一堆几乎完全空掉的酒瓶,里面什么都没有——什么样的酒鬼会把红酒瓶子藏在壁橱里?他们掏出所有的衣服:男式西服和一些似乎是在彩色电视机发明之前就做好了的连衣裙。除了这些东西,他们一无所获。吉姆找得满头大汗,没注意到壁橱里有一股凉风。杰克突然停止了翻找,像跟着主人参加音乐节的寻血猎犬那样敏锐地嗅探着四周的空气。

"这儿有股烟味。"他说,试探地碰了碰脑袋上的大包。

"也许某一位潜在买家躲进来抽过烟,在被人劫持的情况下,心烦意乱地抽烟也是可以理解的。"吉姆分析道。

"好吧,但是,那样的话,我们应该闻到更多的烟味。公寓里别的地方都没有烟味,说明壁橱里的烟没跑到屋子里面去,就好像是有人……怎么说呢……有人在壁橱里配备了通风设施?"

"那怎么可能?"吉姆问。

杰克没有回答,只是在壁橱里专心寻觅着他最初以为是自己想象出来的那一小股凉风。突然,他拿起躺在地板上的一架折叠梯,拨开挡路的一堆衣服,爬上梯子,摊平手掌拍打着天花板,直到感觉到了什么。

"这儿好像有个废弃的通风口!"

吉姆还没来得及反应,杰克就已经把脑袋探进了天花板上那个洞口。吉姆趁机开始挨个摇晃他在那个箱子里发现的酒瓶,挑出一瓶里面还剩了一点儿酒的,仰着脖子灌了一大口。因为酒也是放不坏的。

杰克站在梯子上叫道:"这儿有一条往上走的通道,很窄,就在假天花板的上面。我觉得凉风是从上面的隐蔽空间吹下来的。"

"通道？能钻进去人吗？"吉姆纳闷地问。

"天知道，它太窄了。但是足够苗条的人有可能……等等……"

"你看到什么了吗？"

"我正在拿打火机照着，看看它通到哪里，但是有个东西挡着路……它好像……毛茸茸的。"

"毛茸茸的？"吉姆紧张地重复道，脑子里冒出一大串杰克可能不愿意在通风道里发现的动物尸体。大多数动物杰克都不喜欢，哪怕它们还是活的。

杰克一边咒骂一边扯出通风道里的东西，丢给吉姆。那是一个兔子头套。

43

罗杰瞥了一眼阳台栏杆下方的警察，然后深吸一口气，大声喊道："我们需要补给！"

"医疗用品吗？你受伤了吗？"其中一位警察喊了回来。他的名字叫吉姆，他的听力不怎么好，而且没有多少应对劫持人质事件的经验，如果更严格一点儿的话，也可以说他毫无经验。

"没有！我们饿了！"罗杰大喊。

"热了？"吉姆大喊。

名叫吉姆的警察旁边还有一个比他年轻的警察，他似乎在试着让吉姆闭嘴，这样年轻警察就能听清罗杰在说什么了，不过，老警察当然不会听他的。

"不！比萨！"罗杰叫道，但是，因为他的两个鼻孔里都塞着棉球，所以他说的"比萨"听起来更像是"丽莎"。

"梅丽莎？有个叫梅丽莎的受伤了吗？"老警察吼道。

"你听错了！"

"什么？"

"安静，爸爸，让我听听他说了什么！"热闹的大街上，年轻警察的吼声终于盖过了老警察的叫嚷，然而此时罗杰已经灰心丧气地离开了阳台。自从一群该死的激进分子把他最喜欢的巧克力棒的名字改掉——以前的名字据说包含着侮辱某些人的意思——罗杰还从未骂过这么多的脏话。他跺着脚回到公寓，举起他的记事本和宜家铅笔晃了晃。

"我们列个清单吧，然后扔下去。"他宣布。"大家想要什么样的比萨？你先说！"他指着银行劫匪命令道。

"我？哦，我无所谓，什么样的都行。"劫匪怯怯地尖着嗓子说。

"你的脑子难道不会想东西吗？赶紧决定！否则没人会尊重你的！"扎拉坐在沙发上吼道。（刚才，她从厕所里拿出一条浴巾，铺在沙发上，然后才坐下，因为天知道这个沙发上以前坐过什么样的人，他们很可能有文身，以及上面还有一些上帝才知道那是什么的鬼东西。）

"我决定不了。"银行劫匪说，这几个字很可能是劫匪一整天里说过的最真实的一句话。小的时候，你渴望长大，自己决定一切，可是一旦长大，你就会意识到，"做决定"是成年人所要面对的最可怕的任务。你心里必须一直有主意，才能及时地拿定主意。你得知道应该给哪个党派投票、自己喜欢什么样的墙纸、你喜欢什么样的伴侣、哪种口味的酸奶最能体现你的个性。你必须做出选择，同时也被别人选择，这样的事几乎每时每刻都在发生。在银行劫匪看来，离婚是最糟糕的事情，因为结婚时你自以为已经选好了一切，离婚后却还要从头来过，重新做出各种决定。离婚之前，银行劫匪家里的墙纸和餐具都是主人喜欢的，阳台家具几乎还是新的，孩子们正准备去上游泳课……全家人聚在一起，这样的生活难道还不够吗？难道算不上圆满吗？然而人生却偏偏要把银行劫匪丢进旷野，逼着劫匪重新认识自己，无论换成谁来面对这种情况，都会不适应的吧？……就在银行劫匪试图理清这些想法的时候，扎拉又喊了起来。

"你需要提出要求！"她说。

罗杰同意她的看法。"其实她说得对。如果你不提要求，警察会紧张，他们一紧张就会朝你开枪。我在纪录片里看到过。既然劫持了人质，就必须告诉警察你想要什么，然后他们会开启谈判。"他说。

银行劫匪不悦而诚恳地回答："我想回家找我的孩子们。"

罗杰非常严肃地思考了一阵子劫匪的话，然后开口道："那么我就替你点个什锦比萨吧！人人都爱什锦比萨。下一个！你想要什么样的比萨？"

他望向扎拉，而她似乎已经进入了彻底的休克状态。

"我？我不吃比萨。"她回答。

扎拉去餐馆吃饭时，总是点贝壳类的水产，还要特别申明，她希望连壳带肉一起端上桌，而且除了她之外，任何人都不能动这些贝类的壳，这样她才能确保后厨的人没碰过壳里面的肉。如果餐馆不供应贝类，扎拉就点水煮蛋。她讨厌浆果，但喜欢香蕉和椰子。她心目中的地狱，是一个永无休止的自助餐聚会，在这个聚会上，她困在一条依次取餐的长队里动弹不得，排在她前面的那个人还得了感冒。

"人人都吃比萨！再说还是免费的呢！"罗杰叫道，说完，他还非常不合时宜地吸了吸鼻涕。

扎拉皱起鼻子，整张脸也跟着皱了起来。

"他们直接用手拿着比萨吃，装修过房子的手。"她说。

罗杰当然不会被她的谴责吓退，他挨个打量了一遍扎拉的包、鞋和表，然后在小本子上记了点儿什么。

"我说，你是不是无论什么东西都只要最贵的啊？嗯？打个比方，你会不会在吃的东西上面撒上松露、金箔，还有濒临灭绝的小海龟什么的？就像可笑的杂菜沙拉？那我就给你点一个这样的比萨吧！下一个！"他说。

艾丝特尔看起来有点儿发愁，似乎觉得这么快做决定非常不妥当，于是她叫道："我要跟扎拉一样的！"

罗杰盯着她看了看，在小本子上写了"什锦比萨"几个字。

接下来轮到的是卢欧，她的脸上挂着只有当妈的人或者除颤器制造商才会喜欢的表情。

"加蒜蓉酱的烤肉比萨！酱要双份的！烤肉也要双份的！最好烤得焦一点儿。等等，我问问茱尔丝要什么样的！"

她猛砸紧闭的壁橱门。

"干什么？"茱莉亚喊道。

"我们在点比萨！"卢欧叫道。

"我想要一个用香蕉和花生代替菠萝和火腿的夏威夷比萨，告诉他们不要烤得时间太长！"

卢欧用了很大的力气做了个深呼吸，连后背都跟着响了起来，然后她斜靠在壁橱门上。

"亲爱的，你能不能点一个菜单上本来就有的比萨呀，就这一次？选个不错的普通比萨？每次点外卖，你为什么总是要我打电话给他们复述一大串指令，就像指挥开飞机的瞎子降落一样呢？"

"如果有高级奶酪，就加双份！问问他们有没有高级奶酪！"

"你为什么不能像个正常人那样照着菜单点餐呢？"

大家不确定茱莉亚是没听清卢欧说的话，还是打算无视卢欧，她又在壁橱里喊道："还有橄榄！但是不要绿橄榄！"

"那不是夏威夷比萨。"卢欧非常小声地对自己说。

"当然是！"

罗杰竭尽全力记下了茱莉亚的要求。这时候，壁橱的门打开了，茱莉亚探出脑袋，看了看外面，忽然出人意料地用非常友好的语气说："安娜-莱娜说，她跟你要一样的，罗杰。"

罗杰缓缓地点了点头，低头看着他的小本子。为了防止别人发现他给本子翻页了，他不得不躲进厨房，因为前面那一页已经湿了，没法往上写字。他回到客厅的时候，兔子胆怯地举起了一只手。

"我想要一个——"兔子的声音从兔子头套里传出来。

"什锦比萨！"罗杰打断了他，然后用力地眨了眨眼，挤掉里面的泪水，意味深长地看着兔子，仿佛在说"现在不是吃素的时候"，所以兔子点了点头，喃喃地说："我可以去掉里面的火腿，没问题，很好。"

然后，罗杰环顾四周，想找个绑在订单上的重物，最后他找到一个看起来密度挺合适的圆东西。过了一会儿，警察们又听到阳台上有人大喊大叫，于是杰克抬起头来，向上望去……就这样，他的前额被罗杰扔下来的青柠檬砸了个正着。

从那么高的楼上砸下来的青柠檬……可以想象他脑袋上的那个包该有多大。

44

　　经过努力,杰克钻进壁橱上方的那个隐秘空间,在里面爬了一段,爬过的距离大约是整条通道的一半。这个过程中,吉姆始终站在梯子上,使出全身的力气拽住儿子的双脚,就好像杰克是一只钻进汽水瓶里喝饮料的老鼠,肚子越喝越鼓,没法再从瓶里钻出来。后来,杰克终于被他拽得掉出了通风口,两个警察一起跌倒在地板上,发出"轰""轰"的两声巨响。他们摊手摊脚地躺在壁橱的地板上,被20世纪的女式内衣包围,还有一个兔子头套在旁边滚来滚去,沿路带起一串被兔子脑袋吓得仓皇逃命的灰球。杰克仰面朝天,以骂脏话的方式展示了一番他对禽畜类解剖知识的了解,然后才站起身来,说:"呃,上面有一条很窄的旧通风道,最里面的那一头被封住了。烟味可能就是从那里散出去的,但没人能从那个地方钻过去,绝对不可能。"

　　吉姆看起来闷闷不乐,主要是因为杰克看起来非常闷闷不乐。儿子快步走出壁橱,但父亲没有马上跟出去,因为他想给儿子一点儿时间,让他在客厅多走几圈,把肚子里存的脏话全都骂出来。吉姆终于出去的时候,发现杰克站在开放式壁炉前面想事情。

　　"你认为银行劫匪可能是从壁炉烟囱里钻出去的?"吉姆问。

　　"你认为他是圣诞老人吗?"杰克问,话刚出口他就后悔了,觉得自己也许不该对父亲这样刻薄。不过,炉膛的底部有灰烬,而且还是温的,说明不久之前有人在这儿生过火。杰克打着手电,小心地戳弄着灰堆,从里面捏出几块滑雪面罩的残骸。他把残片拿到灯光下细看,又扫视着地板上的血迹和周围的家具,试图把散乱的拼图组合到一起。

　　这个时候,吉姆似乎正在屋子里胡乱溜达,只见他信步走进厨房,随手打开了冰箱(此举揭示了他貌似无意、其实早就想这么干的企图)。冰箱里有吃剩的比萨,搁在瓷盘里,细心地盖着保鲜膜——在劫持人质的案发现场,谁还会这么仔细?吉姆暗忖,他关上冰箱门,回到客厅。杰克依然站在壁炉前面,举着一块烧焦的滑雪面罩残片,沮丧地耷拉着肩膀。

"不,我还是看不出他是怎么逃出公寓的,爸爸。所有可能和不可能的角度我都考虑过了,但我还是想不出这到底……"

杰克突然变得很难过,为了让儿子振作起来,吉姆连忙问了他几个问题。

"那摊血是怎么回事?银行劫匪流了这么多血,怎么还有力气逃走——?"他说,就在这时,一个声音打断了他,在公寓楼大厅值勤的那个警察出现了。

"哦,那不是银行劫匪的血。"值勤的警察剔着牙,快活地说。

"什么?"杰克问。

"唔唔唔唔嗷嗷嗷嗷。"值勤警察说,他几乎把整个手掌都探进了嘴里,仿佛比起他牙缝里的午饭残渣,公寓里那摊明晃晃的血不值一提。只见那只手从它主人嘴里扯出了一小块碎腰果……重新获得解放的嘴巴立刻发出爽朗的笑声,警察的脸上也露出了更加灿烂的笑容。

"什么?"吉姆问,他的耐心在迅速流失。

兴高采烈的值勤警察指着地上那摊已经干掉的血渍。

"我说,那是道具血,瞧见它干掉的样子了没有?真血干了之后不是这样的。"他说,手里还捏着那块碎腰果,似乎不知道该拿它怎么办——是扔掉还是留着纪念他这次的伟大成就?

"你怎么知道的?"吉姆问他。

"我喜欢在业余时间表演一点儿魔术。好吧,更准确地说,我喜欢在业余时间做做警察！"值勤警察回答。

他以为吉姆和杰克听完之后能会心地笑出声来，然而事实证明，他实在是太乐观了。于是他夸张地咳嗽了几声，补充道："我做过一些魔术表演，去养老院之类的地方。有些表演里面，我会假装拿刀捅自己，这时候就需要用到道具血。其实我很在行，要是你们身上碰巧带着扑克牌，我可以……"

打从生下来开始，杰克看起来就一点儿不像是"身上碰巧带着扑克牌"的那种人，所以他没有理会值勤警察的建议，只是指着那摊血问："这么说，你确定这不是真的血？"

值勤警察自信地点点头。

杰克和吉姆若有所思地彼此对视，然后分别打开了各自的手电筒——尽管天花板上的灯都是开着的——开始搜索整个公寓，每一英寸都不放过。一圈一圈又一圈。他们把所有东西都看了个遍，却什么也没看出来。茶几上的比萨盒子旁边摆着一碗青柠檬；所有的玻璃杯全都整齐地搁在杯垫上；地板上画了个记号，用来标明警察发现劫匪手枪的位置；记号旁边有一张小桌子，桌上放了一盏小台灯。

"爸爸？我们拿给劫匪的电话——我们进入现场的时候，那部电话放在哪里？"杰克突然问。

"就在那儿，那张小桌子上。"吉姆说。

"那就对了。"杰克叹了口气。

"怎么了？"

"我们的假设一直都是错的。"

45

证人讯问记录

日期：12月30日

证人姓名："茱尔丝"和"卢欧"

杰克： 由于你们目睹了一桩性质非常严重的罪案，所以我必须分别跟你们两位单独谈谈，而不是同时找你们问话。

茱尔丝： 为什么？

杰克： 因为就应该这样。

茱尔丝： 对不起，你是不是鬼上身了？就像我妈一样？"就应该这样"是什么意思？

杰克： 你是刑事调查的目击证人。这是规矩。

茱尔丝： 这么说，我们当中有人涉嫌犯罪？

杰克： 没有。

茱尔丝： 好的，既然如此，我要求你同时找我们两个问话。你知道这是为什么吗？

杰克： 不知道。

茱尔丝： 因为就应该这样！

杰克： 老天爷，我就没见过比你们还难缠的证人，真不知道该怎么应付。

茱尔丝： 对不起，你说什么？

杰克： 我什么也没说。

茱尔丝： 你说了，我听见你嘀咕了。

杰克： 我真没说什么。好吧，你赢了，你们可以一起接受讯问！

卢欧： 茱尔丝只是担心，要是她不在场，我会说些蠢话。

171

茱尔丝： 安静，亲爱的。

卢欧： 瞧见没有？

杰克： 看在上帝的分儿上，你们俩是不是一直都这么喜欢说废话？我已经答应了你们的要求！同时讯问你们两个人！但是，同时讯问不应该是这个样子的！

卢欧： 你用得着这么生气吗？

杰克： 我没生气！

卢欧： 好吧。

茱尔丝： 没错，好吧。

杰克： 我需要知道你们的真实姓名。

卢欧： 这就是我们的真实姓名。

杰克： 你确定不是昵称吗？

茱尔丝： 拜托，你能不能把心思专注在问话上面？名字什么的并不重要，对吧？我得去个厕所。

杰克： 好吧，好吧，当然。因为"你叫什么名字？"是个非常复杂的话题。

茱尔丝： 别嘀咕了，提问吧。

杰克： 说得对，我只不过是个警察，所以咱们在这里干什么应该由你说了算，完全合理。

茱尔丝： 什么？

杰克： 没什么。我只想确认一下，罪犯劫持人质的过程中，你们俩一直在那个公寓里，对吗？

卢欧： 我不明白什么叫"劫持人质的过程"，听起来不像好话。

茱尔丝： 拜托，卢欧，打起精神来，用你的脑子好好想想：我们不是人质是什么？"不小心被一把手枪威胁到的一小撮人"吗？

卢欧： 我们更像是一群被某些错误决定连累到的受害者。

茉尔丝： 你觉得"连累"我们的那个人是因为不小心摔了个跤才把脑袋伸进滑雪面罩里面的吗？

杰克： 拜托，你们能不能专心回答我的问题？

茉尔丝： 哪个问题？

杰克： 你一直都在公寓里吗？

卢欧： 茉尔丝在娱乐室待了很长时间。

茉尔丝： 那不是娱乐室！

卢欧： 柜子，好吧。别再吹毛求疵了。

茉尔丝： 你非常清楚那里应该叫什么。

杰克： 你一直待在里面吗？什么时候出的柜……子？不不不，我是说，你在那个柜子里待了多长时间才出来的？

茉尔丝： 你说什么？

杰克： 我的意思是……呃……我不是那个意思。

茉尔丝： 好吧。那你到底是什么意思？

杰克： 没什么意思。我指的不是"出柜"，我只想说你是待在一个真实的柜子里面，字面意思的柜子，绝对没有含沙射影，一点儿别的意思都没有……

茉尔丝： 我们一直都待在那个公寓里。

卢欧： 你怎么听起来这么生气？

茉尔丝： 可能是内分泌失调了……对了！卢欧！难道你一直想跟我说的就是这个吗？

卢欧： 不，其实不是这样的。嗯，我当然从来没这么说过，即使不小心说出来了，那也是不能算数的。

杰克： 我理解，你们两个今天过得很不容易，可我只想知道，你们在不同的时间点分别待在什么地方——比方说，比萨送过去的时候。

卢欧： 这个时间点很重要吗?

杰克： 是的,因为我们确定,至少在这个时间点之前,罪犯一直待在公寓里面。

卢欧： 我们吃比萨的时候,我坐在躺椅上。

杰克： 什么躺椅?

茱尔丝： 就是沙发转角的长椅,可能是个贵妃榻。

卢欧： 不对!我已经告诉你好几次了,那个不是贵妃榻!你知道该怎么分辨躺椅和贵妃榻吗?凡是你觉得像贵妃榻的东西,一律都是躺椅!

茱尔丝： 我的老天爷啊!我们还要再吵一遍吗?就跟我不知道什么是盥洗柜那次一样!你知道什么是盥洗柜吗?

杰克： 你问我?我猜那是种电视柜?

茱尔丝： 瞧见没有?我就说吧。

卢欧： 那不是电视柜!

茱尔丝： 那是一种浴室柜,搁在洗脸盆下面的。

杰克： 我还真不知道。

茱尔丝： 正常人都不知道。

卢欧： 你们都是在山洞里长大的吗?盥洗柜约等于梳妆台的表姐!你大概应该知道什么是梳妆台吧?

杰克： 没错,我知道梳妆台。

茱尔丝： 你既然知道得这么清楚,为什么还会把壁橱叫成"步入式衣帽间"?

卢欧： 因为"壁橱"是那种整天在博客上吹嘘果蔬汁排毒减肥的神奇功效,结果一连蹿了三年稀的人才会用的野路子名词,而"梳妆台"是一种正儿八经的家具!

茱尔丝: 你现在知道我每天过的都是什么日子了吧？去年她迷上了梳妆台和盥洗台，整整研究了三个月，一心想当橱柜匠！这三个月之前，她的梦想是做个瑜伽教练。三个月之后，她的理想职业又改成了对冲基金经理。

卢欧: 你为什么总是夸大其词？我从来没想当对冲基金经理。

茱尔丝: 那你打算当什么？

卢欧: 日内交易员。

茱尔丝: 有什么区别吗？

卢欧: 我还没来得及研究到那里，因为后来我又开始对奶酪感兴趣了。

杰克: 希望大家能回到咱们的问题上。

卢欧: 你看起来压力很大。那样咬舌头不好。

杰克: 要是你们能回答我的问题，我的压力就不那么大了。

茱尔丝: 我们坐在沙发上吃比萨。答案就这么简单。

杰克: 谢谢！那时候公寓里都有谁？

茱尔丝: 我们俩、艾丝特尔、扎拉、伦纳特、安娜-莱娜、罗杰和银行劫匪。

杰克: 还有房产经纪人吗？

茱尔丝: 当然。

杰克: 房产经纪人在哪里？

茱尔丝: 那个时候？

杰克: 是的。

茱尔丝: 我是你的全球定位导航仪吗？

杰克: 我只想确认一下，在场的人当时是不是都坐在桌子旁边吃比萨。

茱尔丝: 我觉得是。

杰克： 你觉得？

茱尔丝： 你没毛病吧？我怀孕了，还被人拿枪指着，我有很多的事要考虑，我可不是专门在校车上数人头的幼儿园老师。

卢欧： 这是糖吗？

杰克： 这是橡皮。

茱尔丝： 你怎么什么都想吃！

卢欧： 我就是问问！

茱尔丝： 你知道吧，我们不管去哪里看房，她都要打开人家的冰箱看看。你觉得这样的行为合适吗？

杰克： 我其实不在乎。

卢欧： 他们想让你看冰箱，这属于房产经纪人所谓的"家居风格"的一部分。我在冰箱里找到过一个墨西哥卷饼——它一直都在我吃过的墨西哥卷饼里面排前三。

茱尔丝： 等等，你把那个墨西哥卷饼给吃了？

卢欧： 他们想要你吃。

茱尔丝： 你把陌生人冰箱里的食物给吃了？不开玩笑？

卢欧： 这有什么？里面是鸡肉。起码我觉得是鸡肉。不管什么东西，在冰箱里放一阵子，吃起来都像是鸡肉。海龟肉除外。我给你讲过我吃海龟肉那一次吗？

茱尔丝： 什么？没有！别说了，我要吐了，真的。

卢欧： 你什么意思？别说了？你不是一直说，你希望我们能了解彼此的一切吗？

茱尔丝： 呃，我改主意了，我觉得我们已经互相了解得差不多了。

卢欧： 你觉得看房时吃墨西哥卷饼很奇怪吗？

杰克： 请不要把我牵扯进来，求求你们。

茱尔丝： 他觉得这么做很恶心。

卢欧： 他什么时候说了？你知道什么才叫恶心吗？茱尔丝偷藏糖果和巧克力。什么样的成年人能干出这种事？

茱尔丝： 我当然要把很贵的巧克力藏起来，因为跟我结婚的是一条蛀虫。

卢欧： 她瞎说。有一次我发现她买了无糖巧克力！无糖的！也被她藏起来了。就好像我连无糖巧克力都忍不住要吃一样！我又没有精神病。

茱尔丝： 最后还不是被你吃了。

卢欧： 这是为了给你一个教训，并非因为我喜欢吃。

茱尔丝： 好吧，我已经准备好回答你的问题了！

杰克： 天哪，我真走运。

茱尔丝： 你还想不想提问了？

杰克： 好的。罪犯放你们走，你们离开公寓，还记得跟你们一起下楼的都有谁吗？

茱尔丝： 当然是所有的人质了。

杰克： 你能列出他们的名字吗？拜托？按照你记忆中他们下楼的顺序？

茱尔丝： 当然。我和卢欧、艾丝特尔、伦纳特、扎拉、安娜-莱娜，还有罗杰。

杰克： 房产经纪人呢？

茱尔丝： 嗯，还有房产经纪人。

杰克： 房产经纪人是跟你们一起下楼的？

茱尔丝： 你问完了吗？

卢欧： 我饿了。

46

无论什么职业,都有外行所不了解的技术性的一面,譬如那些五花八门的工具、装备和复杂的术语,就这个意义而言,也许警察是术语最多的行当,而且他们的行话在不断地变化,老警察会逐渐跟不上年轻警察发明新术语的速度。正因如此,吉姆才不知道那个该死的东西叫什么,那个像是电话的玩意儿。他只知道它有点儿特别:哪怕没有信号,也照样能用它打电话。警察局里配备上这个玩意儿的时候,杰克高兴极了。能用上这个电话一样的玩意儿,也许杰克确实有理由比吉姆更开心,不过,最后灵机一动,想出如何"把这个电话一样的玩意儿交给劫匪,借此与劫匪取得联系"这个主意的人却是吉姆。事实证明,他的这个主意非常管用,可吉姆一点儿都不觉得骄傲,因为人质被释放之后,谈判专家给银行劫匪打电话,试图劝说对方和平投降,就在这个时候,他们听到了枪响。

显然,杰克已经给吉姆详细解释过这个"电话一样的玩意儿"的技术原理,所以吉姆才会继续称呼它"在没有该死的信号时找到该死的信号的电话一样的玩意儿"。把这部电话交给银行劫匪之前,杰克显然也叮嘱过吉姆,一定要给它设置来电铃声。当然,最后他并没有给这部电话设置铃声。

杰克环顾着整个公寓。

"爸爸,我们把电话交给劫匪的时候,你确定它的铃声设置好了吗?"

"是的,是的,是的,当然。"吉姆回答。

"那怎么还是……没设置?"

"我可能给忘了。"

杰克两手并用地揉起了脸。

"它的震动开着吗？"

"应该是开着的，没错。"

杰克伸出手去，摸了摸他们冲进公寓时那部电话所在的小桌子。桌子只有三条腿，非常不稳当，仿佛是对地心引力的挑衅。他看着他们发现手枪的那块地板，然后视线追随着一条看不见的痕迹，移动到绿色的窗帘旁边，弹孔就在那儿的墙壁上。

"罪犯并没有开枪自杀。"杰克低声说。

紧接着，他恍然大悟地意识到，也许手枪开火时，罪犯根本没在公寓里。

"我不明白。"吉姆在他身后说，但他的语气并不像遇到类似情况时的某些父亲那样愤怒，反而非常自豪，只有极少数的父亲能够做到这一点。吉姆喜欢听儿子解释他为什么会得出这样或者那样的结论，然而这一次杰克给父亲解释的时候，语调里却透着不满：

"电话搁在那个晃晃悠悠的桌子上，爸爸。手枪一定是摆在它旁边。人质得到释放、我们拨打这部电话的时候，它震动起来，桌子跟着摇晃，手枪掉到地上，走了火。我们以为罪犯是开枪自杀，可他当时根本没在这儿。他已经走了。那摊血……不管是道具血还是别的什么鬼玩意儿……肯定是有人故意泼在地上的。"

吉姆盯着儿子看了很久，然后挠了挠脸上的胡茬。

"你知道吗？从某一个角度看，这简直是世界上最聪明的犯罪……"他说。

杰克点点头，按了按前额的大包，替他父亲把话说完："……但从另一个角度看，罪犯似乎是个彻头彻尾的白痴。"

他们两个里面，至少有一个是正确的。

杰克一屁股坐进沙发里,吉姆横着倒在沙发上,好像被人推了一把。杰克拿起他的包,找出所有证人的讯问记录,把它们摆成一个圈,但没解释他这是在干什么。他把每一条记录都读了一遍。看完最后一页,他有条不紊地咬起了舌头,因为他感受压力的地方是舌头。

"我是白痴。"他说。

"为什么?"吉姆纳闷。

"狗屎!该死,狗屎……我是个白痴!公寓里面有多少人,爸爸?"

"你是说有多少潜在买家?"

"不,我是说,公寓里总共有多少人?"

吉姆开始胡扯,但他希望自己听起来像是个完全了解情况的明白人:"我来算算……七个潜在买家。或者说,嗯……卢欧和茱尔丝、罗杰和安娜-莱娜,还有艾丝特尔,她其实对那套公寓一点儿兴趣都没有……"

"这是五个。"杰克不耐烦地点着头。

"五个,是的。就是这样,没错。还有那个扎拉,我们不知道她为什么会去看房。再就是伦纳特,他去那里是因为安娜-莱娜雇了他。这样就有了……一、二、三、四、五……"

"一共七个人!"杰克点着头说。

"加上罪犯。"吉姆补充道。

"对。还要加上……房产经纪人。"

"还要加上房产经纪人,是的,所以总共应该有九个人!"吉姆说,发现自己的算术水平还不错,他觉得挺高兴。

"你确定吗,爸爸?"杰克叹了口气。

他一直看着父亲,等待吉姆反应过来,然而对方始终没有反应。完全没有。这让杰克想起了许多年前他们一起看电影的那次，电影结束后，杰克给吉姆解释："可是，爸爸，那个秃头'死了'，所以只有那个小孩才能看见他！"他父亲叫道："什么？他是鬼？不，不可能！假如他真的是鬼，我们怎么还能看见他呢？"

她笑了——吉姆的妻子和杰克的妈妈。上帝，她笑得是多么的开心啊。上帝，他们是多么地想念她啊。她依然是那个能让吉姆和杰克更加理解对方的人，虽然她已经不在他们身边了。

她去世以后，吉姆老了很多，成了个谨小慎微的懦弱鬼，从来不敢把自己吐出来的气全都吸回去。那天晚上，吉姆坐在医院里，觉得人生变成了一道冰冷的裂缝，而他已经失去了抓住缝隙边缘的力气，马上就要掉进内心的那片深渊。他恼火地低声告诉杰克："我试过跟上帝说话，真的试过，可什么样的上帝会让牧师生病？她一辈子都在帮助别人，什么样的上帝会让她得那样的病？！"

那个时候，杰克不知道该怎么回答，到现在他也没有答案。他只是静静地坐在等候室，抱着他的父亲，直到分辨不出自己脖颈上的泪水究竟是谁的。第二天早晨，看到太阳依然升起，他们很生气，没有了她，这个世界竟然还要继续运转下去，这是他们无法原谅的。

后来时候到了，杰克站直身体，以成年人的姿态挺起腰杆，穿过一道又一道的门，最后停留在她的门边。他是个骄傲的年轻人，对自己的信念有把握。他不信教，但他妈妈没有因为这个对他说过一句重话。她是那种挨过所有人骂的牧师，信教的人认为她不够虔诚，不信教的怪她信教。她曾经跟随水手出海，进沙漠慰问士兵，在监狱安抚犯人，去医院陪伴有罪的人和无神论者。她喜欢喝一杯，还能讲荤段子，无论当着谁的面。每当有人问她，"看到这些，上帝会怎么想"的时候，她总是回答："虽然我们的看法并不总是完全一致,但我有种感觉,祂知道我已经尽了力。我想,也许祂知道我是为祂工作的,因为我在努力帮助别人。"如果有人请她总结一下她对世界的看法,她总是会引用马丁·路德[1]的话:"即使我知道世界明天就要毁灭,今天我也要种一棵小苹果树。"儿子爱她,但她从来不会设法使他相信上帝,因为虽然你可能会成功地把宗教教条灌输给别人,但"信仰"是没法传授的。然而,那天晚上,在那个她曾经拉着无数垂死之人的手为他们祷告的医院里,在昏暗的病房走廊的尽头,杰克跪了下来,请求上帝不要把他的妈妈带走。

可上帝还是带走了她,杰克来到她的床边,狠命地握住她的手,似乎这样她就能被他捏醒,然后训斥他一顿。最终,他沮丧地低声说:"别担心,妈妈,我会照顾爸爸的。"

然后他给姐姐打电话。她像往常那样左一个保证、右一个承诺,但就是没有钱买机票,需要他的资助。杰克把钱寄给她,可她还是没来参加葬礼。吉姆从来不说她是"吸毒的"或者"瘾君子",因为做父亲的叫不出口。他总是说女儿"生病了",这能让他感觉好一点儿。杰克却总是会精准描述姐姐的状态:吸海洛因的。她比杰克大了整整七岁,这样的年龄差,会让小时候的杰克觉得她不像是姐姐,而是偶像。她长大离家的时候,杰克没法跟她一起去,她试图寻找自我的时候,他帮不上忙;她堕落的时候,他也无法挽救她。

从那以后,家里只剩下了杰克和吉姆。每当她打来电话,谎称

---

1. 马丁·路德:16世纪欧洲宗教改革运动发起人,基督教新教的创立者,德国宗教改革家。

马上就会回家,但没钱买机票,"这是最后一次"的时候,他们都会给她寄钱,也许还会多寄一点儿,好让她多偿还一些债务。其实,如果他们……她所有的问题都能解决……当然,他们知道不应该这样做。人们很清楚,瘾君子不仅吸毒成瘾,也对依赖家庭和希望成瘾,他们死抱着这些东西不放。每次她父亲接到陌生号码打来的电话,总会希望是她,而她的弟弟接到这样的电话时总是很害怕,因为他相信这一定是给她报丧的。同样的问题困扰着父子两代人:他们到底是什么样的警察,竟然照顾不了自己的女儿和姐姐?他们到底是什么样的家庭,竟然没办法帮助自己的家人自力更生?什么样的上帝会让一位牧师生病?什么样的女儿不会参加母亲的葬礼?

姐弟俩还住在家里的时候,日子过得还是比较快乐的。杰克有天晚上问妈妈,明知道不能救他们的命,却还要坐在那些濒死之人身边安慰他们,她是怎么熬过来的?妈妈亲了一下他的头顶,说:"你会怎么吃下一头大象呢,亲爱的?"这个问题杰克已经听过不下一千遍,于是他像往常那样回答:"一次吃一点儿,妈妈。"她哈哈大笑,跟过去的那一千次一模一样,做父母的都是如此。然后她紧紧地握住他的手,说:"我们没法改变世界,很多时候甚至也没法改变别人,也许只能尝试着一次改变一点儿。所以我们一有机会就要尽力而为,亲爱的。我们只能挽救那些可以挽救的东西,竭尽全力,还要想办法让自己相信,这样做……已经足够了。只有这样,我们才能忍受失败,不被绝望淹死。"

杰克帮不了他的姐姐,也没能挽救桥上的那个男人。那些想跳的人……虽然他们跳下去了,但我们这些苟延残喘的幸存者第二天还是得起床,牧师出门工作,警察上街值勤。现在,杰克看着地板上的道具血、还有墙上的弹孔、曾经搁过电话的小桌子和横七竖八陈列着比萨盒的茶几。

他又望向吉姆,他父亲举起双手,怯懦地笑了笑。

"我放弃。你是这里的天才,儿子。你想出什么没有?"吉姆说。

杰克冲着比萨盒子点点头,拨开滑落到前额大包上的那绺头发,又数了一遍人头。

"罗杰、安娜-莱娜、卢欧、茱尔丝、艾丝特尔、扎拉、伦纳特、银行劫匪、房产经纪人。九个人。"

"九个人,是的。"

"可他们往我头上砸柠檬的时候,纸条上只写着要八份比萨。"

吉姆非常认真地思考着,连鼻孔都跟着翕动起来。

"也许银行劫匪不喜欢比萨?"他问。

"也许。"

"但是你不这么想?"

"对。"

"为什么?"

杰克站起来,把证词放回包里,咬了一下舌头。

"那个房产经纪人还在局里吗?"他问。

"应该是吧,没错。"

"打个电话,别让她跑了!"

吉姆用力皱起眉头,脸上形成的褶子深得都能藏住回形针。

"可是……为什么,儿子?怎么……"

杰克打断了父亲:"我不认为公寓里有九个人,我觉得只有八个。多出来的那个人是我们想象出来的!天杀的王八蛋!爸爸,你不明白吗?罪犯没藏起来,也没逃跑,她大模大样地上了街,来到了我们面前!"

47

银行劫匪独自坐在门厅里,她能听见被她劫为人质的那群人的交谈声,但他们跟她似乎不在同一个时区,她与这群人,以及当天早晨的她自己之间,仿佛隔着永恒那么久远的距离。尽管此时公寓里并非只有她一个人,可世界上没人能够分担她的命运,这恐怕是孤独的极致:没人和你一起走向目的地,只有你自己。再过一阵子,他们都会走出公寓,踏上人行道的那一刻,她以外的所有人都会顺理成章地变成受害者,唯独她是罪犯。警察要么当场击毙她,要么把她丢进监狱……她甚至不清楚自己要在里面蹲多少年……她会在小牢房里慢慢变老,永远看不到女儿们学游泳。

女儿们,噢,女儿们。猴子和青蛙迟早会长大,学习做个擅长撒谎的成年人,不过,她希望孩子们的爸爸知道怎么用得体的方式教她们说瞎话,这样她们就能谎称自己的妈妈死了,而不是说出实情。她慢慢地摘下面罩,它已经没有用了,再戴下去只能满足某些幼稚的幻想。她始终逃不出警察的手掌心。她的头发滑落到脖颈上,湿漉漉的,还打着结。她掂了掂手里的枪,然后慢慢地将它攥紧,每次只用一点儿力,连她自己都察觉不到,只能从发白的指关节看出发生了什么,直到她的食指突然触碰到扳机,她内心毫无起伏地问自己:"如果这是一把真枪,我会不会对着自己开枪呢?"

她没有时间完成这个想法,因为另一个人的手指头突然包裹住了她的手指,这只手并没有把枪夺走,而是压低了枪口——扎拉站在那儿,看着银行劫匪,眼神里既没有同情,也找不到关切,然而她始终没有把手从枪身上移开。

从劫持人质事件发生开始,扎拉就试着不去思考任何具体的事，其实她一直都在尽力避免思考任何具体的事——假如你跟她一样，在过去十年里承受着那么多的痛苦的话，也会需要掌握这项至关重要的生存技能。可是，看到银行劫匪拿着手枪独自坐在那里的时候，扎拉的盔甲上面裂开了一条缝，脑子里闪现出心理医生办公室那幅"桥上的女人"，想起心理医生看着她说："扎拉，你知道吗？最能体现人性的焦虑症状，就是我们总企图用混乱来治愈混乱。那些陷入灾难境地的人很少退缩，更倾向于加快速度，一条路走到黑。不知怎么，就算眼睁睁地看到别人撞了南墙，我们也还是会心存侥幸，幻想着自己在那种情况下就能穿墙而过。我们离那道墙越近，就越是相信会有奇迹从天而降，在关键时刻拯救我们，而那些旁观者只是在等着看我们撞墙而已。"

当时，听完心理医生的话，扎拉扫了一眼整个办公室，发现墙上并没有别人办公室里常见的那种花里胡哨的资质证书，不知怎么，那些拥有最令人印象深刻的证书的人，总是会把它们藏进抽屉里。

因此，扎拉丝毫没有讽刺意味地问："人们为什么会有这样的表现呢？你知道该用哪些理论来解释他们的这种行为吗？"

"我知道几百条这样的理论。"心理医生笑了。

"你相信哪一条？"

"我相信的那条理论说，假如坠落的时间足够长，你会以为自己是在飞，反之亦然。"

通常，扎拉会竭尽全力阻止自己产生任何想法，然而今天有一个念头成了漏网之鱼，所以她才会不由自主地走到银行劫匪身边，按住那把枪，站在她自己的立场，向站在劫匪立场的另一个女人说出了她能说出的最贴心的话，这句话只有四个字："别做傻事。"

银行劫匪看着她，眼中一片茫然，心里空空落落，不过，她没有做任何傻事，甚至还勉强地笑了笑。这一幕同时出乎两个人的意料。扎拉转身快步走开,几乎像吓得掉了魂那样逃回了阳台,她从包里拿出一副耳机戴在头上,闭起眼睛。

在此之后不久,她有生以来第一次吃了比萨。这又是意料之外的一件事。什锦比萨,她觉得这玩意儿真的挺恶心。

48

警车还没停稳,杰克就从车上跳了下来,他旋风般地冲进警察局,直奔讯问室,因为开门的速度赶不上冲刺的速度,他原本就有瘀青的前额撞在了门板上。吉姆紧跟在他后面追过来,气喘吁吁地试图劝儿子冷静,可惜始终没找到机会。

"你好!房子怎么——?"房产经纪人开口道。

然而杰克咆哮着打断了她:"我知道你是谁了!"

"我不明白——"房产经纪人抽着气说。

"冷静点儿,杰克,拜托。"吉姆扒着门框喘着粗气。

"是你!"杰克大喊,没有任何迹象表明他能冷静下来。

"我?"

杰克俯身往桌边一靠,眼睛里闪烁着胜利的光芒,紧握的双拳在半空中挥舞,咬牙切齿地叫道:"我一开始就应该意识到,房产经纪人从来都没在那套公寓里出现过,你就是银行劫匪!"

49

杰克一开始什么关键问题——比如银行劫匪究竟是谁——都

没意识到，确实愚不可及，因为事后回想起来，他觉得一切简直太显而易见了。也许这要怪他的妈妈，她像胶水那样把父子俩粘在一起，这个事实偶尔会让他分心，例如在今天这个倒霉的日子，不知怎么，他总是不由自主地想起她来。这充分证明，那个女人死了和活着的时候一样麻烦，也许世界上确实存在着比她还要难缠的牧师，但这种人的数量很难超过两个。活着的时候，她跟谁都能吵起来，但和儿子吵架的次数可能是最多的，母子俩的冲突甚至一直延续到她的葬礼之后，因为一般说来，跟我们吵得最凶的，往往并非那些和我们完全不一样的人，而是几乎跟我们没什么两样的家伙。

　　有时她会到国外出差，奔赴发生灾难的地方，去缺少人手的救援组织做志愿者，始终和她一路相伴的，是来自教会内外、四面八方的批评和责难——按照指责她的那些人的意思，她要么根本不该出手帮忙，要么就该滚到别的地方帮忙。对从来不曾亲自做过任何事的人而言，没有什么要比批评真正努力做事的人更容易的了。有一回，她跑到地球另一面的某个地方，那儿发生了骚乱，她试图帮助一个受伤流血的女人脱身，混乱之中，她的胳膊被刺伤了，被人送进了医院。在医院里，她设法借来一部手机，给家里打电话。吉姆一直坐在电视机前看新闻，等待她的消息。接到电话，他耐心地听她讲述事情的经过，像往常一样，得知她平安无事，吉姆如释重负。然而，当杰克意识到发生了什么之后，他抓过电话，用很大的嗓门——震得线路里传来尖啸般的回声——对着话筒吼道："你为什么非得去那样的地方？你不要命了吗？你为什么从来都不为自己的家人着想呢？"

　　当然，妈妈明白儿子是因为害怕和担心才大喊大叫的，于是她像往常那样回答："留在港口的小船最安全，亲爱的，但这不是造船的目的。"

杰克说了一句刚开口就让他后悔得想要收回来的话："因为你是牧师，所以你就觉得上帝会保护你不受刀子的伤害吗？"

虽然她当时坐在远在另一个半球的某个医院里，但仍然能感受到他深不见底的恐惧，因此，当她回应的时候，声音被抽泣和哽咽吞掉了一半："上帝不会保护人类免受刀子的伤害，亲爱的，但是上帝给了我们其他人，所以我们可以互相保护。"

跟这么一个固执的女人吵架是不可能的。杰克有多么爱她，有时就会多么恨她。与之相比，吉姆却始终爱她爱得几乎无法呼吸。无论如何，自此之后，她不再那么频繁地出差了，也没再去到那么遥远的地方。后来她生了病，他们失去了她，世界也因此失去了一点点的保护。

正因如此，劫持人质事件发生后，洋溢着新年前两天的独特气氛的街道上，依照上级的指示，杰克和吉姆站在公寓楼外，等待斯德哥尔摩人前来支援的时候，心里想的却始终是她，想象着她会怎么处理这样的情况。一颗青柠檬从天而降，砸中杰克的额头，他们发现青柠檬外面包着一张比萨订单，父子俩得出同一个结论：尽管此前看来希望渺茫，然而在这一刻，与银行劫匪取得联系的大好机会终于出现了。于是杰克给谈判专家打了电话，虽然谈判专家是个斯德哥尔摩人，但他也认同两个警察的看法。

"是的，没错，送比萨可能是沟通的机会，当然可以。那楼梯间的炸弹呢？"他问。

"那不是炸弹！"杰克自信地说。

"你敢发誓吗？"斯德哥尔摩人问。

"怎么发誓都行，内容你来选。告诉你吧，我妈教过我很多赌咒发誓的话。这个罪犯没那么危险，他只是吓坏了。"杰克说。

"你怎么知道的？"

"因为假如他真的很危险，要是他真的知道自己在干什么的话，就不会给所有人质点比萨了，更何况还用了朝我们扔柠檬这种白痴方式！我去跟他谈谈，我能……"说到这儿，杰克顿了顿，他本来想说"我能救下所有人"，不过还是咽下这句已经跑到嘴边的话，改口道："我能解决，我能解决这件事。"

"你跟所有邻居谈过吗？"谈判专家问。

"别的住户家里都没有人。"杰克向他保证。

因为这个时候谈判专家依旧被堵在高速公路上，远在许多英里之外，发生连环追尾事故的那个路段连警车都开不过去，所以他最后同意了杰克的计划，但也要求杰克想办法往那套公寓里送一部电话，这样谈判专家本人就能打电话联系银行劫匪，劝说对方释放人质。本以为可以顺利甩开前来添乱的斯德哥尔摩人的杰克闷闷不乐地陷入了沉思。

"我有一部合适的电话。"杰克说。他确实有一部特别的电话，吉姆叫它"在没有该死的信号时找到该死的信号的电话一样的玩意儿"。

"等他们吃完比萨，我再给劫匪打电话，吃饱了的人比较好说话。"谈判专家一本正经地说，可能如今的谈判课上教的全是这种不着调的策略。

"要是他不开门怎么办？"杰克问。

"那就把比萨和电话放在楼梯平台上。"

"怎么确保他把电话拿进公寓里？"杰克问。

"他为什么不拿？"

"你觉得他现在的想法还能有理性和逻辑可言吗？他承受的压力很大，也许会以为警察送电话来是在给他下套。"杰克说。

就是在这个时候，吉姆想到了那个主意，听他说出来之后，包括他自己在内的每个人都惊讶极了。

"我们可以把电话放在比萨盒子里!"他建议道。

杰克震惊地盯着父亲看了好几秒,然后他点点头,对着手机重复道:"我们可以把电话放在比萨盒子里。"

"没错,是个好主意。"谈判专家表示赞同。

"我爸想出来的。"杰克自豪地说。

吉姆转过身去,这样儿子就看不到他有多尴尬了。他在谷歌上查到当地比萨店的联系方式,给他们打电话,说他有一份特殊的订单:八份比萨和一套送比萨的外卖员制服。然而吉姆犯了个错误——承认自己是警察,比萨店的老板消息灵通,早就看过社交媒体上的本地新闻,知道这是怎么回事,于是趁机敲起竹杠,说可以给比萨打折,但制服的租赁费要按平时的两倍来收。吉姆愤怒地问,店主本人是不是19世纪中期的某个英文圣诞故事里的某个人物,店主则冷静地反问吉姆,是否熟悉"供求关系"的概念……最后,比萨和制服总算是送来了,杰克伸手去夺,吉姆却死活不愿意给他。

"别闹了,应该上去送比萨的是我!"杰克坚决地说。

吉姆摇了摇头。

"不,我始终担心楼梯间里可能有炸弹,所以还是让我去吧。"他说。

"为什么怀疑有炸弹就得让你去?看在上帝的分儿上,让我……"杰克说,但他父亲拒绝让步。

"你确定那箱东西不是炸弹吗,儿子?"吉姆问。

"当然!"杰克说。

"好,既然如此,我去也没什么危险。"老警察说。

"你是十一岁小孩吗?"杰克问。

"你是吗?"吉姆反问。

杰克拼命找话反驳父亲。

"我不能让你……"他开口道。

然而吉姆已经当街换起了衣服,哪怕温度早就降到了零下。父子俩谁也没看谁。

"要是知道我让你去了,你妈永远都不会原谅我的。"吉姆低着头说。

"那么,如果我同意你去,你觉得她会原谅我吗?"杰克也低着头说。

吉姆抬头望向天空。

"可她是你的妈妈。"他说。

有些时候,你是争不过这个老浑蛋的。

50

警察局的讯问室里,房产经纪人面无血色。

"银银银行劫匪?我我我我我?怎怎么可可可能……"她结结巴巴地说。

杰克迈着大步在屋子里转圈,胳膊来回摇晃,仿佛在指挥一支看不见的乐队,踌躇满志,简直马上就要飞到天上去。

"我怎么一开始就没看出来呢?你其实什么都不懂!你说的那些关于房子的事儿完全是胡言乱语!无论哪个房产经纪人都不会像你这么差劲的!"他叫道。

房产经纪人马上就要哭出来了。

"我已经尽力了,好吗?你知道在经济衰退的时候当房产经纪人有多难吗?"她问。

杰克两眼紧盯着她。

"可是,你根本不是房产经纪人,对吧?你是银行劫匪!"他说。

房产经纪人绝望地看向站在门口的吉姆,试图寻求某种支持,但吉姆只是闷闷不乐地注视着她,就在这时,杰克的两个拳头一起砸在了桌子上,他怒视着房产经纪人:

"我应该从一开始就意识到的!别的证人谈起劫持人质案时,没有一个提到过你,因为你从来没在那里出现过!承认吧!你跟我们要烟花,想转移我们的注意力,我们居然真的上了你的当!然后你大摇大摆地从公寓里走了出来,当着我们的面!告诉我真相!"

51

真相?真相其实没有我们想象的那么复杂,所谓的"复杂"只是我们一厢情愿的假设,因为如果预先给事情扣上一顶"复杂"的帽子,要是能提前弄清真相,就会显得我们相当高明。这个故事是关于桥、白痴、劫持人质和看房的,不过,它实际上也是个爱情故事,或者说是好几段爱情故事的组合。

扎拉上一次跟心理医生见面时,到得有点儿早。虽然此前她从来不迟到,但每次都会在约定的时间卡着点儿走进心理医生的办公室。

"出什么事了吗?"纳迪娅诧异地问。

"你什么意思?"扎拉冷漠地反问。

"你从来不提前到,是不是出事了?"

"搞清楚这个问题不应该是你的责任吗?"

纳迪娅无奈地叹了口气。

"我就是问问。"她说。

"那是羽衣甘蓝吗?"扎拉问。

纳迪娅低头看看桌上的塑料餐盒,点了点头。

"我在吃午饭。"她回答。

其他病人或许会把这看成一种暗示,可扎拉当然不会。

"原来你是个素食主义者。"她笃定地断言道。

心理医生难以遏止地咳嗽起来,当你屈辱万分地发现自己非常容易被人看穿的时候,就会这样咳嗽。

"我不用非得是素食主义者,才能吃这个吧?我是说,虽然我确实吃素,可不是素食主义者就不能吃羽衣甘蓝了吗?"她问。

扎拉皱了皱鼻子。

"这是你点的外卖吧?你没要别的菜,偏偏选了羽衣甘蓝。"她回答。

"只有素食主义者才这样吗?"纳迪娅问。

"我只能假定,缺乏维生素会影响你的财务判断。"扎拉说。

纳迪娅笑了。

"所以,你看不起我,是因为我是素食主义者,还是因为我花钱吃素呢?"她问。

始终没等到回应的纳迪娅艰难地吞下最后一口羽衣甘蓝和她的自尊,关上外卖盒,又问:"从我们上次见面到现在,你的感觉怎么样,扎拉?"

扎拉没吭声,只是从包里掏出一小瓶洗手液,往手上挤了一点儿,背靠着桌子,仔仔细细地搓起了手指头。她扫了几眼书架,这才开口道:"作为心理医生,你倒是有很多跟心理学无关的书。"

"在你眼里,其他心理医生都是什么样的呢?"

"你们都像是一个模子里刻出来的。我认为这就是你成为素食主义者的原因。"

"成为素食主义者也可能另有原因。"

"比如说?"

"为了环保。"

"也许吧。但我觉得,像你这样的人成为素食主义者,是因为这让你有一种优越感。你的体态不好,很可能是吃素造成的缺钙导致的。"

纳迪娅悄悄地调整着坐姿,尽量不让扎拉看出她在刻意坐直。

"你来这边做的是付费咨询,扎拉,还要在咨询时嘲笑别人的财务选择,你花了这么多钱,难道就是为了买下一个讽刺别人的机会吗?这又是何苦呢?"纳迪娅问。

扎拉的视线没有离开书架,似乎在认真思考心理医生的提问。

"也许下次我会告诉你的。"她说。

"那就太好了。"纳迪娅说。

"为什么这么说?"扎拉问。

"因为你说还有下一次。"纳迪娅回答。

扎拉转过身来,凝视着纳迪娅,想看看她是不是在开玩笑,可惜没什么收获,于是她转了回去,又往手上挤了点儿洗手液,望向纳迪娅身后的窗外,数起了对面楼上的窗户。过了一会儿,她说:"你没让我吃抗抑郁药,大多数心理医生都会给病人开药的。"

"你咨询过很多别的心理医生吗?"纳迪娅问。

"没有。"扎拉回答。

"所以这是你自己的推论?"心理医生问。

扎拉看着墙上的那幅画。

"我理解,你不想给我安眠药,是因为担心我会自杀。可假如我真的想自杀的话,你难道不应该给我开抗抑郁药吗?"她说。

纳迪娅把两块没用过的餐巾纸叠起来,塞进办公桌的抽屉里,然后点了点头。

"你说得对,我不建议你吃药,因为抗抑郁药会消除情绪的高峰和低谷,如果使用得当,药物能让你不那么难过,但也会让你感受不到快乐。"说到这里,她平着举起一只手,"你的情绪波动会消失,变成……平的,没有悲伤和喜悦。你可能觉得,服用抗抑郁药的病人最怀念的是开心的时候,对吧?但其实大部分希望停药的人都说,他们最想做的是再次哭出来,因为他们跟自己爱的人一起看悲伤的电影的时候,再也体会不到那种难过的感觉了。"

"我不喜欢看电影。"扎拉说。

纳迪娅笑出声来。

"没错,你当然不会喜欢,可即便如此,我也不认为你需要的感觉就比别人少,扎拉。你需要感受更多的东西,你不抑郁,你只是孤独而已。"她说。

"你的分析听起来可不怎么专业。"

"也许吧。"

"要是我从这里走出去之后自杀了怎么办?"

"我不认为你会那样做。"

"是吗?"

"你刚才说,还有下一次。"

扎拉的视线聚焦在纳迪娅的下巴上。

"你相信我?"

"是的。"

"为什么?"

"因为我能看出，你不希望别人接近你，这会让你感到软弱，但我不认为你害怕受伤，你担心的是自己会伤害别人。你比自己愿意承认的更善解人意和有道德。"

扎拉觉得受到了很深的冒犯，以至于说不清这是因为纳迪娅说她"软弱"还是"有道德"。"也许我只是觉得，不值得花时间跟我讨厌的人说话。"她说。

"不试一试又怎么会知道呢？"纳迪娅问。

"我已经来这里试过了，不是吗？没用多长时间，我就受够你了！"扎拉说。

"希望你能认真回答问题。"纳迪娅说。当然，说了也是白说，因为像往常一样，扎拉立刻转移了话题。

"那你又为什么会是素食主义者呢？"她问。

纳迪娅不胜其烦地哀叫起来。

"我们真的还得再讨论一遍吗？好吧。我是素食主义者，因为我关心气候危机，假如人人都吃素，我们就能……"她说。

扎拉轻蔑地打断她："就能阻止冰盖融化了吗？"

纳迪娅决定展现出她作为一个素食主义者和家里的长辈共度圣诞时练就的强大耐心。

"恐怕不能。不过这是大计划的一部分，冰盖融化的原因是……"她解释说。

"可我们真的需要企鹅吗？"扎拉忽然没头没脑地问。

"……我想说，冰盖融化只是一种症状，不是病因。你的睡眠障碍也仅仅是一种症状而已。"纳迪娅说。

扎拉数了一遍办公室的窗户。

"科学家说，青蛙有濒临灭绝的危险，如果它们消失了，我们会被铺天盖地的虫子闷死。可是企鹅呢？如果企鹅消失了，谁会受影响？制造羽绒服的人吗？"她问。

纳迪娅终于失去了理智，这可能正是扎拉希望达到的目的。

"你又不制造羽……不是……你觉得羽绒服里面塞的是企鹅绒吗？那是鹅绒！"心理医生抓狂地叫道。

"所以，你的意思是，鹅没有企鹅重要？这可不像是素食主义者说的话。"扎拉说。

"我没那么说！"

"听着就是那个意思。"

"看来你已经习惯了。"

"习惯什么？"

"一谈到真实感受，你就改变话题。"

扎拉似乎考虑了一下纳迪娅的话，然后才问："那么熊呢？"

"什么？"

"如果你被熊袭击了呢？你会杀死它吗？"

"我为什么会被熊袭击？"

"假设有人绑架了你，把你毒晕。你醒过来之后，发现自己跟一头熊待在同一个笼子里，于是你和它展开了殊死搏斗。"

"你现在开始变得烦人了哈。听着，我接受过很多心理治疗方面的培训，所以，面对烦人的病人，我的抵抗力可是很强的。"

"别这么敏感嘛，回答问题，你会杀死一头熊吗？哪怕你不想吃它。我的意思是，假如你手里拿的不是叉子，而是一把刀呢？"

"你怎么又来了……"纳迪娅呻吟道。

"来什么？"扎拉问。

纳迪娅看了看表。扎拉注意到她看表的动作，马上又数了一遍窗户。纳迪娅也注意到扎拉数窗户的动作，但她俩谁也没看谁，各自沉默了半晌。终于，纳迪娅开口道："我想问问你，扎拉，你嘲笑环保,是因为它威胁到了你所在的金融行业吗?"

扎拉还击的速度比她自己预想的还要快,因为有时候假如不被刺激一下,你简直不知道自己对某些事情有多么敏感:"环保这个概念本来就很荒谬!用不着我嘲笑,傻子都能看得出来!我也没维护金融行业,我是在捍卫整个经济体系!"

"它们有什么区别吗?"纳迪娅问。

"金融行业是症状,经济体系是病因。"扎拉回答。

纳迪娅点了点头,就好像她明白这是什么意思似的。

"你确定'经济体系'是我们制造出来的?它不是个虚构的概念吗?"她问。

扎拉的语气出人意料地毫不傲慢,甚至还有些同情。

"问题就出在这里,我们把过于强大的力量赋予了这个体系,却忘记了人类的本性是多么的贪婪。你买房了吗?"她回答。

"买了。"

"要还房贷吗?"

"大家不都得还吗?"

"不。虽然推出'贷款'这个概念的初衷是人人都应当还贷,可现在几乎每个中等收入的家庭一辈子的积蓄都不够偿还他们的贷款,所以银行不再往外借钱,而是提供'融资',房子也不再是住处,变成了'投资项目'。"

"我好像没完全理解你的意思。"

"这意味着穷人更穷,富人更富,真正的阶级鸿沟存在于那些能借到钱的人和借不到钱的人之间。无论你能赚来多少钱,到了月底也得为钱担心,每个人都会看着自己的邻居,暗自纳闷:'他们怎么能买得起那个?'人们的生活水平超出了他们的收入水平,连真正的有钱人都不会觉得自己富有——因为拿着借来的钱,你买下的每一样东西都比上一次买来的同类产品贵上许多。"

听完扎拉的话,纳迪娅的模样就像一只头一回看见人类溜冰的猫一样。

"有个在赌场工作的男人告诉过我,毁掉一个人的不是输钱,而是企图把输了的钱赢回来。你是这个意思吗?这就是股市和房市崩溃的原因?"她问。

扎拉耸了耸肩。

"当然。如果这样能让你感觉好一点儿的话。"她回答。

接着,不知怎么,心理医生忽然问了个一瞬间就能把病人肺里的空气全都吓跑了的问题:"所以,你觉得自己最对不起谁?没从你那里借到钱的人,还是从你那里借走了太多钱的人?"

扎拉表面装作若无其事,实际上却偷偷地攥紧了椅子扶手,最后松开来的时候,她的两个手掌全都变白了,血色全无。她急忙掩饰地搓着手,眼神也变得躲躲闪闪,再次数起了窗户。过了一会儿,她飞快地哼了一声。

"你知道吗?要是那些自诩'关心动物福利'的家伙真的担心动物享受不到福利的话,就不会鼓动我吃'快乐猪'的肉了。"扎拉没话找话地说。

纳迪娅翻了个白眼。

"这和我刚才问你的问题又有什么关系呢?"她说。

扎拉耸了耸肩。

"所谓的有机农产品,'散养鸡'和'快乐猪'什么的……你把'快乐猪'给吃了,难道不是更没道德吗?与其吃掉跟亲朋好友一起享受生活的'快乐猪',我还不如去吃日子过得糟糕的猪,对吧?既然农场主们说,'快乐猪'的味道更好,那么我只能假设他们是等到猪刚刚坠入爱河,或者刚生了小猪——总之就是它们最快乐的时候——给它们的脑袋来上一枪，然后真空包装起来的……这又有什么道德可言呢？"她说。

心理医生叹了口气。

"我猜，你的意思是，你不想讨论你的客户，还有他们借了多少钱？"她问。

扎拉的指甲深深地掐进了掌心的肉里面。

"你有没有想过，为什么素食主义者总是把'拯救地球'挂在嘴边，好像地球离不开你们似的？即便没有人类的'爱护'，地球也照样存在了几十亿年，人类能够毁掉的只有自己。"她说。

跟往常一样，这又是一段答非所问的搪塞。纳迪娅瞥了一眼表盘，紧接着就后悔了，因为扎拉注意到了她看表的动作，已经立刻像往常那样站了起来——扎拉从来不愿意让人家催着她离开，所以她一向对别人看表的动作相当敏感，而且会下意识地马上站起来。纳迪娅尴尬得话都说不利索了："我我们还还有一些时间……要要是你不介意的话，可可以再留一会儿……反正接下来我也没有别的预约。"

"哦，我还有事。"扎拉回应道。

纳迪娅下定决心，直截了当地提问："你能回答我一个私人问题吗？"

"什么？"

心理医生站了起来，歪着脑袋捕捉扎拉的视线。

"咨询进行了这么多次，你好像从来没谈过你自己，哪怕只有一点点——比如说，你最喜欢什么颜色？你喜欢艺术吗？谈过恋爱吗？"纳迪娅问。

扎拉的眉毛挑到了高得不能再高的程度。

"你觉得谈个恋爱就能让我睡得好吗？"她问。

纳迪娅哈哈大笑。

"不。我只是好奇。我对你的了解太少了。"她说。

这是她俩历次咨询中最值得铭记的时刻之一。

扎拉站在椅子后面犹豫了好几分钟,终于深吸一口气,把一件她从来没告诉过任何人的私事告诉了纳迪娅:"我喜欢音乐,一回到家,我就……放音乐,音量开得很大,这可以帮我平静下来。"

"只有在回到家的时候,你才会放音乐?"

"总不能在办公室大声放音乐吧?只有音量很大很大的时候才对我有效果。"

说着,仿佛为了说明她的脑袋是多么的难伺候,扎拉轻轻敲了敲自己的额头。

"什么类型的音乐?"纳迪娅轻声问。

"死亡金属。"

"天哪。"

"这就是你的专业意见吗?"

纳迪娅咯咯地笑了起来,这样的反应显然非常令人尴尬,而且很不专业——心理学课堂上当然是不会教你傻笑的。

"太让人意外了,为什么要选死亡金属呢?"

"因为这种音乐足够吵闹,能让你的脑子保持安静。"

扎拉抓紧了挎包的提手,指关节跟着变白了。纳迪娅见状,从办公桌的抽屉里掏出一沓便条纸,在最上面那张写了点儿什么,递给扎拉。

"这是安眠药的处方吗?"扎拉问。

纳迪娅摇了摇头。

"给你推荐一款不错的耳机,这是牌子和型号,街上那家电子产品商店里就有卖的。去买一副,当你觉得难受的时候,就能随时随地听音乐了。也许它还能让你收获更多……比如认识一些朋友,甚至……谈个恋爱。"她说。

当然,说出最后那几个字之后,心理医生后悔不迭。扎拉一声不吭地把纸条丢进包里,盯着躺在包底的那封信,飞快地把包关上。就在扎拉准备离开办公室的时候,以为自己捅了大娄子的纳迪娅焦急地在后面喊道:

"你没必要非得谈什么恋爱!扎拉!我不是那个意思!我只是想说,你可以尝试一些新东西,应该给自己一个机会……哪怕是真心厌倦了什么人也好!"

扎拉站在电梯里,轿厢门关闭的那一刻,她想起了自己批准过和拒绝过的那些贷款,然后按下了紧急停止键。

52

劫持人质事件仍在继续,待在街上的杰克陷入了沉思。他不想让吉姆去案发现场送比萨,宁愿考虑采取其他方式联系劫匪。他一味地沉浸在自己的构想之中,总觉得能找到更加妥善的方案,人在年轻的时候,几乎每时每刻都对万事万物抱持一种绝对肯定的态度,然而,即使杰克百分之百地确定楼梯平台上的那箱东西不是炸弹,他也不打算把父亲送上去验证他的猜测。

"等一下,爸爸,我……"他开口道,随即又举起手机,告诉电话那头的谈判专家,"我们上去送比萨之前,需要进一步了解现场的情况，我准备到街对面的那座楼上去，从那里也许能看到楼梯间的窗户。"

谈判专家疑惑地问："这有什么用？"

"可能没什么用。"杰克承认，"但我或许能透过窗户看出那箱东西究竟是不是炸弹，至少要把可行的办法全都试过，才好派我的同事上去。"

谈判专家抬手捂住话筒，跟旁边的人——大概又是一位浑蛋上级——交谈起来，然后对着电话说："好的，可以，行吧。"

他没告诉杰克的是，在这种关键时刻，杰克竟然叫他爸爸"我的同事"，这给谈判专家留下了深刻的印象。

于是杰克走进街对面的那座楼，手机保持通话状态。杰克爬了一层半楼梯之后，谈判专家好奇地问："呃……你在干什么？"

"我在爬楼梯。"杰克回答。

"没有电梯吗？"

"我不喜欢电梯。"

谈判专家的语气变得有点儿奇怪，仿佛刚刚拿手机砸过了自己的脑袋："所以，你有胆量走进一座有炸弹和持枪劫匪的公寓楼，却不敢坐电梯？"

"我不害怕电梯！我只怕蛇和癌症。我就是不喜欢电梯而已！"杰克气愤地回答。

谈判专家似乎在电话那头咧嘴笑了起来。

"你就不能找人增援吗？"他问。

"局里能用的人手都来了，只有这么多，还得维护秩序和疏散周边的居民。倒是有两个同事今天不当班，我打电话叫他们来帮忙，但他俩都在等老婆。"

"什么意思？"

"他们出去喝酒了，只能等老婆开车把他们送过来。"

"喝酒？这个时候喝酒？不是还有两天才过新年吗？"谈判专家问。

"我不清楚你们斯德哥尔摩的风俗是什么样的，但我们这儿很重视过新年。"杰克回答。

谈判专家笑出声来。

"斯德哥尔摩人什么都不在乎，你知道的。至少我们不会把那些本来就不重要的东西当回事。"他说。

杰克也咧嘴笑了起来。他迟疑片刻，又往前走了几步，这才提出他先前就想知道的那个问题："你处理过劫持人质事件吗？"

谈判专家犹豫了一下，答道："是的。没错，我处理过。"

"结果怎么样？"

"我们跟罪犯交涉了四个小时，最后他把人质放了。"

杰克什么也没说，只是点了点头。他停在倒数第二层，举起一副袖珍双筒望远镜，观察对面楼上楼梯间的窗户。他看到了楼梯平台上的那个箱子，里面的几根电线拖到了外面，箱子上用记号笔写了些什么，虽然不是非常确定，但他觉得其中两个字很像"圣诞"。

"那不是炸弹。"他对着电话说。

"你觉得是什么？"

"看起来像户外圣诞灯。"

"好吧。"

杰克继续向顶楼进发——假如银行劫匪没关百叶窗，从顶楼也许能看到公寓里的情形。

"你是怎么把他弄出来的？"他问谈判专家。

"谁？"

"劫持人质的罪犯，你上次处理的那个。"

"哦,跟往常一样,按照书上教的那套组合战术来做,避免使用负面措辞,比如'不能'和'不会',尝试找出你和罪犯的共同点,搞清楚他的动机。"

"你真是这样把他弄出来的吗?"杰克问。

"呃……当然不是。我开玩笑呢。"

"真的?"

"真的。我们聊了四个小时,然后他突然没了动静,这就涉及我们上课时学的第一个要点……"

"始终跟劫匪保持对话,永远不能冷场?"

"没错,反正我当时也没有别的办法,只好碰碰运气,我问他想不想听个好玩的故事。他沉默了整整一分钟,然后问我:'你怎么不出声了?不是要讲故事的吗?'我就给他讲了两个爱尔兰人坐船出海的故事,你知道那个故事吗?"

"不知道。"杰克说。

"呃……说的是有一对爱尔兰兄弟出海钓鱼,风暴来了,刮跑了他俩的船桨,他们以为自己要淹死了。突然,两兄弟之一发现水里有东西,捞起来一看,是个漂流瓶,他俩拔出瓶塞子,只听'噗'的一声!一个精灵出现了。精灵说,它可以满足兄弟俩的一个愿望,无论许什么愿,都能给他们实现。于是,两兄弟之一望向波涛汹涌的大海,想到他俩被困在小船上,没有船桨,离岸边还有好几英里……就在这时,另一个兄弟高兴地叫道:'我希望海水变成吉尼斯黑啤!'精灵看着他,好像在看一个白痴,然后说:'好吧,当然,如你所愿。'接着又是'噗'的一声!海水变成了吉尼斯黑啤,精灵也跟着消失了。前一个兄弟瞪大了眼睛,盯着另外那个兄弟骂道:'你这个该死的白痴!我们只有一次许愿的机会,你竟然说要让海水变成吉尼斯黑啤!你知道你干了什么吗?'另一个兄弟羞愧地摇了摇头,前一个兄弟两手一摊,说……"

讲到这里,谈判专家夸张地卖起关子,故意停顿了老半天,然而没等他抛出最后那句笑料,杰克就在手机里替他说了:"现在我们只能往船里面撒尿啦!"

谈判专家愤怒地哼了一声,好像马在喷响鼻,连手机也跟着震动起来。

"你原来听过这个故事啊?"他叫道。

"我妈喜欢好玩的故事。你的意思是,罪犯是听了这个故事才决定投降的?"杰克问。

电话那头沉默的时间有点儿长。

"也许他是害怕我会再讲一个好玩的故事吧。"谈判专家回答。

说到这里,他似乎想自我解嘲地笑笑,可没怎么笑得出来,杰克不用仔细听都能注意到这一点。他现在已经来到顶楼的一扇窗户旁边,往案发公寓的阳台上看了过去。忽然,他震惊地愣在原地。

"这是什么情况……?太奇怪了。"他说。

"怎么了?"

"我能看到案发现场的阳台,有个女人站在那儿。"

"一个女人?"

"是的。戴着耳机。"

"耳机?"

"是的。"

"什么样的耳机?"

"耳机还能有什么花样?不就那么几种吗?"

"好吧,是我犯蠢了。那她多大年纪?"

"五十来岁,也可能更大。"

"五十来岁,也可能不止五十来岁?"

"看在上帝的分儿……我不知道！反正那就是个女的，很普通的女的。"

"好吧，好吧，你先冷静冷静。她看起来害不害怕？"

"她看起来……有些烦躁，但没有半点儿遭到威胁的样子。"

"真奇怪，听着怎么不太像劫持人质呢？"

"没错，还有，楼梯间里的东西绝对不是炸弹，那个劫匪打算抢的是无现金银行。我一开始就觉得，对方不是职业罪犯。"

听完杰克的分析，谈判专家思索了片刻。

"是的，也许你是对的。"他说。

他想要表现得信心十足，然而杰克听出了他的疑虑。两个男人沉默良久，杰克终于开腔道："告诉我实话，上一次你解救人质的时候，究竟发生了什么？"

谈判专家叹了口气。

"那个男的把人质放了，可我们想办法闯进现场的时候，他已经开枪自杀了。"他说。

这句话会跟随杰克一整天，像个紧贴着他的幽灵。

杰克开始下楼梯的时候，谈判专家清了清嗓子。

"嗯，杰克，我可以问你一个问题吗？你为什么拒绝了斯德哥尔摩那边的工作邀请呢？"他说。

杰克原本打算编个谎，然而实在提不起精神来。

"你怎么知道的？"他问。

"出发之前，我向一位上级了解情况，问她案发现场都有谁，她建议我找你谈谈，因为你'太出色了'。她说，她几次三番邀请你去斯德哥尔摩工作，可你一直拒绝。"

"我已经有工作了。"

"和她给的工作相比,能一样吗?"

杰克戒备地哼了一声。

"哦,你们斯德哥尔摩人是不是都觉得,全世界都应该围着你们那座该死的城市转圈啊?"他问。

谈判专家笑了。

"听着,我是在一个小村子里长大的,从那里开车出去买个牛奶都需要四十分钟。在我们那边的人眼里,你们的镇子就像个大都市,对我们来说,你们才是斯德哥尔摩人。"

"每个人都是别人眼里的斯德哥尔摩人,我猜。"杰克说。

"那你还拒绝什么呢?担心自己不能胜任那份工作吗?"谈判专家问。

杰克在裤子上搓了搓手。

"你是我的心理医生吗?"他问。

"我感觉你好像真的需要一位心理医生。"谈判专家说。

"我们还是回到眼前的工作上来吧。"杰克说。

谈判专家有些迟疑,做了个深呼吸之后,他问:"你爸爸知道有人请你去斯德哥尔摩工作的事吗?"

杰克很想骂人,可惜谈判专家无缘领略他的脏话,因为此时杰克朝楼梯间的窗户外面看了一眼,发现他父亲已经不在街上了,并没有按照儿子嘱咐的那样在外面等着。

"这到底是怎么回事?!"杰克大叫,他立刻挂掉电话,往楼下跑去。

53

杰克看见扎拉时,她刚刚来到阳台上,告诉门厅里的银行劫匪"别做傻事"之后,她觉得自己比以往任何时候都更需要呼吸一点儿新鲜空气。假如你只看到扎拉走向阳台的背影,大概会以为她非常烦躁,但要是看见她的脸,你就能明白,那时的她深切地体验到了自己的软弱,那种失去自控、"感觉到了什么"的感觉让她震惊。假如其他人遇到这种情况,可能只会隐隐约约地觉得不安,比如当你发现自己也开始喜欢父母喜欢的音乐,像他们那样老眼昏花,错把鹅肝当成巧克力塞进嘴里的时候,然而扎拉却陷入了彻底的恐慌:难道她也开始发展出"同理心"这种东西来了吗?

她掏出免洗洗手液,小心地给手消了毒,一遍又一遍地数着对面楼上的窗户,调整呼吸。她在室内待得有点儿久,不知怎么,公寓里的那群人竟然把她习惯保持的人际距离给缩短了,这样的阵仗她可招架不住,而在阳台上,扎拉可以靠墙站着,街上的人不会看见躲在栏杆后面的她。她把耳机严严实实地扣在耳朵上,调高音量,直到脑海中的啸叫被同样吵闹的音乐淹没,直到沉重的低音逐渐变得比她的心跳还要沉重。

也许只有这样,她才能暂时和自己休战。

她看见冬天已经舒舒服服地在整个镇子上盘踞下来。扎拉喜欢一年之中的这段格外静谧的时光,却始终欣赏不来冬天的那副"老子就是能让一切闭嘴"的自鸣得意的模样。早在初雪降临之前,秋天就已经完成了所有工作,接收了全部的落叶,仔仔细细地把夏天的痕迹从人们的记忆中抹去。而冬天唯一的任务,就是动动手指头、降降气温，然后坐在那里等着人家夸它，犹如一个从来没为家人准备过一顿正经饭菜、只在烤肉架旁边煞有介事地忙活了二十分钟就觉得自己很了不起的男人。

她没听见阳台门打开的声音，但伦纳特走出来站在她旁边的时候，扎拉感觉他头套上的一只毛茸茸的长耳朵扫到了她的头发。他轻轻地拍了拍她的耳机。

"什么？"她厉声问。

"你抽烟吗？"伦纳特问。虽然他始终没能摘下兔子头套，但头套的嘴巴那里有个小洞，他觉得可以把烟塞进去。

"当然不抽！"扎拉说，把耳机重新扣回耳朵上。

尽管兔子头套很厚，她还是能隔着头套感觉到伦纳特的惊讶——因为扎拉看起来一点儿都不像是不抽烟的人，当然，就比喻意义而言，和爱抽烟的人一样，她的确很喜欢制造让别人难以忍受的空气，但这并非伦纳特推断她有抽烟习惯的依据。他又拍了拍她的耳机，她极其不情愿地把它摘了下来。

"不抽烟？那你来阳台干什么？"他好奇地问。

扎拉恶狠狠地打量了他半天，从头到脚，用目光来回扫过他的白袜子、光溜溜的腿、失去弹性的内裤和裸露的躯干——他的胸毛已经开始变白了。

"你真的以为自己有资格质疑别人的生活选择吗？"她问，可语气并不像她期望的那样恼火，这让她感到更加恼火。

伦纳特挠了挠无精打采地耷拉着的兔子耳朵，说："我其实也不怎么抽烟……只在聚会上抽一点儿，还有被劫为人质的时候也想抽抽！"

他笑了，她没笑。他沉默下来，她把耳机戴回去，当然，他马上又轻轻地拍了它一下。

"我可以在这里和你站一会儿吗？要是待在屋里，我担心罗杰还会揍我。"兔子说。

扎拉没回应，只是又把耳机戴了回去，兔子立刻又拍了拍它。

"你是来猎奇的吧？"他问。

她惊讶地瞪着他。

"什么意思？"扎拉问。

"我觉得你是。看房的时候总有像你这样的猎奇的，你们不想买房，只是对别人的生活方式感到好奇，所以过来体验一下，就像试驾。也欢迎你来体验一下我的工作。"伦纳特回答。

扎拉的眼睛里射出怨毒的凶光，但她一声没吭，因为被人看穿可不是什么愉快的事儿，遇到这种情况，千万记得夹紧你的尾巴，尤其是当你通常是看穿别人的那个人的时候。虽然本能告诉她要跟兔子保持距离，但扎拉还是不由自主地问："你不冷吗？"

伦纳特摇了摇头，为了躲开紧跟着甩过来的兔子耳朵，扎拉向后退了退。兔子拍了拍头套毛茸茸的脸颊，笑着回答："不冷。他们说，人体百分之七十的热量是通过头部散发出去的，因为我的脑袋卡在头套里，所以只会损失掉百分之三十的热量。"

对一个在零下好几摄氏度的天气里只穿内裤出来晃悠的男人而言，这套理论可不太有什么说服力。扎拉戴上耳机，希望这一次伦纳特能够识相，不来打扰她，可没等他又伸出手来拍她的耳机，她就不由自主地猜想，他的下一句话肯定是以"我"开头的。

"我其实是个演员，破坏看房只是我的副业。"他说。

"真有意思。"扎拉极为敷衍地回应道，恐怕只有搞电话推销的人生出的小孩，才会相信她愿意听兔子继续说下去。

"对我们文艺圈的人来说，时间尤其像是一把杀猪刀。"兔子摇头晃脑，振振有词地表示。

扎拉一把扯下头顶的耳机挂在脖子上，不屑地哼了一声。

"你的意思是说，卖房子的人的时间不如你们的时间值钱？这就是你破坏看房、靠着干扰房屋成交来赚钱的理由？你们这群'文艺圈的人'有利可图的时候怎么就不嫌资本主义肮脏恶臭了呢？"她愤怒地叫道。

一连串的反问就这样自然而然地从扎拉的嘴巴里冒了出来，她也说不清楚这是怎么回事。越过兔子两只耳朵之间的空隙，她望见了那座桥，那对毛茸茸的长耳朵若有所思地在十二月的寒风中来回摆荡。

"不好意思，站在同情卖房子的人的立场上抨击我的人是没法打动我的。"兔子说。

扎拉更加愤怒地哼了一声。

"我不在乎谁是买家、谁是卖家，我在乎的是事实！你好像不明白自己的这项'副业'其实是在破坏我们的经济体系！"她说。

伦纳特在头套里思考着扎拉的话，硕大的兔子脑袋歪向一边，从特定的角度看过去，它仿佛咧着嘴巴，露出了诡异的笑容。然后，他发表了一句扎拉认为无论对人类还是兔子来说都愚蠢得登峰造极的评论："经济体系关我屁事？"

扎拉开始搓手和数窗户。

"市场是依靠它本身进行自我调节的，而像你这样的人横加干预，破坏了供需之间的平衡。"她懒洋洋地解释道。

可以想见，兔子的回应非常没有新意："胡扯。再说了，就算我不做，也会有别的人去做。我又没犯法。对大部分人来说，买房是最大的投资，他们只想获得最优惠的价格，我只不过是提供了相关的服务——"

"房子不应该是投资项目。"扎拉阴郁地说。

"那应该是什么？"兔子问。

"住的地方。"扎拉回答。

"你是慈善家吗？"兔子嗤笑道。

扎拉很想对准兔子的鼻子揍上一拳，但她没有动手，而是指着出现在兔子两耳之间的那座桥说："十年前，金融危机爆发的时候，有个男的从那座桥上跳了下去，因为地球另一边的资本市场崩溃了。无辜的人失去了工作，有罪的人却得到了奖赏，你知道这是为什么吗？"

"你这样说就有点儿危言耸听了——"兔子说。

"因为你们这种人不在乎经济体系是不是平衡。"扎拉打断了他。

伦纳特在兔子头套里傲慢地笑了起来，他仍然没意识到自己是在和谁讨论这些问题。

"你需要冷静冷静，金融危机是银行的错，我又不是制定——"他开口道。

"你又不是制定规则的人？这就是你想说的？你不制定规则，你只是游戏的玩家，对不对？"扎拉不耐烦地打断了他，她看起来似乎宁愿直接灌下一瓶硝酸甘油，然后去玩蹦床，也没心情听又一个自以为是的男人向她指手画脚，吹嘘他对"金融责任"这个概念的浅薄理解。

"是的！好吧，不对！可是……"兔子说。

作为一个开银行的，扎拉大半辈子的工作就是为目标市场的高端客户出主意，帮他们预测兔子这种人的想法，所以，为了节省自己的时间和兔子的口水，她开门见山地说："让我猜猜你接下来会怎么说吧：你不在乎卖房子的人，也不在乎罗杰和安娜-莱娜这样的买家，你只在乎你自己。不过你也会自我辩护，说房产市场是没法被欺骗的，因为'市场'这种东西其实根本不存在，只是虚构的概念和电脑屏幕上的数字，所以你没有任何责任，对不对？"

"不……"伦纳特说，可他还没来得及换气，扎拉就发动了暴风骤雨般的进攻。

"然后你会甩出一大套从流行心理学那里听来的屁话，一口咬定金钱没有任何价值，因为它也是虚构的概念。接着你又会化身聪明绝顶的历史老师，给我这个无知的傻子科普经济学理论，瞎扯一通股市是怎么来的。也许你还想给我讲讲1902年河内爆发的鼠疫，政府鼓励当地人多杀老鼠，把老鼠尾巴拿到警察那里换奖金，结果人们开始养老鼠了！你知不知道，为了说明普通人是多么自私和不值得信任，有多少个男的给我讲过这个故事？又有多少像你这样的男的……地球上的每一个女的天天都会遇到你们这种家伙……你们是不是觉得，自己那颗雄性小脑袋里面无论冒出什么东西，都是非常值得送给我们的可爱小礼物啊？"她说。

听到这里的时候，伦纳特已经一连向后退了三步，屁股马上就要贴到阳台栏杆了，然而扎拉还在步步紧逼，所以他只来得及说了一个"我"字，就被她给打断了："你什么？你什么？贪心的不是你，而是别人，对不对？你就想说这个，不是吗？"

兔子摇起了耳朵。

"不，不，对不起。我不知道有人从那座桥上跳下去了，你知不知道……"他说。

扎拉觉得自己的腮帮子激动得簌簌直跳，她的喉咙也被挂在脖子上的耳机发出的亮光映得红彤彤的。她不再和伦纳特说话，其实连扎拉本人也不清楚她是在跟谁说话，但她觉得自己等了十年，似乎终于等来了对着某个人大喊大叫的机会，于是她大声吼道："像你那样的人，还有像我这样的人，我们就是问题所在！难道你还不明白吗？我们总是自我辩护，说自己不过是在提供服务，我们只是市场的一小部分，微不足道，所有的错都是当事者咎由自取，因为他们贪心，不应该把钱给我们……自欺欺人的时间一长，我们竟然还有了胆量，假装无辜地讨论起'股市为什么崩溃'和'城里为什么有这么多老鼠'之类的问题来了……"

她的眼睛里燃烧着狂野的怒火，鼻孔中喷散出暴躁的烟气。兔子没有回应，头套上那两只不会眨动的眼睛直勾勾地盯着试图平复心跳的扎拉。随后，头套里忽然传出一阵骇人的咳嗽声，扎拉起先以为对面的这个老混账中风了，接着她意识到这是伦纳特在笑，发自内心的笑，只见兔子投降般地举起了双臂。

"老实说，我已经听不懂你在说什么了，不过我放弃，你赢了，你赢了！"他宣布。

扎拉恐慌而愤怒地眯起眼睛，因为没有视线方面的接触，跟兔子谈话比和其他人交流容易多了。她向前探了探身，紧掐着大腿的十根手指不停地蜷起又张开，然后才用略微平静下来的声音说："我赢了，是吗？可安娜-莱娜和罗杰赢了吗？他想变富，她想让他开心，其实他俩只是在维持迟早要完的婚姻。不过，如果他们离婚了，你大概会很高兴，因为他们到时候就需要买两套房子了。"

听到这里，伦纳特突然前所未有地提高了嗓门。

"不！这还不够！因为……因为……我不相信！"他说。

"那你相信什么？"扎拉反唇相讥——她也不知道自己为什么会这样问——她的嗓子终于喊哑了。她闭上眼睛，紧紧攥住挂在脖子上的耳机，因为整整十年里，她始终期待着别人向她提出这个问题。当伦纳特给出他的答案时，扎拉震惊得不知所措。

"爱。"兔子回答。

然而，他的语气非常漫不经心，好像这个词儿根本没什么大不了的,这是扎拉始料未及的,她不由得怨愤起来。紧接着,伦纳特又说话了,他从兔子头套里发出的声音变得更加沉闷,不过,这一回他的腔调里带上了刺儿:"瞧你说的,别人离婚,我有什么好高兴的?你都去过那么多看房现场体验生活了,还意识不到世界上的爱比恨多吗?"

扎拉居然不知道该怎么回应他,而且这个戴着兔子头套的白痴似乎依然不觉得冷,无异于给她火上浇油。看在上帝的分儿上,别再谈什么"爱"了,赶紧冻僵了吧,像个正常的白痴那样,她暗忖,同时思索着该使出什么样的大招发动反击,可她却听到自己问:"你这样说的根据是什么?"

兔子的耳朵抖了抖。

"那些不打算卖出去的房子,它们的数量总比待售的房子多。"他回答。

扎拉的手指从脖子上滑落下来,伦纳特的答案听起来竟然还挺像那么回事,这让她气不打一处来:为什么他就不能有点儿职业道德,好好扮演一个完整的白痴呢?浪漫主义的白痴几乎是最要命的,而且"几乎"能让一个戴着耳机的女人发疯。

因此她决定保持沉默,继续望着那座桥。过了一会儿,她无奈地叹了口气,从包里拿出两支烟,一支塞进兔子嘴巴上的小洞,另一支自己叼着。兔子很有眼色,没提扎拉先前宣称自己"不抽烟"的那一茬子事,她记了他的情,主动递给他打火机。兔子接过打火机点烟,一不小心烧着了鼻尖上的兔子毛,急忙伸出两只手来,把火拍灭,扎拉觉得这一幕挺有意思。

他们悠闲地抽着烟,刚才那种剑拔弩张的气氛完全消失了。望着远处一排排的楼顶,伦纳特开了腔,语气有点儿沉重,却没有任何指责的意味:"无论你把我想得多么可恶,都没关系,但安娜-莱娜是我仅有的几个……我真心想要支持的……客户之一。她炒房不是为了让她丈夫变富,而是想让他感到自己被人需要。人人都以为她是那种典型的一辈子为了家庭逆来顺受、自我压抑的女人,好像她自始至终都站在罗杰背后支持他的事业,做出各种牺牲,可你知道她以前是做什么工作的吗?"

"不知道。"扎拉说。

"她曾经是美国一家大型工业公司的高级分析师。我起初根本不相信,因为她看起来像只小奶猫,傻乎乎的……但是我可以向你保证,在这套公寓里,你再也找不到比她更聪明、受过更好教育的人了。他俩的孩子还小的时候,罗杰的职业生涯才刚刚起步,安娜-莱娜的事业比他的出色多了,因此,罗杰拒绝升职,这样他就有更多时间在家带孩子,她也能放心地到各个地方出差了。这样的状态持续了几年,她的事业蒸蒸日上,罗杰的工作却止步不前,两人的收入差距越来越大,互换位置也变得越来越难。孩子们长大之后,安娜-莱娜完成了她全部的职业目标,于是她告诉罗杰:'现在轮到你了。'可他已经太老了,不可能再有升职的机会。他们也不知道该怎么讨论这些事,因为他俩从来没练习过该如何沟通。她打算通过不停地炒房和装修这种方式来弥补他,这样他们就有了……共同的项目。罗杰现在没有孩子可以照顾了,所以他觉得自己一文不值。安娜-莱娜只想要一个家。不管你怎么评判我都没关系,但你绝对不能说我不支持他们。"

扎拉又点起一支烟,主要是为了让自己的眼睛可以盯着燃烧的烟头,不用到处乱瞟。

"这些都是安娜-莱娜告诉你的?"她问。

"你要是知道了别人都告诉过我什么样的事,肯定会大吃一惊的。"兔子说。

"不，我不会觉得吃惊的。"扎拉轻声说。

她也有很多事想要告诉伦纳特：比方说，她需要和其他人保持距离，她总是不停地搓手，为了让自己平静下来，她还会数房间里的东西，她喜欢电子表格和营业额预测，因为她热爱秩序。她还想告诉他，她研究了一辈子的经济体系如今成了世界上最大的问题，因为我们给这个体系赋予了过于强大的力量，却忘记了人类的本性是多么的贪婪。最关键的地方在于，我们忘记了自己是多么的脆弱——正因如此，经济体系这个怪物现在开始碾压我们了。

虽然很想把这一切全都说出来，但活到当前的人生阶段，扎拉早就习惯了一个事实：对于某些事物，人们要么不理解，要么不打算理解。所以她只是一声不吭地站在那里，而且有点儿后悔刚才说了那么多的话，要是一个字都没说就好了。

两人抽完了第二支烟。扎拉没想到自己竟然对兔子做出了那么大的让步，今天出乎意料的事情实在有点儿多，而她还没做好逐一消化的准备，所以她下意识地伸手去摸耳机，就在这时，兔子又一次朝她摇了摇耳朵，她知道他想找点儿问题问她，免得无话可说，可扎拉最讨厌男人的地方就在这里——他们似乎只会问"你是干什么工作的"和"你结婚了吗"这两个问题，除此之外就想不出别的来了。

然而，只听这位戴着兔子头套的伦纳特鼓起了勇气，出其不意地问道："你在听什么？"

该死，扎拉想，天这么冷，你为什么就不能去一边儿凉快凉快，别对我这么感兴趣呢？她茫然地张开嘴巴，心中千头万绪，一时不知从何说起，最后憋出这么一句："银行劫匪很快就要投降了，警察随时都会闯进来,你应该去找条裤子穿上。"

兔子失望地点了点头,回屋里去了,把她独自留在阳台上听音乐,一遍又一遍地数着对面楼上的窗户。尽管这算不上什么能够激发所有人的诗兴的爱情故事,不过在此时此地,他们两个确实震撼到了彼此的心弦。

54

艾丝特尔试探着敲了敲壁橱的门,开门的是茱莉亚。

"我就是来告诉你们,比萨快送来了,可我觉得你一定早就饿了吧?你现在必需填饱两个人的肚子,真是个小可怜儿。你想先吃点儿什么垫一垫吗?冰箱里有吃的,大家不都把吃的东西搁在冰箱里嘛。"艾丝特尔对她说。

"不用了,谢谢,您真好,可我不饿。"茱莉亚微笑着说。艾丝特尔实实在在的关心让她觉得十分受用,茱莉亚认为,假如你真的在乎一个人,最好不要虚头巴脑地问人家"你感觉怎么样",应该直接问对方"饿不饿",要是更多的人能明白这个道理就好了。

"好吧,那我就不打扰你们啦。"艾丝特尔说着,准备关门。

"您想进来吗?"茱莉亚问。不过,老实说,她的语气听起来像是在客套,似乎更希望得到否定的回答。

"当然想啦!"艾丝特尔开心地叫道,她立刻一步跨了进来,随手关上了壁橱门,推开梯子,坐到壁橱里仅剩的空位上——那是一只塞在最里面的箱子。艾丝特尔两手交叠着搭在膝盖上,热情地笑着说:"今天简直太棒啦!对不对?我已经好几年没吃比萨了。当然,我不是说抢银行和劫持人质什么的很棒,可一想到女人也能当银行劫匪，我就觉得这是件非常令人鼓舞的事儿！你们难道不这么想吗？我们女生终于可以展现自己的力量啦！"

茱莉亚拿大拇指用力按住两眼之间的某个特定位置，克制了半天，这才回应道："嗯。用枪威胁我们。不过……这也算是……女生的力量！"

"我不觉得那是真枪！"安娜-莱娜飞快地插嘴道。

茱莉亚闭上眼睛，这样别人就看不到她翻白眼了。艾丝特尔不明就里地笑了笑，开口问道："呃，我不是故意要进来打搅你们的，就像那些愚蠢的老东西那样。不过我还是很好奇，你们两个刚才在聊什么呢？"

"婚姻。"安娜-莱娜吸着鼻子说。

"噢！"艾丝特尔大叫，仿佛突然看到了她最喜欢的电视问答节目。

她的热情让茱莉亚的态度稍有软化，于是茱莉亚问她："您说您丈夫叫克努特？你们结婚多久啦？"

艾丝特尔开始默数，直到用完了脑子里的所有数字，她才回答："克努特和我似乎结了一辈子的婚，等你年纪一大把的时候就会产生这样的错觉——认识他之前的那段日子好像根本不存在。"

茱莉亚不得不承认，她喜欢这个答案。

"您是怎么维持这么长时间的婚姻的？"她问。

"奋斗。"艾丝特尔诚实地回答。

茱莉亚似乎不太喜欢这个答案。

"听起来非常不浪漫。"她说。

艾丝特尔狡黠地笑了笑。

"你们要互相倾听，当然，不能把对方说过的每一句话都记在心里，否则就会有无法原谅彼此的危险。"她说。

茱莉亚不开心地挠了挠眉毛。

"卢欧和我以前相处得很好,因为感情太好了,就算时常吵架我们也不在乎。有时候我甚至故意找碴,反正我们……在床上很合得来。可是现在,嗯……我也不确定我们的关系是不是还跟过去一样。"她说。

艾丝特尔摆弄着手上的结婚戒指,若有所思地舔着嘴唇。

"克努特和我刚刚恋爱的时候,我们就约法三章,主要规定了吵架该怎么吵、哪些吵架方式是不被允许的。因为克努特说,最初的热恋阶段过去之后,无论双方愿不愿意,都会发生争执,所以我们签订了一份像《日内瓦公约》那样的协议,承诺无论多么生气,都不能故意出口伤人,也不能单纯为了争强好胜挑起战争,因为战火一旦燃起,随着时间的推移,迟早会分出输赢,而决出胜负的那一天,就是婚姻完蛋的日子,因为它经不起这么你死我活的折腾。"她说。

"这个办法有用吗?"茱莉亚问。

"我也不知道。"艾丝特尔承认。

"不知道?"

"因为我们的热恋阶段一直都没结束。"

这下想不讨厌她都难了。艾丝特尔四下打量着整个壁橱,似乎在回想什么,然后她站了起来,掀开当成座位的那只箱子的盖子。

"您在干什么?"茱莉亚问。

"我就是看看。"艾丝特尔抱歉地说。

安娜-莱娜觉得有些不自在,因为她认为,"不能乱看房子里的东西"也是看房时不成文的规矩之一。

"您不能这样!只有在室内的橱柜已经打开的情况下才能参观里面的东西!厨房的柜子除外,您可以打开厨房的柜门看上几秒钟，了解一下它的尺寸，但不能触碰里面的东西，也不能评判屋主的生活方式，这是……这是规矩！洗碗机的门可以开，但洗衣机的门不能开！"她告诉艾丝特尔。

"你是不是房子看得太多啦？"茱莉亚问她。

"我知道。"安娜-莱娜叹了口气。

"这儿有红酒！"艾丝特尔高兴地喊道，她从箱子里拖出两只酒瓶，"还有个开瓶器！"

"红酒？"安娜-莱娜重复道，她突然也觉得开心起来，因为假如你在箱子里发现了酒，翻看里面的东西就是合理的了。

"你们不来点儿吗？"艾丝特尔问。

"我怀孕了。"茱莉亚提醒她。

"那就不能喝酒了吗？"

"什么酒都不能沾。"

"可是……红酒呢？"

艾丝特尔瞪大了眼睛，满怀善意地看着茱莉亚，因为她觉得红酒的成分是葡萄，孕妇喝一点儿应该没什么，小孩不都喜欢葡萄吗？

"红酒也不行。"茱莉亚耐心地说。她想起了产前门诊的助产士问她们平时能喝多少酒的那一次，卢欧回答："每天都喝！现在我一个人喝我们一家三口的份儿！"助产士没意识到卢欧在开玩笑，气氛变得紧张起来。想到这里，茱莉亚笑出了声，跟白痴结了婚的人经常会这样不由自主地傻笑。

"我哪里做得不对吗？"艾丝特尔不安地问，她举起酒瓶喝了一口，然后把瓶子递给安娜-莱娜，安娜-莱娜毫不犹豫地接了过去，咕咚咕咚地连着灌了两大口，看起来非常不符合她本人的风格。对他们所有人来说，这都是奇怪的一天。

"不，完全没有，我只是想起了我老婆的一些事。"茱莉亚笑着说,她想把笑憋回去,然而适得其反。

"茱莉亚的老婆是个白痴!跟罗杰一样!"安娜-莱娜唯恐天下不乱地向艾丝特尔解释道,又往嘴里倒了些酒,不过,这口酒的体积超出了她嘴巴的容量,呛得她直咳嗽,无处安放的酒液趁机顺着她的鼻孔喷了出来。茱莉亚俯身向前,拍打着安娜-莱娜的后背,艾丝特尔及时地夺走了她手中的酒瓶,顺便帮它减了减重,然后她轻声说:"克努特不是白痴,真的不是,但他停车的时间实在是太长了,他要是也在这里就好了,我就能……好吧,我只是不想孤零零地在这里当人质而已。"

茱莉亚笑了笑。

"您不孤单,您还有我们,而且这个劫匪似乎不想伤害任何人,所以我确定,一切都会好起来的。可是……我能问您一件事吗?"她说。

"当然可以,亲爱的。"艾丝特尔说。

"您是怎么知道那个箱子里有酒的?如果您本来不知道,为什么会打开箱子看一下呢?"茱莉亚问。

艾丝特尔脸红了,沉默了半天,她坦白道:"我平时会把酒藏在我家的壁橱里,克努特曾经觉得这么做很蠢,我是说,他一直觉得这样很蠢。我猜,这套公寓的主人也许跟我想的一样,他们不希望客人看到家里有酒瓶子,嘲笑他们是酒鬼,所以就把酒藏在了壁橱里。"

安娜-莱娜又喝了两口酒,大声地打着酒嗝补充道:"酒鬼家里不会有没开瓶的酒,只有已经空掉和即将变空的酒瓶。"

艾丝特尔感激地点点头,不假思索地说:"你说得太好了,克努特要是知道,肯定也会赞同的。"

老太太的眼睛闪闪发光,但好像不只是酒劲儿上头导致的。茱莉亚使劲儿皱起眉头，陷入了深深的思考，因为思考得太用力，连她的发型都跟着变了一种风格。她向前倾了倾身子，手温柔地搭在艾丝特尔的胳膊上，轻声说："艾丝特尔？克努特不是去停车了，对吧？"

艾丝特尔悲从中来，两片薄薄的嘴唇紧紧地抿成了一条白线，把她终于说出来的"对"字挡在了嘴巴里面。

55

证人讯问记录

日期：12 月 30 日

证人姓名：伦纳特

―――――――――――――――――――――――――――

杰克：　你不是去看房的潜在买家，而是安娜-莱娜雇来破坏看房的。不知道我的理解对不对？

伦纳特：没错，我就是"无界·伦纳特"，想要我的名片吗？如果有人抢走了你的女朋友，我可以去那家伙的婚前派对上搞破坏。

杰克：　所以……你的工作就是破坏看房吗？

伦纳特：不，我的正职是演员，最近能接的角色不多，这才出来做做副业。我在这里的剧院出演过《威您斯商人》呢。

杰克：　威尼斯。

伦纳特：不，是这里的剧院，不是威您斯的剧院！

杰克：　我的意思是，你演的那部剧应该叫《威尼斯商人》，不是"威您斯"……算了……关于银行劫匪，你还有什么信息能提供给我吗?

伦纳特: 我觉得没有了,我已经把我记得的全都告诉你了。

杰克: 好吧。呃,恐怕我还要麻烦你在这里多留一会儿,以免我们有其他问题要问。

伦纳特: 没问题!

杰克: 噢,对了,还有一件事,你知道烟花吧?

伦纳特: 什么?

杰克: 罪犯跟我们要烟花。

伦纳特: 烟花怎么了?

杰克: 劫持人质的时候,罪犯一般不会要求警方放烟花,把这个当成释放人质的条件,对吧?更常见的是要钱。

伦纳特: 我冒昧地说一句,更常见的是不做劫持人质这种事。

杰克: 也许你说得对。可你不觉得罪犯的要求很奇怪吗?劫持人质恐怕最不需要的就是烟花了吧?

伦纳特: 我不知道。快过新年了,人人都喜欢烟花,不是吗?

杰克: 养狗的除外。

伦纳特: 啊。

杰克: "啊"是什么意思?

伦纳特: 我就是有点儿惊讶,我还以为所有警察都喜欢狗呢。

杰克: 我没说我不喜欢狗!

伦纳特: 一般人会说,"狗不喜欢烟花",可你说的是"养狗的"不喜欢烟花。

杰克: 我不是特别喜欢动物。

伦纳特: 抱歉,这是我的职业病,干我们这一行的需要揣摩别人的心思。

杰克: 演员这一行?

伦纳特： 不，我干的另外那一行。顺便问一句，其他人也在警察局里吧？

杰克： 谁？

伦纳特： 你知道的，就是……公寓里的其他人。

杰克： 你具体指的是谁呢？

伦纳特： 比如说……扎拉？

杰克： 比如说？

伦纳特： 问一下也有错吗？我不过是问问而已。

杰克： 没错，扎拉还在这里。你为什么这么问呢？

伦纳特： 噢，我只是好奇。谁都会对别人好奇，是不是？更何况，我已经很久没遇到像她这样不好揣摩的人了，我试着揣摩过，可还是看不懂她。你笑什么？

杰克： 我没笑。

伦纳特： 你笑了！

杰克： 对不起，我不是故意的。我就是想起了我爸说的话。

伦纳特： 什么话？

杰克： 他说，你迟早会和一个你看不懂的人结婚，然后在你的余生之中试着看懂她。

56

"死亡，死亡，死亡。"艾丝特尔在壁橱里想。许多年前，她在报道中看到，她最喜欢的作家和别人打电话聊天的时候，最先谈论的必定是"死"，"谁谁死了，谁谁谁也死了，啊，还有那个谁"……总之，把这块最大的挡路石搬走之后，才好讨论别的事情。

作家说，因为"人活得越老，接到的电话跟死有关的可能性就越大"，艾丝特尔最近越来越认同这个观点了。那位作家还说，"你必须学会跟死亡做朋友，以这种方式度过人生"，然而艾丝特尔发现，随着年龄的增长，做到这一点变得越来越难。她记得自己给孩子们读过的睡前故事，想起彼得·潘说"死亡是一场伟大的冒险"，艾丝特尔认为，这句话也许只适用于已经前往死亡国度的探险者，对他们撇下的未亡人而言却并非如此。丈夫的去世，留给她的只有一千个瑰丽而孤寂的日出，把她的人生改造成漂亮的囚笼，仿佛生怕她忘了自己有多老，艾丝特尔松松垮垮的两腮总是颤悠悠地抖个没完，纸一样的皮肤越来越薄，终日在任何人都察觉不到的微风吹拂下晃动。除了寂寞，她没有任何用来对抗衰老的武器。她与克努特的相识算不上什么爱情故事，至少不属于她在书里读到的那种，更像是小孩子找到理想玩伴的过程：每当被克努特触碰，艾丝特尔会觉得自己像在爬树，或者从防波堤上跳进水里，她最怀念的是自己能让他笑个不停，甚至把嘴里的早饭喷出来，克努特的年纪越大，她制造出来的效果就越滑稽，尤其是在他戴上假牙之后。

"克努特死了。"她第一次说出这个事实，然后用力地咽了咽唾沫。

茱莉亚不知所措，只能低头看着地板，安娜-莱娜坐在那想了半天，也不知道该说点儿什么，最后她倾身向前，用酒瓶子碰了碰艾丝特尔的肩膀。艾丝特尔接过酒瓶抿了两小口，递还给安娜-莱娜，然后半是自言自语地继续说下去："但是他很擅长停车，克努特。他能在很狭窄的停车位平行入库，所以有的时候……我觉得最痛苦的时候，发现了有趣的事儿，我会想'要是他也看见了，一定会笑得把早饭喷出来，弄得满壁纸都是'……我还会幻想他根本没有死，只是去外面停车了……他当然并不完美，上帝知道，世界上不存在完美的人。但不管我们去哪里，如果在下雨，他总会先把车开到门口，让我进去暖暖和和地等着，然后他……自己再去停车。"

沉默同时捏住了三个女人的嘴巴，逐渐清空她们的词库，直到她们再也说不出一个字来。死亡，死亡，死亡，艾丝特尔想。

在他最后的日子里，克努特躺在病床上，艾丝特尔问他："你害怕吗？"他回答："是。"然后他摸了摸她的头发，补充道："但要是能安静一会儿也挺不错的，你可以把这句话刻在墓碑上。"艾丝特尔哈哈大笑。他走了以后，她哭得很厉害，气都喘不过来，从那以后，她的身体就跟过去不一样了，脊背一下子佝偻起来，再也没能挺直。

"他就是我的回声，现在我无论做什么都比以前安静许多。"她对壁橱里的另外两个女人说。

安娜-莱娜张着嘴坐了一会儿，虽然已经有点儿醉了，但她的脑子还算清醒，知道这个时候贪杯是非常不礼貌的。不过，当她说出自己的想法时，连最良善的意图和最强悍的野马都无法掩饰她语气里熊熊燃烧的希望之火，阻拦她求索真相的冲动："所以……您丈夫既然没在停车，我能问问吗，您是真的替女儿看房来了，还是……"

"不，不，我女儿跟她丈夫和孩子们住在一栋漂亮的排屋里。"艾丝特尔羞怯地说。

其实房子就在斯德哥尔摩郊外，但艾丝特尔没说，因为她不想把话题扯远。

"这么说，您只是来这里……看看？"安娜-莱娜问。

"行啦！安娜-莱娜，她不会跟你和罗杰抢房子的！别这么麻木不仁!"茱莉亚打断她说。

安娜-莱娜凝视着酒瓶子,喃喃地说:"我就是问问。"

艾丝特尔感激地分别拍了拍她俩的胳膊,小声说:"不要为了我吵架,姑娘们,我太老了,不值得。"

茱莉亚闷闷不乐地点了点头,手放在肚子上。安娜-莱娜把手放在酒瓶子上。

"您的孙子、孙女多大啦?"她问。

"他们已经十多岁了呢。"艾丝特尔回答。

"噢,真遗憾。"安娜-莱娜感慨地说。

艾丝特尔无奈地笑了笑。跟十多岁的孩子一起住过的人都知道,他们只为自己而活,青少年家庭的父母和子女多半都在忙着应付人生中最棘手的难题,这样的环境当然没有艾丝特尔的位置,大部分情况下,她都是个令人讨厌的存在。他们只会在她过生日时高高兴兴地打来问候电话,其余的时间就把她当成一件不受岁月影响的漂亮装饰,只在圣诞节和仲夏节的时候拿出来摆摆样子。

"我不是来买房的。因为实在太闲了,有时候出于好奇,我会跑去看房,主要是为了听别人说说话,看看他们有什么梦想……我发现,人在准备买房的时候是最敢想的,他们毕竟是在寻找自己安身立命的地方。你们知道吗?克努特是在养老院里半死不活地躺了很多年之后才走掉的。他住进养老院之后,我在家里的日子也过不下去,就好像他已经死了一样。当然,你不能说他死了,可他那个样子也不能算是活着。反正我的生活也跟着按下了暂停键,我每天坐公交车去养老院陪他坐着,念书给他听,起先声音很大,最后声音越来越小,成了念给我自己听。每次都这样。无论如何,那个时候我至少还有点儿事做,每个人都需要有事可做。"艾丝特尔说。

安娜-莱娜深感赞同,没错,她想,人人都需要找个项目做做。

"人生苦短。职业生涯也一样。"她大声地思考道。发现茱莉亚竟然听到了她思考的内容,安娜-莱娜大吃一惊。

"你以前是干什么工作的?"茱莉亚问她。

安娜-莱娜犹豫而又自豪地深吸一口气。

"我以前是一家工业公司的分析师。呃,其实是高级分析师,可我完全不想接受这个职位来着。"她回答。

"高级分析师?"茱莉亚羞怯地重复道。

安娜-莱娜看出对方眼神里的惊讶,不过她已经习惯不把这样的反应当成冒犯,平时遇到这种情况,她通常会改变话题,但今天也许是酒精占了上风,她一反常态地大声思考道:"没错,我曾经是,但这不是我想要的,我不愿意当领导。公司的总裁说,正因为这样,他才希望我来做领导。他说,当领导不用非得告诉别人怎么做,只需要确保他们做到自己力所能及的事就够了,所以我试着去做一个老师,而不是领导。我知道别人很难相信我,但我不是个坏老师。我退休的时候,有两个同事说,听了大家感谢我的工作的发言之后,他们才意识到我是他俩的上司。许多人大概会觉得这是一种侮辱,但我认为……这样很棒。如果你能在别人察觉不到,并且还以为是自己在掌控全局的情况下为他们提供必要的帮助,你的工作就可以说是非常出色了。"

茱莉亚笑了。

"你可真是处处都能给人惊喜啊,安娜-莱娜。"她说。

安娜-莱娜露出开心的表情,仿佛听到了迄今为止最令她愉快的赞美,然而紧接着她的眼睛里又一次涌出了懊悔和悲伤,她连忙闭上双眼,再慢慢睁开。

"人人都觉得我……呃,看到我们的时候,大家很可能都觉得我一直活在罗杰的阴影之下,然而事实正好相反,始终没机会发挥潜力的是罗杰,他的潜力很大,可我的工作……各方面都发展得很好,越来越好,所以罗杰拒绝了升职,这样他就有时间照顾孩子了,送他们去幼儿园什么的,而经常在外面出差的我总是想,明年也许就会轮到罗杰专心搞事业了,但从来都没这样过。"她说。

她沉默了。茱莉亚一时间不知道该说什么。艾丝特尔的两只手似乎没地方放,只好又打开那只箱子掏了半天,最后找出一盒火柴和一包烟。

"我的天。"她快活地叫道。

"到底是什么样的人住在这里?"茱莉亚问。

"谁想抽?"艾丝特尔问。

"我不抽烟!"安娜-莱娜立刻宣布。

"我也是,我已经戒了,反正大多数时候都不抽。你抽吗?"艾丝特尔说,她看向茱莉亚,又飞快地补了一句,"啊,我觉得怀孕的人也不适合抽烟,不过,我年轻那会儿,孕妇是可以抽烟的,当然会比平时抽得少。嗯……我猜,你应该不抽烟,对吧?"

"没错,一点儿都不抽。"茱莉亚不厌其烦地回答。

"现在的年轻人很清楚自己会对孩子造成哪些影响,我听一个儿科医生在电视上说,上一代人做父母的时候,还会问他:'我家的孩子尿床了,他是怎么回事?'现在这代人有了孩子,问题就变成了:'我家的孩子尿床了,我们是不是哪里做得不对?'一切都从自己身上找原因。"她说。

茱莉亚向后靠在墙上。

"您那一代人犯过的错,我们也可能会犯,或许只有形式不同而已。"她说。

艾丝特尔揉搓着手里的烟盒。

"我以前会跑到阳台上抽烟,因为克努特不喜欢屋里有烟味,而且在阳台上还可以看看风景。站在我家的阳台也能看到那座桥，跟这套公寓一样。我曾经很喜欢从阳台往桥那边看，可是后来……呃……你们还记得吧，十年前，有个男的从桥上跳下去了？所有报纸都登了这个新闻，于是我就……嗯，我查了查他是什么时间跳下去的，结果发现，他跳桥之前，我正在阳台上抽烟。当时克努特打了个电话回家，让我看电视上的什么报道，我就把没抽完的烟往烟灰缸里一扔，跑进了屋，就在这个时候，他爬到桥栏杆上跳了下去。从那以后我就不去阳台抽烟了。"她说。

"噢，艾丝特尔，有人跳桥不是你的错。"茱莉亚试图安慰她。

"也不是那座桥的错。"安娜-莱娜补充道。

"什么？"

"有人跳桥，也不是桥的错。这事儿我记得很清楚，你们知道吗？因为它对罗杰的打击很大。"她说。

"他认识那个跳桥的？"艾丝特尔问。

"哦，不认识。但他很了解那座桥。罗杰是个工程师，桥梁工程师，虽然那座桥不是他造的，但如果你和罗杰一样对桥感兴趣，就会喜欢上所有的桥。他们在电视上提起那个男人时，说得好像整件事都是那座桥的错似的，罗杰听了非常伤心，因为他说，建桥的目的是让人们更加靠近。"

茱莉亚打心眼儿里觉得罗杰说的这句话既奇怪又浪漫，大概正是由于——也有可能是因为她现在又累又饿——听到了这句话，她才突然开口道："几年前，我和未婚妻去澳大利亚玩，她想在桥上蹦极来着。"

"你未婚妻？你是说卢欧？"艾丝特尔问，随后又点了点头。

"不，我以前的未婚妻。"茱莉亚说。

233

这是一个很长的故事——假如追本溯源，从最初的最初开始讲述，所有的故事都会变得很长很长，而要是我们的故事只提到壁橱里的这三个女人的话，就会短上许多，可它也是关于那两个警察的……其中的一位警察目前正在爬楼梯。

57

去街对面的那座楼观察情况之前，杰克曾经嘱咐父亲在外面等着，哪儿都不能去，具体来说，就是绝对不能进入发生劫持人质事件的那座公寓楼。你就在原地等着我，儿子告诉吉姆。

当然，父亲没听他的。

吉姆带着比萨进了公寓楼，回来的时候，他已经跟银行劫匪说过话了。

58

壁橱里，茱莉亚显然后悔提到了以前的未婚妻，所以她赶紧补充道："遇见卢欧的时候，我已经订婚了，不过这牵扯到一个复杂的故事，你们就当我没说好了。"

"我们有很多时间，多复杂的故事都不是问题。"艾丝特尔向她保证，因为她又在箱子里发现了一瓶没喝完的酒。

"你未婚妻想从桥上跳下去？"安娜-莱娜担心地问。

"是，蹦极跳，在脚上拴一根橡皮带子。"

"听起来很疯狂。"

茱莉亚用指尖按摩着太阳穴。

"我也不喜欢这个主意,可她从来不闲着,什么都想体验一下。就是在那趟旅行时,我意识到自己没法跟她一起生活,因为我没有精力不停地体验这个体验那个,我只想过平淡无聊的日子,可她讨厌无聊。所以我提前从澳大利亚回来了,比她早了一周,理由是我得工作。就在回来之后,我第一次亲了卢欧。"

茱莉亚边说边咯咯地笑了起来,因为她有些害羞,可能还因为这是她多年以来第一次回忆自己和卢欧是怎么相爱的。当你马上就要跟另一个人共同养育孩子的时候,往往会忘记此前的生活,突然想不起自己曾经也是爱过别人的。

"你们是怎么认识的?你和卢欧?"艾丝特尔问,她的两个嘴角都挂上了酒渍。

"我们第一次见面,是她到我店里来买花,我是开花店的,她想买郁金香。几个月之后我才去的澳大利亚,所以那时候我没想太多,当然,她……非常有吸引力,谁都这么觉得……"茱莉亚回答。

艾丝特尔热切地点了点头:"没错,第一眼看到她的时候,我也是这么想的!她真的太漂亮啦!很有异国情调!"

茱莉亚叹了口气。"异国情调?就因为她的头发和你我的颜色不一样吗?"她问。

艾丝特尔不高兴了。"现在连这样的词都不能用了吗?"她说。

茱莉亚不知道该怎么向对方解释,她老婆不是水果那样的物件,所以她只能深吸一口气,继续道:"不管怎么说,她很有吸引力,很迷人,甚至比现在还有魅力,当然……这话不能让她知道……她现在依旧很迷人!反正一见面我就迷上她了,可那时我已经有了女朋友。后来卢欧经常去我店里买郁金香,有时一周好几次,她时常逗得我哈哈大笑,这样的人实在非常少见。我曾经和我妈提起这件事，她说：'跟只有脸长得漂亮的人在一起是没办法长久的，茱尔丝。至于有趣的人，哈哈，你绝对可以和他们生活一辈子！'"

"你妈妈是个明智的女人。"艾丝特尔说。

"没错。"

"她退休了吗？"

"是的。"

"她以前是干什么的？"

"写字楼保洁。"

"你爸爸是干什么的？"

"打女人专业户。"

艾丝特尔愣住了，安娜-莱娜吓了一跳。茱莉亚看着她们两个，想起了她的妈妈，还有她妈妈最美丽动人的地方——无论遇到什么事，总是有勇气直面生活，坚持做一个浪漫主义者。要做到这一切，你得拥有一颗非凡的心。

"可怜的小宝贝。"艾丝特尔轻声说。

"真是个败类。"安娜-莱娜咕哝道。

茱莉亚耸了耸肩，像个早熟的孩子那样，把所有的情绪甩到了一边。

"是我们主动离开他的，他从来没找过我们。我甚至都不恨他，因为我妈不让我恨。他对她做了那么多缺德事，她却不允许我恨他。我一直想要她找个伴儿，一个善良、能逗她开心的人，可她总说有我就够了……不过后来……我把卢欧的事告诉她的时候，我妈从我身上看到了一些东西，这让我也从她身上看到了一些东西，她似乎……我不知道该怎么形容，反正我看出她经历过类似的事，而且对这方面已经不抱希望了，你们明白我的意思吗？我想……难道就是这种感觉？这就是大家都在说的？真正的爱？"

安娜-莱娜抹了抹下巴上的酒。

"到底怎么了？"她问。

茱莉亚眨了几下眼睛，起先很快，然后很慢。

"我未婚妻那时还在澳大利亚。卢欧去我店里的那天早晨，我和妈妈打电话来着，听到我说'我不知道卢欧对我有什么感觉，甚至不知道她是不是对我有感觉'的时候，我妈笑了，她只说了一句：'听着，没有人会那么喜欢郁金香的，茱尔丝！'我试图反驳她，但妈妈说我早就精神出轨了，因为我花了太多时间想着卢欧。她说，卢欧就是我的'花店'，我哭了。后来我站在店里，卢欧进来了，我……呃，她说了几句什么，我笑疯了，不小心把口水喷到她脸上。她也笑了。我猜，她就是在那个时候鼓起勇气的，因为我的胆子太小了。她问我愿不愿意跟她出去喝一杯，我答应了。可我真的太紧张了，所以在酒吧喝得有点儿多，我去门口抽烟，跟保安吵了起来，他不让我进去，我就透过窗户指着站在吧台旁边的卢欧说，那是我女朋友，保安进去找她，她就出来了，然后真的成了我的女朋友。我打电话给未婚妻取消了婚约。卢欧一直以来也还是那么搞笑，可我……见鬼，我竟然更愿意跟她过无聊的生活，我是不是疯了？我喜欢和她为了沙发和宠物这样的小事吵架，她是我的每一天，是我的整个世界。"

"我喜欢'每一天'这种形容。"安娜-莱娜说。

"你妈妈说得对，有趣的人能陪你一辈子。"艾丝特尔说，她想起一位英国作家曾经说，世界上不存在比笑声和良好的幽默感传染性更强的东西，又想起一位美国作家说过，孤独就像饥饿，你吃到东西的时候才会意识到自己有多饿。

茱莉亚记得，当她告诉妈妈自己怀孕了的时候，妈妈先看了看她的肚子，又看了看卢欧的，然后问："你们是怎么决定……谁来怀孕的？"听到这种问题，茱莉亚当然很生气，于是冷嘲热讽地回答："我们玩石头剪子布决定的，妈妈！"于是，她妈妈非常严肃地再次看着她俩，问："那你们谁赢了？"

现在想起这件事，茱莉亚还是会笑出声来。她对壁橱里的另外两个女人说："卢欧会是个出色的妈妈的，她能逗笑所有小孩，就像我妈一样，因为她们的幽默感还停留在九岁时的水平，之后再也没有进化过！"

"你也会是个出色的妈妈的。"艾丝特尔向她保证。

茱莉亚眨了眨眼，两个眼袋也跟着柔和地颤动不已。

"我不知道，养孩子需要注意的事儿实在太多了，别的家长似乎……每时每刻都那么有趣，说笑玩闹全都擅长。人人都觉得你应该陪孩子玩，可我不愿意玩，甚至从小就对玩没兴趣，我担心我的孩子会失望，而且我其实也不是所有的小孩都喜欢。他们说，你怀孕之后就不这么想了，可我现在见到朋友的孩子时还是会觉得他们烦人，他们的幽默感也很差劲。"她说。

安娜-莱娜一针见血地指出："你不用喜欢所有的小孩，只喜欢自己的孩子就够了。孩子也不需要世界上最好的父母，他们需要的是自己的父母。不过老实说，大多数时候，他们需要的其实只是司机而已。"

"谢谢你这么说。"茱莉亚诚恳地说，"我只是担心我的孩子会不快乐，甚至把我爱担心和犹豫不决的性格也给继承了。"

艾丝特尔轻轻地拍了拍茱莉亚的头发。

"你的孩子绝对会很健康，瞧着吧。有点儿怪癖不算什么，健康才是最重要的。"她说。

"借您吉言。"茱莉亚微笑道。

艾丝特尔继续轻轻拍打着她的头发。

"你会拼尽全力吗，茱莉亚？你会用生命守护自己的孩子吗？你会给孩子唱歌、念故事，向孩子保证明天一切都会好起来吗？"她问。

"是的。"茱莉亚说。

"你会好好教育孩子，确保孩子长大后不会成为在公共交通工具上乱放自己的包的那种白痴吗？"艾丝特尔问。

"我会尽我所能。"茱莉亚保证。

艾丝特尔又想起了另一位作家说过的话，将近一百年前，这位作家写道，你的孩子，其实不是你的孩子，他们是生命对于自身渴望而诞生的孩子。

"你会没事的，也不用非得爱上做妈妈，起码没必要一直这样。"她说。

安娜-莱娜插话道："我不喜欢拾掇屎尿，真的。起初还能忍受，可孩子长到一岁左右，会变得像拉布拉多一样能吃能拉。我指的是成年狗，不是小狗，不过……"

"好的。"为了让她赶紧闭嘴，茱莉亚急忙点头称是。

"到了一定的年龄段，小孩拉的屎会特别黏，像胶水一样糊在你指甲缝里，要是你在上班的路上挠脸……"安娜-莱娜又说。

"谢谢！我知道啦！"茱莉亚向她保证，可安娜-莱娜无法阻止自己说下去。

"最糟糕的是，当他们长了本事，开始把朋友带回家时，那些四五岁的小陌生人会坐到你家马桶上拉屎，你得给他们擦屁股、冲厕所。我的意思是，你不会嫌弃自己孩子的屎，可别家的孩子……"

"谢谢！"茱莉亚叫道。

安娜-莱娜噘起嘴巴。艾丝特尔咯咯地笑了。

"你会是个好妈妈的,而且你已经是个好妻子了。"老太太补充道,尽管茱莉亚并没有讲出后面这个焦虑。茱莉亚两手托着肚子,凝视着自己的指甲。

"您这么觉得吗?有时候我好像就知道冲着卢欧唠叨,虽然我爱她。"她说。

艾丝特尔笑了。

"她知道你爱她。相信我。她还会逗你笑吗?"她问。

"没错……我的天!真是这样!"茱莉亚回答。

"那她肯定知道。"

"你们简直不知道她有多么搞笑,我整天笑个不停。卢欧和我第一次……你们懂的……"说到这里,茱莉亚笑了,但她想不出该用什么词才不会吓到这两位上了年纪的女士。

"什么?"安娜-莱娜不解地问。

艾丝特尔轻轻地推了推她,冲她眨眨眼睛。

"你知道,就是她俩第一次'去斯德哥尔摩的时候'。"她说。

"噢!"安娜-莱娜叫道,她从头到脚全都红透了。

可茱莉亚似乎没在听,眼神放空起来。本来她想讲讲她俩第一次"去斯德哥尔摩的时候",卢欧在出租车上说过的一个笑话,可她却听到自己磕磕绊绊地说:

"我……我差点儿忘了那天发生的一件傻事。当时我洗了衣服,把几条白色的床单晾在卧室门口,卢欧打开门,床单撞到她的脸,她吓坏了。虽然她极力掩饰,但我看出了她的恐惧,就问她为什么害怕,起初她不愿意说,因为她不想这么早就让我背上负担,还担心我们还没在一起我就要和她分手,可她架不住我不停地唠叨,因为我最擅长的就是唠叨。最后我们坐着聊了一整夜,卢欧给我讲了她和家人是怎么逃来瑞典的。在冬天最冷的时候,他们翻山越岭,逃难队伍里的每个小孩都带着一块床单，一听到直升机的声音，他们就躺在雪地里，把床单披在身上，与此同时，他们的父母会分别往不同的方向跑，这样直升机里的人就会对准正在移动的目标开枪，而不是……我不知道该怎么……"

茱莉亚的嗓子哑了，就像水坑表面的薄冰裂开那样，她的发际线到眼睛周围的地方皱了起来，然后整张脸都布满了痛苦的纹路，上衣领子的颜色也似乎变得更深了。她回想着卢欧那天晚上告诉她的一切：暴虐者的迫害是多么的残忍，战争是多么的疯狂。然后她又想到，在这种环境里长大的卢欧，竟然变成了一个能让别人开怀大笑的人——因为父母在跋山涉水的逃亡之路上告诉过她，幽默是灵魂的最后一道防线，只要我们在笑，我们就还活着，那些蹩脚的双关语和肮脏的屎尿屁笑话是我们对绝望的蔑视与嘲弄。她们在一起的第一个夜晚，卢欧就把这些全都告诉了茱莉亚，从那以后，茱莉亚就开始和她度过世界上的每一天。

正因如此，她才能够忍受卢欧养的那些鸟。

"从花店开始的出轨故事。"艾丝特尔缓缓地点着头，"我喜欢。"她安静地坐了几分钟，突然叫道："我也出过轨！克努特不知道。"

"亲爱的上帝！"安娜-莱娜惊呼，她嗅到了场面终于失控的味道。

"没错，这事儿离现在还不算久，你们知道吗。"艾丝特尔笑着说。

"您和谁？"茱莉亚问。

"我们楼里的邻居。他和我一样，读了很多书。克努特从来不看书。他说，作家就像音乐家，他们讨厌直来直去，永远遮遮掩掩，说不到点子上。可是那个男人，我的邻居，每次我在电梯里碰见他，都会看到他的胳膊底下夹着一本书——跟他一样，我的胳膊下面也夹着书。有一天，他把书递给了我，说：'我已经读完了这一本，我觉得你也应该读读它。'就这样，我们开始换书看，他读过的书真是太美了。我找不出语言来形容那段经历，但感觉就像和某个人一起旅行，无论去哪里都可以，外太空也行。我们这样来往了很久。看书的时候，读到非常喜欢的地方，我会把那一页折个角，他看到之后，也会在书边上写一点评论，都是些零碎的词儿，比如'漂亮'和'真实'之类的。这就是文学的力量，我们俩像在传递小情书，透过别人写下来的感受表情达意。有一年夏天，我翻开一本书，里面掉出来一些沙子，我意识到他很喜欢这一本，甚至不舍得放下它。他给我的书里面，经常有纸页皱起来的地方，我猜那是他的眼泪弄湿的。有一天，我在电梯里告诉他我的猜测，他说，我是唯一能在这方面理解他的人。"

"你们就是那个时候……"茱莉亚点了点头，调皮地笑着说。

"噢，不，不，不……"艾丝特尔尖叫，语气像是在说"要是那样就好了"，当然，现在再怎么吆喝都无济于事了，"我们从来没……我不能……"

"为什么不……?"茱莉亚问。

艾丝特尔既自豪又满怀惆怅地笑了笑，只有活到一定年纪，有一定阅历的人才会这么笑。

"因为你只能和你的舞伴一起跳舞，我的舞伴是克努特。"她回答。

"后来……发生了什么?"安娜-莱娜问。

艾丝特尔的呼吸依旧不快不慢，显然没有多少秘密可讲，讲完这一个，很可能就没有了。

"有一天，他在电梯里给了我一本书，里面夹着他公寓的钥匙。他说，他的家人都不住在附近，所以他希望找个可靠的人，给对方一把备用钥匙，'以防万一'。我什么也没说，什么也没做，不过我感觉，如果……'万一'发生了什么……他也许会喜欢的。"

她笑了。茱莉亚也笑了。

"所以，这么长的时间里面，你们从来没有……"

"没有，没有，没有。我们只是不停地换书看，一直到他几年前去世……心脏方面的原因。他的兄弟姐妹把他的公寓挂牌出售，但他的家具依然留在看房现场。所以我也去看房，假装有兴趣买下它，我在他家里走来走去，摸他摸过的厨房台面，还有他壁橱里的衣架子。最后，我不知不觉地来到了他的书架前面……真是一件怪事，你竟然可以通过一个人读的书完美地了解对方，而书里面发出的那些声音，是我们曾经共同喜欢过的。于是我放纵自己幻想了几分钟，想象着我们可能成为彼此的什么人……假如命运还没来得及对我们做出既定的安排的话。"

"然后呢？"茱莉亚小声问。

艾丝特尔笑了。那是个倔强而开心的笑容。

"然后我就回家了。不过我保留了他的公寓钥匙。我从来没告诉过克努特。这是我自己的事。"

沉默在壁橱里徘徊了一段时间。最后，安娜-莱娜鼓起勇气说："我从来没出过轨，可我换过美发师，一连好几年，我都不敢从以前那位美发师的店门口走过去。"

虽然这并不是什么劲爆的绯闻，但她希望获得参与感。安娜-莱娜从来没时间搞外遇，别人怎么都那么闲？她可忍受不了出轨带来的压力,更何况,这意味着她得应付一个全新的男人。她一辈子都在工作—回家、回家—工作的循环中度过,同时对两头抱有一定的负罪感,认为自己哪方面都做得不够好——在这种心态下,很容易对其他不够好的人生出同情,所以,虽然公寓里的所有人早已产生了一个共同的想法,但安娜-莱娜是第一个把它大声说出来的:

"我认为,我们应该想办法帮助银行劫匪。"

茱莉亚抬起头来,眼神中充满了全新的敬意。"没错,我也是这么想的!我刚才还在考虑这件事,我觉得劫匪不是故意的。"她点着头说。

"可我不知道该怎么帮她。"安娜-莱娜说。

"唉,警察肯定已经包围了这座楼,我觉得她大概逃不出去了,真可怜。"茱莉亚叹息道。

艾丝特尔又喝了几口酒,把那包烟拿在手里摆弄着,因为你当然不能在孕妇面前抽烟,至少在你醉糊涂了,察觉不到附近就有一个孕妇之前是不能抽的。

"也许她可以化个装?"她突然说,不过舌头有点儿不利索,听起来像"化个脏"。

茱莉亚不由自主地摇了摇头。

"什么?谁化装?"

"银行劫匪。"艾丝特尔回答,又喝了一口酒。

"怎么化装?"

艾丝特尔耸了耸肩。

"化装成房产经纪人。"她回答。

"房产经纪人?"

艾丝特尔点点头。

"银行劫匪闯进来后,你们见过房产经纪的人影吗?"她问。

"没……没有,您不说我还没发现……"

艾丝特尔又灌了些酒,然后再次点了点头。

"我敢说,外面的所有警察都会觉得,房产经纪人肯定也在看房现场,这是理所当然的。所以……如果……"她说。

茱莉亚凝视着她,恍然大悟地笑起来。

"所以,如果银行劫匪假装投降,同意释放所有人质,然后再伪装成房产经纪人,就能和我们一起出去啦!艾丝特尔,您真是个天才!"她叫道。

"谢谢。"艾丝特尔说,她闭起一只眼睛,瞄着瓶子里面,想看看自己还要喝掉多少酒才能抽烟。

茱莉亚吃力地以最快的速度站起来,走到门口,准备把这个计划告诉卢欧,她正要开门,壁橱门忽然被人从外面敲了一下,声音不大,但三个女人吓得全都跳了起来,仿佛有人突然把一群小狗和烟花同时丢进了壁橱里。茱莉亚把门敞开一条缝,发现兔子站在外面,虽然伦纳特还戴着头套,但谁都能看出他很尴尬。

"抱歉……我不想打扰你们,可有人告诉我,我得找条裤子穿上。"他说。

"你自己的裤子呢?"茱莉亚问。

兔子摇了摇脖子。

"呃,看房开始之前,我躲在厕所里,那时候我是穿着裤子的,后来我洗了洗手,把水溅到裤子上了。我看到水池上摆着香熏蜡烛,就想拿蜡烛烘干裤子,结果……把裤子点着了,为了灭火,我只好往上面泼了更多的水,所以我的裤子湿得没法穿了。然后看房开始了,我听见你们进了公寓,接着银行劫匪开始大喊大叫,我没有那么多的时间……嗯……反正到现在我的裤子还没干,所以我想……"

兔子的脑袋冲着壁橱里悬挂西装的地方摇晃了几次,表示他想借用一下那边的衣服,他的长耳朵不小心碰到了茱莉亚的额头,她向后退了好几步,然而兔子把她的动作错当成欢迎他进壁橱的邀请,于是他也钻进了壁橱。

"呃,好吧,进来吧,为什么不呢?"茱莉亚咕哝道。

兔子饶有兴趣地环顾四周。

"这儿真可爱!"他说。

安娜-莱娜消失在那一排西装底下,擦了擦眼睛。艾丝特尔点起一支香烟,她觉得现在抽烟应该没什么关系,安娜-莱娜不赞成地看了她一眼,艾丝特尔辩解道:"哦,烟会顺着通风孔散出去的。"

兔子歪了歪脑袋,问:"什么通风孔?"

艾丝特尔咳嗽起来,不知道是被烟呛的还是因为听到了兔子的问题,她说:"我的意思是……这儿似乎有通风设备,虽然我也是猜的,但确实有一股小风从天花板上往下吹!"

"您说什么?"茱莉亚问。

艾丝特尔又咳嗽起来,过了一阵子,她不咳了,可大家还是能听到有人在咳嗽,他们循声望去,发现咳嗽声竟然是从天花板上传过来的。

兔子和三个女人面面相觑——在被银行劫匪的闯入搅乱的看房现场,这个多样化的小群体挤在壁橱里,吓得抱成一团,就算镇上的人今天还遇到了更奇怪的事,应该也不会比现在这一幕怪异多少。艾丝特尔从容地设想了一下:假如现在克努特从壁橱外面打开门,看到他们的样子,肯定会哈哈大笑,并且如她所愿,把早餐喷得哪儿哪儿都是。来自天花板的咳嗽声还在继续,显然属于那种越想憋越憋不住的电影院里的咳嗽。

茱莉亚把折叠梯拖到壁橱后部,艾丝特尔从箱子上站了起来,安娜-莱娜扶着梯子，让兔子爬了上去，他伸出手掌，在天花板上拍拍打打，最后推开了一扇活板门，门后是个非常狭窄的小空间。

房产经纪人就坐在里面。

<h1 style="text-align:center">59</h1>

警察局里，气疯了的杰克发出的声音都不像是他自己的。

"你给我说实话！你为什么要我们放烟花？真正的房产经纪人在哪里？还是说你根本没见过那个房产经纪人？"他吼道。

在壁橱上方的小空间里蜷缩了好几个小时，房产经纪人的外套皱皱巴巴的，像斗牛犬的鼻子，她尝试过许多次，想要把一切解释清楚，然而现代生活和互联网教会了我们一件很重要的事：那就是，就算你是对的，也不一定能在讨论中胜出。房产经纪人没法证明她不是银行劫匪，要做到这一点，必须说出银行劫匪的去向，而她对此一无所知。更何况，杰克拒绝相信房产经纪人就是真正的房产经纪人，因为假如她真是房产经纪人，说明他忽略了非常明显的线索，进而意味着他并非特别聪明，他还没有做好接受这个事实的准备。

杰克问话的时候，吉姆一直静静地坐在旁边。当然，整个过程与其说是"问话"，更像是杰克一直在自顾自地尖叫。老警察把手按在儿子的肩膀上，说："孩子，我们休息一下好不好？"

杰克紧盯着他："你上当了，爸爸，你还不明白吗？你去送比萨的时候，被她给骗了！"

吉姆被儿子的话伤到了，意识到杰克其实是在骂他白痴，老警察的肩膀塌了下来。

"我们不能休息一下吗？就一小会儿？喝杯咖啡……喝杯水也行……？"

"等我搞清楚真相再说吧！"杰克咆哮道。

他不会成功的。

60

实际发生的情况是，跟谈判专家通完电话，杰克跑出街对面的那座楼，望见了刚刚从发生劫持人质案的那座公寓楼里冒出来的吉姆。父亲无视了他的嘱托，擅自进入案发现场送比萨，杰克当然很生气，不过吉姆还是尽他所能地让儿子冷静了下来。

"别急，好了，儿子，别急。楼梯间里没有炸弹，那箱东西是圣诞彩灯。"他说。

"我知道！你为什么不等我回来就进去了？"

"因为我知道，我等得越久，你越不会让我去。我已经跟劫匪说过话了。"

"我当然不会……等等，什么？"

"我说，我已经和银行劫匪说过话了。"

然后吉姆把事情的经过一五一十地告诉了他，更确切地说，是尽自己所能地道出了原委——因为讲故事并非吉姆的强项，他的妻子总是说，他讲笑话的时候，第一句话就把包袱抖完了，然后还会不明就里地大喊："不对！等等！前面应该还有铺垫！亲爱的，好笑的那一幕出现之前发生过什么事来着？"他会试着再一次从头开始讲，可还是会犯同样的错误。他从来不记得电影的结尾，无论重看多少遍，影片最后揭示凶手的身份时，他每次都很惊讶。他也不擅长参与派对游戏和电视问答，他的儿子和妻子很喜欢一个电视节目——把一群名人弄到火车上，让他们根据各种线索猜测火车在往哪里开。吉姆的妻子经常绘声绘色地模仿他看这个节目时的样子：坐在沙发上，把他所有能想到的地名全都说个遍，从西班牙的各个省会到非洲的所有共和国，再到挪威小渔村，五花八门，无所不包，而这些只是他为同一轮问题设想的答案，所以凑巧蒙对的概率非常之高。"瞧！我答对啦！"吉姆总会在最后宣布。这时杰克会不留情面地打断他："你把世界上所有地方全猜了个遍，还好意思说答对了？"他妻子就在旁边笑个没完，吉姆非常怀念那段时光，无论她是和他一起笑还是笑他，只要她笑了，他就很满足。

趁着杰克不在，吉姆溜进了公寓楼，因为他知道，他妻子也会做出同样的事。发现楼梯平台上的那箱东西不是炸弹时——有时候所谓的圣诞彩灯竟然真的是圣诞彩灯——他觉得自己真是傻透了，可想到她一定会因为这个笑出声来，他又有了前进的力量。

顶楼一共有两套公寓，劫持人质案发生在右边那套，左边那套属于一对小情侣，他们对香菜和榨汁机的看法不一致，吉姆不久前给他们打过电话。（他现在对这两位闹分手的原因了如指掌，了解程度超过了所有的局外人。）为了安全起见，他顺着小情侣家门上的投信口往里看了看，屋里没开灯，擦鞋垫上堆起来的信件表明房主已经有一段时间没来过了。然后，吉姆这才按下银行劫匪和人质们所在的那套公寓的门铃。

尽管他一直按着门铃，可很长时间都没有人应门，他最终意识到这是因为门铃没响，于是又开始敲门，一连敲了好多次。终于，门打开了一条缝，一个穿西装、戴滑雪面罩的男人从里面往外看——先看了看比萨，又看了看吉姆。

"我没钱。"面罩男说。

"别担心。"吉姆端着比萨说。

面罩男怀疑地眯起眼睛。

"你是警察？"

"不是。"

"是的，你就是。"

吉姆注意到，这个人的口音变化了好几次，好像下不了决心该用哪种口音说话似的，而且他没法判断男人的体貌特征，连对方是高是矮都不知道，因为面罩男始终躲在门后面，从来没把门完全敞开过。

"你为什么觉得我是警察？"吉姆天真地问。

"因为送比萨的没有不要钱的。"

"你说得对，我是警察。可我是一个人来的，也没带枪。里面有没有人受伤？"

"没有。他们来的时候什么样，现在还是什么样。"

吉姆和蔼地点了点头。

"你知道吗，我那些守在街上的同事已经开始紧张了，因为你没提出任何要求。"他说。

面罩男吃惊地眨了眨眼睛。

"我不是点了比萨吗？"男人问。

"我的意思是……你没提出释放人质的条件。我们不希望任何人受伤。"吉姆回答。

面罩男接过比萨盒子,举起一根手指,说:"给我一点儿时间!"

他关上门,消失在公寓里。一分钟过去了,又一分钟过去了……就在吉姆打算再次敲门的时候,门敞开了几英寸,面罩男看着外面说:"烟花。"

"什么?"吉姆说。

"我想要烟花,你们放烟花给我看,要让我能在阳台上面看到,然后我就放人质离开。"

"真的?"

"别拿便宜货来糊弄我,不准耍花招!烟花的质量要好!各种颜色的都要有!我要看起来像是下雨的那种效果!"

"然后你就释放所有人质?"

"然后我就释放人质。"

"这是你唯一的要求吗?"

"是的。"

于是吉姆走下楼梯,去街上找杰克,告诉他这一切。

然而,值得再次指出的是,吉姆真的非常不擅长讲故事,完全没有讲故事的细胞,所以他的记忆可能是非常不准确的。

61

罗杰是对的。看了房子的平面图,他说顶楼的两套房以前可能是一整套大户型公寓。后来公寓楼装上了电梯,这套大户型被一分为二,划成两套单独的公寓出售。利用这个机会,施工队在房屋改造时应用了许多非常"有创意的点子",比如在客厅里多砌一堵墙,跟旁边的那堵形成夹层,还有在壁橱上方留下一条废弃的通风道什么的……可这些细节始终被人忽视,直到很多年以后,好比上了年纪的人会变成越来越显眼的累赘,它们也突然变得引人注目起来。冬天,寒风会顺着从前的阁楼吹进室内,天花板的隔温性能很差,促使冷空气分散成小股的凉风,源源不断地向下灌进壁橱——当然,你必须坐在壁橱最里面的那只盛满了酒的箱子上,才能注意到这一点。老实说,这儿是个抽烟的好地方,可前提是你喜欢钻进壁橱抽烟,除了在这种情况下能多少起到一点儿通风的作用之外,壁橱上方的通风孔多年来无非是个摆设。不过,在这个特殊的日子里,某位房产经纪人发现,尽管空间狭窄,但这条废弃的通风道还是可以让一位身材瘦小的房产经纪人钻进去的,这样她就不会被银行劫匪的子弹伤到了。

天花板上的洞口很小,她只能勉勉强强地挤进去,这意味着伦纳特往里钻的时候会卡在里面,所以,在他向外拉扯身体的过程中,兔子头套被洞口卡住,终于脱离了伦纳特的脑袋,与此同时,他也从梯子上滑下来,重重地摔在地板上。房产经纪人吓得越过兔子头套,从洞口探出身体,看他是不是死了,结果一下子失去平衡,掉出通风孔,落在兔子身上。安娜-莱娜的脚被这两个人的身体一绊,也跟着摔倒了。在被这三个人带倒的过程中,摇摇晃晃的梯子撞到了活板门,只听"砰"的一声,活板门被梯子砸得关上了,就这样,兔子头套留在了通风道里。

罗杰、卢欧和银行劫匪听到动静,急忙跑过来察看情况。壁橱里的人开始一个接一个地四肢着地向外爬,外面的人得先分清这些胳膊腿是谁的,才能把他们拉出来,否则就会像那个跟老婆因为妓院的事儿吵了起来、懒得给圣诞彩灯理线的男人,最后只能把一团乱麻的电线原封不动地塞回箱子,没出息地想:"等明年圣诞节的时候,我再来收拾这个烂摊子吧!"

终于起身站定之后,大家的目光全都集中在伦纳特的内裤上,因为很难不去注意。伦纳特本人并不知道发生了什么事,直到安娜-莱娜喊了出来:"你流血了!"

摆脱了兔子头套的伦纳特灵活地弯下腰,越过肥肚腩看了看他的内裤,发现里面滴滴答答地渗出血来。

"噢,不。"他呻吟道,把手伸进内裤,掏出一只正往外漏血的小袋子——看起来有点儿像那种你从车里把它往高速公路上扔的时候,绝对不希望被你孩子看到的东西。伦纳特急忙奔向厕所,却被客厅地毯的边缘绊了个狗吃屎,那包血从他手里飞出去,在地板上爆开了。

"这是……?"罗杰大叫。

伦纳特喘着粗气说:"别担心!这是道具血!我往内裤里塞了一包,因为有时候扮演'拉屎的兔子'需要增加一点儿额外的效果,才能把看房的吓跑!"

"我可没选这个!"安娜-莱娜立刻指出。

"当然,这是额外服务。"伦纳特笨拙地站起来。

"快去穿上裤子。"茱莉亚催促道。

"没错,请你快点儿。"安娜-莱娜恳求。

伦纳特顺从地折回壁橱,他从里面出来的时候,扎拉刚好从阳台进来,这是她第一次看见他穿着衣服、没戴兔子头套的样子。扎拉不得不承认,这样的伦纳特看起来顺眼多了,她还发现自己并不讨厌他。

其余的人盯着地毯和地板上的血,不知所措。

"不管怎么说，颜色很逼真。"卢欧说。

"非常时髦！"艾丝特尔点了点头，因为她最近听广播里说，谋杀是当前流行文化中的时尚元素。

罗杰自然想要知道更多的信息，于是他看向房产经纪人，问："你到底去哪儿了？"

房产经纪人尴尬地整理着她那件过于肥大、起了很多皱的外套。

"呃，是这样，看房开始的时候，我在壁橱里。"她说。

"为什么？"罗杰问。

"我太紧张了。每当有很多人看房的时候，我总是紧张，所以我会躲进厕所，花几分钟给自己打打气，说几句'你能行''你是个坚强、独立的房产经纪人''你一定能卖出这套房'之类的话，可今天厕所里有人，我就进了壁橱，然后我听到……"

她礼貌而紧张地指了指房间中央那个一只手拿着面罩、另一只手握着枪的女人。艾丝特尔好心地解释道："没错，这就是银行劫匪，可她并不危险！虽然我们是她的人质，但她很照顾我们，还给我们点了比萨呢！"

银行劫匪朝房产经纪人歉意地点了点头，说："对不起。别担心，这不是真枪。"

房产经纪人如释重负地笑了笑，继续说："嗯，我在壁橱里，听到有人尖叫'我们被抢劫啦'，然后我就做出了本能的反应。"

"什么叫'本能的反应'？"罗杰问。

房产经纪人开始拍打外套上的灰。

"其实，接下来的几周，我还要再组织几次看房，'房子怎么样'房产中介公司必须对客户负责，所以我觉得我不能死，那样太不负责了……然后我发现天花板上有扇活板门，就爬进去躲了起来。"她说。

"一直躲到现在？"罗杰问。

房产经纪人很用力地点点头，背上的骨头也跟着响了起来。"我本以为能从通道的另一头爬出去，但那边根本出不去。"说到这里，她似乎想起了一件非常重要的事情，于是两手一拍，大声叫道："噢，天哪，我怎么还在这里扯闲篇啊！各位！请大家注意！我们是'房子怎么样'中介公司，很高兴能在今天这次看房中与大家相遇，你们有没有想要直接给这套房子出价的呢？"

众人好像对她的问题不怎么感兴趣，于是房产经纪人笑呵呵地伸出胳膊。

"大家还想再转转看看吗？没问题！反正我今天没有别的看房活动了！"她叫道。

罗杰的眉毛耷拉下来。

"你为什么要在新年的前两天安排看房呢？我还从来没见过这样的。不瞒你说，我可是看过很多套房子。"他说。

房产经纪人展现出只有刚刚从某个密闭空间里解放出来的人才有的快活劲儿。

"这是卖家的要求，反正我不介意，因为在'房子怎么样'中介公司，每天都是工作日！"她说。

其他人集体翻了个白眼。艾丝特尔除外，她哆哆嗦嗦地问："屋里怎么这么冷？"

"没错，是挺冷的，所以这套房子根本没有罗杰估算的那么值钱！"为了活跃气氛，卢欧叫道，随即懊悔地看到罗杰的心情似乎并没有变好。

茱莉亚现在只觉得浑身上下没有不疼的地方，而且耐心也全部用光了，所以她拿胳膊肘推开众人，走进阳台，把门一关……紧接着，她又从阳台折了回来，跑到开放式壁炉前面，开始挑拣柴火。

"等比萨的时候,我们可以生个火。"她说。

银行劫匪站在房间中央,手里拿着枪,尽管这样其实没什么用。她看着这群人质,现在他们又多了一个人,说不定劫持的人质越多,她的刑期就会越长。劫匪叹了一口气,说:"不用等比萨送过来,现在你们就可以走了,我会投降的,让警察……呃,做他们想做的事。你们先走,我在这里等着,这样谁也不会受伤。我不是故意要……劫持人质的,我只需要钱付房租,有了住处,我前夫的律师就不能带走我的女儿们了。我……对不起……我是个白痴,不该牵连到你们……对不起。"

泪水顺着银行劫匪的脸颊流淌下来,她不再试图憋着不哭。也许因为她看起来是那么的瘦小,所有人都被触动到了,抑或是他们回想起了今天的经历,还有这段经历对他们来说究竟意味着什么,突然之间,大家同时开了口,七嘴八舌地向银行劫匪提出抗议。

"可是你不能……"艾丝特尔开口道。

"你没伤害任何人!"安娜-莱娜接话。

"一定能找到解决方案。"茱莉亚点着头说。

"不如我们一起想想办法?"伦纳特提议。

"在你放走我们之前,我们需要时间收集所有信息!"罗杰宣布。

"竞价还没开始呢!"房产经纪人叫道。

"就不能等比萨送过来再说吗?"卢欧问。

"没错,先让我们吃点儿东西。今天大家能互相认识,不是挺愉快的一件事儿嘛!说起来,我们还得感谢你呢!"艾丝特尔笑着说。

"我确定,警察不会开枪打你的,起码不会真的开枪。"安娜-莱娜劝慰劫匪。

"为什么不让我们和你一起出去呢?要是我们一起出去,他们就不敢开枪了！"茱莉亚坚定地说。

"肯定有逃出去的办法，既然连我都能混进看房现场，你也一定能偷偷溜出去的。"伦纳特指出。

"大家都坐下，订个计划吧！"罗杰叫道。

"然后竞一下价！"房产经纪人期待地说。

"还得吃比萨！"卢欧说。

银行劫匪看看这个，又看看那个，半天说不出话来，最后，她感激地小声嘟囔道："你们真是有史以来最差劲的人质。"

"帮我摆个桌子。"艾丝特尔拉住劫匪的胳膊。

银行劫匪没有抗拒，跟着艾丝特尔进了厨房，拿出一堆杯子和盘子。茱莉亚继续尝试生火。跟自己的人格搏斗了半天之后，没等对方求助，扎拉就把她的打火机递给了茱莉亚。

罗杰站在壁炉旁，他还没想好该怎么帮忙，于是随口问茱莉亚："你会弄吗？"

茱莉亚瞪着他，正打算告诉他，她妈妈教过她怎么生火——假如真的说了，罗杰可能没法确定茱莉亚和她妈妈究竟是想生炉子还是打算把她爸爸给点着了——但无论如何，这是漫长的一天，他们都听过了彼此的故事，很难再去讨厌对方，所以茱莉亚反而慷慨大度地回应道：

"不会。你能教教我吗？"

罗杰缓缓地点了点头，蹲在地上，开始对着柴火说话。

"我们可以……我觉得能行，除非你……咱们一起试试吧。"他嘟囔道。

茱莉亚吞吞口水，点了点头。

"好的。"她说。

"谢谢。"罗杰平静地说。

然后，罗杰给她演示了他平时是怎么生火的。

"怎么这么多烟？这正常吗？"茱莉亚问。

"柴火有问题。"罗杰咕哝道。

"真的？"

"我说了，该死的柴火有问题。"

"你打开风门了吗？"

"当然打开了！"

茱莉亚打开风门。罗杰小声嘀咕了几句什么，她哈哈大笑，他也跟着笑了。两人谁也没看谁，烟雾刺痛了他们的眼睛，泪水顺着腮帮子流下来，茱莉亚瞥了罗杰一眼。

"你老婆很不错。"她说。

"你老婆也是。"他说。

他俩各自拿起一根木柴，戳弄着壁炉里的火堆。

"要是你和安娜-莱娜真的喜欢这套房子——"茱莉亚开口道，但罗杰打断了她。

"不，不，这套房子很适合有孩子的家庭，你和卢欧应该买下它。"他说。

"但我不觉得卢欧想买，她什么都能挑出毛病。"茱莉亚叹了口气。

罗杰更加使劲地戳着火堆。

"她只是害怕自己配不上你和孩子，你得告诉她，这完全是胡思乱想。她还担心自己修不了护墙板，你也要告诉她，谁都不是第一次就会修的。凡事都有第一次！"他说。

茱莉亚琢磨着他的话，望着炉火出神，罗杰也凝视着炉火。两个人分别盯着自己眼前的那堆木头、那撮火苗和那股白烟。

"我能说点儿个人看法吗，罗杰？"过了一会儿，茱莉亚小声问。

"嗯。"他说。

"你不用非得向安娜-莱娜证明什么，没必要再对任何人证明任何事——你已经够好的了。"她说。

他们各自戳起了火堆，四只眼睛里同时钻进一大股浓烟，但这一次两人没再说话。

有人敲了敲门。外面的那个警察终于意识到门铃不好使了。

62

"我去开门。"银行劫匪说。

"不行！万一是警察怎么办？！"卢欧大叫。

"很可能只是送比萨的。"劫匪猜测。

"你疯了吗？警察绝对不会让送比萨的到劫持人质现场来的！因为你有枪，而且很危险！"卢欧说。

"我不危险。"银行劫匪受伤地说。

"我不是那个意思。"卢欧歉疚地表示。

罗杰从壁炉旁边站起来，炉膛里的烟现在少多了。他擎起一根木头，指着银行劫匪，好像那是他的手。

"卢欧说得对，要是你去开门，警察可能打死你，还是我去吧！"他说。

茱莉亚表示赞同，尽管她也挺意外，自己竟然这么容易跟罗杰意见一致。"没错！让罗杰去！谁知道呢？我们也许能想出帮你脱身的办法！不能让警察知道你是女的！毕竟每个人都会假定银行劫匪是男的！"她叫道。

"为什么？"罗杰问。

"因为女的一般没那么蠢。"扎拉热心地解释道。

银行劫匪叹了口气，欲言又止。就在这时，安娜-莱娜朝房间中央迈了很小很小的一步，低声说："拜托，别去开门，罗杰，要是他们朝你开枪怎么办？"

尽管这个时候壁炉已经不倒烟了，可罗杰的眼睛里似乎又钻进了一股烟，他没有吭声。于是伦纳特上前叫道："哎，让我去吧！把面罩给我，我来假装劫匪。我好歹也是个演员——我在这儿的剧院演过《威尼斯商人》呢！"

"不是《威您斯商人》吗？"安娜-莱娜问。

"是吗？"伦纳特问。

"噢，我喜欢那部剧，里面有一段可爱的台词，关于灯光的！"艾丝特尔开心地叫道，但她不记得那段话是怎么说的了。

"我的天……少说几句没用的吧，咱们能不能专心点儿？"茱莉亚打断了她，因为这时又传来了敲门声。

伦纳特点点头，向银行劫匪伸出手："把面具和枪给我。"

"不，给我，我去！"罗杰叫道，他显然又有了自我证明的冲动。

两个男人互不相让，竭力争取前去应门的机会。罗杰似乎很想再揍伦纳特一拳，没了兔子头套，对方可以好好尝尝他的厉害。也许伦纳特看出了他受过的伤有多深，罗杰还没攥紧拳头，就听伦纳特说："别生你老婆的气，罗杰。有火冲着我发就对了。"

罗杰看上去依然很恼火，但伦纳特的话不知怎么击中了他的某个地方，气鼓鼓的罗杰裂开了一条缝，顺着这条缝，他的怒气慢慢地跑光了。

"我……"他咕哝道,没敢去看安娜-莱娜。

"让我去吧。"伦纳特说。

"求你了,亲爱的。"安娜-莱娜小声说。

罗杰微微抬起脑袋,刚好瞥见了她颤抖的下巴,他没勇气继续抬头,于是向后退去——这一幕其实挺动人的,可气氛全都被他接下来的牢骚破坏了:"不管怎么样,我都希望他们能照着你的腿来上一枪,伦纳特。"

然而他的语气远远没有这句诅咒的内容那么凶狠。

恰巧在这个时候,艾丝特尔想起了《威尼斯商人》里的那段台词,只听她吟诵道:"那灯光是从我家里发出来的。一支小小的蜡烛,它的光照耀得多么远!一件善事也正像这支蜡烛一样,在这罪恶的世界上发出广大的光辉。"

她还想起了另外一句台词——忧愁已经使我变成了一个傻子,但是没有大声说出来,因为不想破坏大家的心情。银行劫匪望着这个小老太太。

"实在对不起,我记得您在等您的丈夫——克努特,对吧?我进来的时候……他去停车了,他现在一定很担心您!"心烦意乱的劫匪愧疚地说。

艾丝特尔拍了拍银行劫匪的胳膊。

"不,不用担心,克努特已经死了。"她说。

劫匪的脸一下子白了。

"您在这里等他的时候……他……?我把您扣在这里的时候……他……死了?啊!亲爱的上帝呀!"她叫道。

艾丝特尔摇摇头。

"不不不。他早就死了。世界并没有围着你转,不是每件事都和你有关系,亲爱的。"她说。

"我……"银行劫匪艰难地说。

艾丝特尔拍了拍劫匪的胳膊。

"我说克努特去停车了,是因为有时候我会孤单。假装他正在赶过来的路上,能让我觉得舒服一点儿,尤其是在每年的这个时候。他喜欢过新年,我们俩会站在厨房里看窗外的烟花,呃……我们以前是在阳台上看的……可自从十年前那座桥上出了事,我就不再想去阳台了……说来话长。无论如何,克努特和我过年时会在厨房看烟花,我真想念那个时候啊,比什么都想。克努特喜欢看烟花,这也许就是我每到过新年就感觉格外孤单的原因。我可真是个傻老太太。"她说。

每个人都沉默地听她说着——这一幕其实也挺动人的,假如此时扎拉没有清清嗓子,站在房间的另一头发表见解的话。

"人人都觉得,圣诞期间是自杀高发时段,其实这是个误会,过新年的时候自杀率更高。"她说。

大家的心情遭到了彻底的破坏,这一点是很难否认的。

伦纳特看了看罗杰,罗杰看了看银行劫匪,银行劫匪看了看所有人,然后她下定决心般地点了点头。公寓的大门终于敞开了,名叫吉姆的警察站在外面,不久之后,他回到街上,告诉儿子他已经和银行劫匪说过话了。

63

杰克跺着脚走出讯问室，愤怒而疲惫。真正的房产经纪人坐在那里，惊恐地望着年轻警察大步跨进走廊，然后她期待地看向老警察。吉姆满脸愁容，似乎不知道两只手该怎么放，其实他全身上下都非常不自在，所以他只是给房产经纪人递了一杯水。虽然她伸出十根手指头接过了杯子，水杯还是不受控制地摇晃起来。

"你一定要相信我，我发誓，我不是银行劫匪。"她哀求道。

吉姆往走廊里瞥了一眼，看到他儿子正在那儿踱步，拿拳头砸墙——老警察这才冲着房产经纪人点了一下头，迟疑片刻之后，他又点了一下头，然后及时制止了自己点头的动作，飞快地伸出一只手，按了按房产经纪人的肩膀，随即把手抽回来，坦率地承认："我知道。"

她看起来相当惊讶。他看起来无地自容。

老警察——他从来没像现在这样觉得自己老——抬起手来，摆弄着指头上的结婚戒指，这是他的老习惯，但并不能带来慰藉。他总觉得，死亡带给他的最难以克服的影响，是让他经常犯语法错误，不过，每当吉姆说出混淆时态的话，杰克一般不会纠正他，这很可能是因为做儿子的不忍心。每隔半年左右，杰克就会说起吉姆手上的结婚戒指，问："爸爸，是时候把它摘下来了吧？"他爸爸每次都会点点头，似乎只是没留神，把这事儿给忘了，然后下意识地扯一扯戒指，好像觉得它有点儿紧，喃喃地说："我会的，我会的。"可他一直都没把戒指摘掉。

死亡让吉姆最不适应的就是时态之类的语法改变——还有当他

没问过她就擅自买来新沙发,却再也不会挨她数落这个事实。她不复存在,不会回家,成了过去式。以前吉姆不和她商量就把沙发买回家时,她真的会非常生气。她能心甘情愿地跑到全世界最混乱、离家半个地球的地方工作,但是当她回家时,家里必须跟她离开时完全一样,否则她会不高兴。她当然还有不少别的特殊小习惯和怪癖,比如在早餐麦片里撒洋葱丝,往爆米花上倒贝纳斯酱。假如你当着她的面打哈欠,她会凑过来,把一根手指头伸进你嘴里,看看能不能在你闭上嘴巴之前把指头抽出来。有时候她会把玉米片放到吉姆的鞋子里,或者把煮鸡蛋和凤尾鱼塞进杰克的衣袋,看到他们发现恶作剧时的表情,她每次都比上一次笑得还要开心。他们真怀念这种时候。她曾经做过这个,也曾经做过那个。她曾经,她已经。她曾经是吉姆的妻子。杰克的妈妈已经死了。

语法,这是最讨厌的,吉姆想,所以他非常希望儿子能想出办法,救下每一个人,不让任何人死去,可现在杰克似乎遇到了困难。

他来到走廊,看着杰克。这儿只有他们两个人,没人能偷听他们的谈话。儿子绝望地转过身来。

"一定是房产经纪人干的,爸爸,一定是……"他艰难地说,然而声音越来越小。

吉姆痛苦地缓缓摇了摇头。

"不,不是她。你冲进现场的时候,银行劫匪已经不在公寓里了,儿子,这一点你说对了。但她也没和人质们一起离开。"他说。

杰克的眼珠疯狂转动,扫视着整条走廊,他握紧拳头,想要寻找下一个击打目标。

"你是怎么知道的,爸爸?你是怎么知道的?!"他咆哮道,犹如对着海浪高声叫嚷。

吉姆眨眨眼睛,仿佛在试着把涌上沙滩的潮水逼回海里。

"因为我没告诉你真相,儿子。"他说。

然后他告诉了杰克真相。

64

劫持人质事件的所有证人在同一时间离开了警察局。在某种程度上,这个故事的结束对他们来说就像它的开始一样突然。他们拿着自己的东西,在警察温和的指引下,走出警察局的后门,来到门口的台阶上。门关上之后,一行人面面相觑:房产经纪人、扎拉、伦纳特、安娜-莱娜、罗杰、卢欧、茱莉亚和艾丝特尔。

"警察和你们说了什么?"罗杰立刻问其他人。

"他们问了很多问题,不过茱尔丝和我一直装痴卖傻!"卢欧开心地宣布。

"你们可真聪明。"扎拉说。

"放你们走的时候,警察有没有对你们说什么特别的话?"罗杰问。

他们全都摇了摇头。刚才,那个叫杰克的年轻警察只是从一个房间跑到另一个房间,通知他们可以走了,很抱歉浪费了他们这么多时间。不过,他谨慎地提出了一个要求,那就是,他们不能从警察局的前门离开,因为有记者在那里等着。

所以现在这一小群人聚集在警察局的后面,紧张地彼此对视。最后,安娜-莱娜问出了大家都在关心的那个问题:"她……没事吧?

我们离开公寓的时候,我看见有个警察站在楼梯间里,那个老的,我就想:她到底怎么才能偷偷溜进另一套公寓里呢?"

"没错!那个警察告诉我,那把枪是真的,他们听到公寓里传出枪响,我当时想……哎呀……"房产经纪人点了点头,但她不打算说完自己的想法。

"没有我们帮忙,她是怎么逃出去的?谁帮了她?"罗杰问,他渴望获得准确的信息。

没人能回答他的疑问,就在这时艾丝特尔低头看着她的手机,读完一条短信之后,她缓缓点了点头,如释重负地笑了。

"她说她没事了。"艾丝特尔告诉大家。

安娜-莱娜也笑了。

"替我们跟她打个招呼。"她说。

艾丝特尔说她会的。

他们身后,一个女人独自走出警察局的后门。她努力表现出自信十足的样子,眼睛却四处乱瞟,似乎不知道该往哪里去,也不知道该和谁一起走。

"你还好吗,亲爱的?"艾丝特尔问她。

"什么?你问这个干什么?"伦敦厉声叫道。

茱莉亚看了看伦敦上衣胸口别着的名牌,她还没摘下牌子就被警察叫来问话了。

"你在银行柜台工作吗?"茱莉亚问。

伦敦迟疑地点了点头。

"噢,天哪,那你一定很害怕吧?"艾丝特尔问。

伦敦不情愿地点了点头,她的脑子似乎不敢点头,是她的身体替她做出了点头的决定。

"当时不害怕……出事的时候。后来才觉得害怕,在我……意识到那可能是一把真枪之后。"她回答。

台阶上的其他人全都理解地点了点头。卢欧两手插进外套下面的连衣裙口袋里,朝街对面的一家小咖啡馆扬了扬脑袋,问:"去喝一杯?"

伦敦本想撒个谎,说她有地方要去,有人要见,因为明天就是一年的最后一天了。不过,最后她说的是:"我不喜欢咖啡。"

"我们给你要点儿别的。"卢欧向她保证。

做出保证是一种善举,所以伦敦慢慢地点了点头。卢欧会成为她很久以来交到的第一个朋友,也许是有生以来第一个朋友。

"等等我!"茱莉亚说。

"怎么了?你担心我一个人去会被打劫吗?"卢欧咧嘴笑道。

茱莉亚没有笑。卢欧清了清嗓子,喃喃地说:"好吧,好吧,现在还不是开玩笑的时候,我明白啦,明白啦!"

过马路的时候,伦敦小声告诉卢欧:"这个笑话可不怎么好玩。"

"你以为你是谁?笑话警察吗?"卢欧嘟囔道。

"亲爱的!要是你中枪了,我就把你的鸟全都送人!"茱莉亚在她们身后叫道。

"这下子好玩了!"伦敦咯咯地笑了起来。她已经很长时间都没有笑过了,这可能是她有生以来第一次笑。

再过几天,她会收到一封信,是一位希望道歉的银行劫匪写来的,在此后的许多年里,这封信对二十几岁的伦敦来说具有非常重要的意义,虽然她不怎么愿意承认……直到她爱上了什么人之后,但这又是另外一个故事了。

茱莉亚拥抱了台阶上的所有人,大家也轮流拥抱了她。轮到艾丝特尔时,年轻女人和比她年纪大上许多的女人彼此对视了很久很久。艾丝特尔说:"我想送你一本书,我最喜欢的诗人写的。"

茱莉亚微笑起来。

"我刚才一直在想,也许我们可以时不时地见个面,您和我,还能在电梯里换书看什么的。"她说。

"这是什么意思?"艾丝特尔问。

茱莉亚转身看向房产经纪人。

"你会把文件准备好吗?"她问。

房产经纪人热情地连连点头,简直马上就要蹦起来。罗杰发现自己在咧着嘴笑,他突然也觉得开心起来。

"这么说,你和卢欧终于决定买下那套公寓了?价格优惠吗?"他问。

茱莉亚摇了摇头。

"不,不是那套公寓,我们买了隔壁那套。"她说。

罗杰哈哈大笑。他已经很久都没这么笑了,这让安娜-莱娜非常高兴,甚至不得不在冰冷的台阶上坐了下来。

65

真相,真相,真相。

跟银行劫匪说过话之后,吉姆回到街上,告诉杰克公寓楼里刚刚发生了什么。可他没有讲出全部实情。其实全都是他编的。因为吉姆不擅长讲故事,但主要是由于他精通说谎。

还因为吉姆上楼送比萨的时候，给他开门的并非伦纳特，而是银行劫匪，真正的银行劫匪。虽然罗杰和伦纳特都希望戴上滑雪面罩假扮劫匪，但考虑了半天之后，劫匪拒绝了他们的要求。她看着他们，说了几句话，出于感激，她的语气非常温柔，然后冲着他们坚定地点了点头。

"很明显，我现在已经没法给女儿们树立一个好榜样，教育她们别做蠢事了。但我至少可以让她们看看，应该如何对自己的行为负责。"劫匪说。

所以，当吉姆再次敲门时，银行劫匪打开了门。她没戴面罩，头发披散在肩膀上，颜色跟吉姆女儿的头发一样。有些时候，两个陌生人只需要找到一个共同点，就能惺惺相惜。她看到了吉姆手上的婚戒，那是一只灰扑扑的银戒指，表面坑坑洼洼，已经很旧了。他也看到了她的结婚戒指，是一只没镶钻的细圈金戒指。他俩都还没把婚戒摘下来。

"你是警察吗？"劫匪张口就问，吉姆被她问蒙了。

"你怎么知……？"他说。

"警察知道我有枪，而且很危险，所以不会让送比萨的上来的。"银行劫匪笑了笑，更确切地说，是强迫自己的脸硬挤出几道褶子。

"不，不……好吧，是的……没错，我是警察。"吉姆点点头，举起比萨盒。

"谢谢。"劫匪说，她一只手接过比萨，另一只手拿着枪晃来晃去。吉姆无法把视线从那把枪上移开。

"你还好吗？"他问，要是她还戴着面罩，他可能就不会这么问了。

"我今天过得不怎么样。"她承认。

"里面有人受伤吗？"老警察问。

劫匪惊恐地摇了摇头。

"我永远都不会……"她说。

吉姆看着她，注意到了她颤抖的手指和下嘴唇上的咬痕。他觉得公寓里没有人在哭，也没有人在喊，没有任何惊惧害怕的迹象。

"我需要你暂时把枪放下，就一会儿。"他说。

银行劫匪歉意地点了点头。"我先把比萨给他们送进去，好吗？他们饿了，今天对他们来说很不容易……我……"她说。

吉姆点点头。劫匪转身进了公寓，过了一会儿，她重新出现在门口，没拿比萨盒子，也没带枪。公寓里有人惊呼："这不是夏威夷比萨！"另一个人笑着说："你根本不知道夏威夷比萨是什么样的！"老警察听到一阵笑声，然后是陌生人——或者说，他们现在已经不算是绝对意义上的陌生人——之间的闲聊。虽然很难界定劫持人质事件究竟是什么样的，但眼前这种情况显然不是。吉姆凝视着银行劫匪。

"我能问问吗，你是怎么搞成现在这个样子的？"他开口道。

手无寸铁的劫匪深吸一口气，身体也跟着胀大了一倍，然后缩得比先前还要小。

"我不知道该从哪里说起。"她回答。

然后吉姆做了一件很不专业的事：他伸出一只手，擦掉了银行劫匪脸颊上的一滴泪。

"我妻子曾经非常喜欢一个笑话：你会怎么吃下一头大象？"他说。

"我不知道。"银行劫匪说。

"一次吃一点儿。"吉姆说。

劫匪笑了。

"我的孩子们也会喜欢这个笑话的,她俩笑点很低。"她说。

吉姆两手插进衣袋,一屁股坐在门口的楼梯平台上,银行劫匪犹豫片刻,也盘着腿在他旁边坐下来。吉姆笑了。

"我妻子的笑点也很低。她喜欢笑,也喜欢制造麻烦。年纪越大,她制造的麻烦就越多。她总是说我太善良了。一个牧师说你'太善良了',这难道不是一件很可怕的事吗?"他说。

银行劫匪轻声笑了起来,然后点了点头。

"她都给谁制造过麻烦?"她问。

"什么人都有。教会的人、教区的人、信上帝的、不信的……她把保护弱者当成自己的责任,她眼中的弱者包括流浪汉、移民,甚至还有罪犯。因为耶稣在《圣经》里说过:我饿了,你们给我吃的;我无家可归,你们给我住处;我病了,你们照顾我;我在监牢里,你们来看我。祂又说,你们为最弱小的人做了这些事,就是为我做的了。她太认死理儿了,我妻子,所以才会一直制造麻烦。"吉姆回答。

"她去世了?"

"是的。"

"抱歉。"

老警察感激地点了点头。真是太奇怪了,他想,已经过去这么长时间了,他却始终很难接受她已经不在了这个事实。也许这是因为他的心还不习惯,不习惯再也没有傻瓜趁他打哈欠时把指头伸进他嘴巴里,或者在他上床睡觉前往他枕头套里倒面粉。没人再和他吵架了,也没人像她那样爱他。他根本适应不了死亡带来的语法改变。想到这里,他悲伤地笑笑,说:"现在轮到你了。"

"什么?"银行劫匪说。

"说说你的故事吧,为什么会搞成现在这个样子。"老警察说。

"你想听多长的故事？"

"随便你。一次讲一点儿。"

这话让人听着舒服，所以银行劫匪把她的故事告诉了他。

"我丈夫离开了我。呃，其实是他把我给甩了，他跟我老板有一腿。他俩相爱了，搬进我们以前的公寓一起住着，因为那套房子只写了他的名字。一切都发生得太快，我不想大惊小怪地……找麻烦……这是为了孩子们着想。"劫匪说。

吉姆缓缓地点点头，他看着她的戒指，摆弄起了自己手上的戒指。这个小玩意儿怎么就这么难摘呢？

"女孩还是男孩？"他问。

"都是女孩。"劫匪回答。

"我有一儿一女。"他说。

"我……有人要……我不想让她们……"

"她们现在在哪里？"

"跟她们的爸爸在一起。我今晚应该去接她俩的，我们准备一起庆祝新年，可现在……我……"

劫匪说不下去了。吉姆若有所思地点了点头。

"那你今天为什么要抢银行？"他问。

劫匪脸上的绝望暴露出内心的混乱，她回答："为了交房租，只需要六千五百克朗就够了。我丈夫的律师威胁说，要是我没地方住，就把我的女儿们带走。"

听到这里，吉姆紧紧地抓住了楼梯扶手。他的心碎了。移情作用会给你带来眩晕症般的体验。六千五百克朗。她担心失去孩子，才会抢银行。她自己的孩子。

"我们有规矩，有法律，没人能带走你的孩子，就因为……"老警察告诉劫匪，他想了想，又说，"但现在他们可以了……现在你抢了银行……"他的声音越来越小："你这个可怜的孩子,怎么能走上这条路呢?"

劫匪只能强迫自己的舌头移动,艰难地张开嘴巴,连她身上最小的肌肉似乎也快要罢工了。

"我……我是个白痴。我知道,我知道,我知道。我不想找我丈夫的麻烦,不希望女儿看到我们反目成仇,我怕她们受影响。我以为自己能解决所有问题,但我所做的一切无非是制造混乱。我错了,都是我的错。我这就投降,我会放走所有人质,我保证。手枪还在那里,它连真枪都不是……"她说。

吉姆简直想象不出还有比这更傻的抢银行理由:为了避免冲突,不想找麻烦。他尝试把她当成罪犯看待,提醒自己不要一看到她就像看到了他的女儿,然而一样都做不到。

"就算你把人质放了,向警方投降,也还是得坐牢,即便那把枪不是真的。"他忧愁地说,当了那么多年警察,他很清楚这一点。他知道,无论那些有良知的体面人多么同情她,她也没法逃脱罪责。法律不允许你抢银行,不允许你携带武器四处乱窜,既然抓住了这样的罪犯,就不能让他们逍遥法外……所以,吉姆当即得出结论,不让银行劫匪受到惩罚的唯一方法,就是不去抓她。

他在楼梯间里四下张望,发现劫匪身后的公寓门上贴着房产经纪人发布的广告:吉屋待售!"房子怎么样"房产中介公司!房子怎么样?吉姆盯着这张广告看了一会儿,似乎想到了什么。

"奇怪。"他说。

"什么?"银行劫匪问。

"'房子怎么样'房产中介公司,这个名字……挺傻的。"老警察说。

"也许吧。"劫匪点了点头,她以前没怎么注意。

吉姆揉了揉鼻子。

"也许只是个巧合,我刚才给住在隔壁那套公寓的一对小情侣打过电话,和他们聊了聊。他俩正在闹分手,因为其中一个喜欢香菜,另一个虽然也喜欢香菜,但不像前一个那么喜欢,无论如何,对于能上网的年轻人来说,这样的理由已经足够让他们分手了。"

银行劫匪非常勉强地扯了扯嘴角。

"现在的人对无聊的忍耐度没那么高了。"她说。

劫匪想起一个非常糟糕的事实,它始终在情绪上困扰着她:她还爱着她的丈夫。每当冷不防地意识到这一点,她都觉得全身上下的血管马上就要炸开。即便他做了那样的事,她也没法阻止自己不去爱他,甚至忍不住怀疑一切都是她的错。也许是因为她不够有趣,才会被他甩掉,这似乎挺合理的。

"对,就是这样!现在的年轻人觉得,一切必须始终保持新鲜诱人,不能走向庸俗平常,他们的注意力能持续的时间,和一只看到闪闪发光的小球的小猫差不多。"吉姆表示赞同,并且突然变得兴奋起来,他继续说道:"所以这对小情侣才会分开,准备卖房子。其中的一个竟然不记得房产中介公司的名字,就因为那个名字很傻。你知道吗?'房子怎么样'房产中介公司,这个名字就真的很傻!"

他指了指房产经纪人贴广告的那扇公寓门,又指指隔壁公寓的门。这是个很小的镇子,有着傻名字的房产中介公司并不算多,甚至连叫"上勾拳"这种名字的美发沙龙都不会超过一家。

"对不起,我不明白你的意思。"银行劫匪说。

吉姆挠了挠他的胡茬。

"我只是在想……房产经纪人应该也在公寓里吧?和你们一

起?"他问。

劫匪点了点头。

"是的,她快把我们逼疯了。我刚才进去送比萨,她让罗杰站在阳台门口,然后她站在房子的另一头,把钥匙扔给他,让他看看整套房子都没有隔断的好处:你可以把东西扔到很远的地方。"

"然后呢?"老警察问。

"罗杰往旁边一躲,身后的窗玻璃被钥匙砸碎了。"银行劫匪笑了笑。这是个友好的微笑,吉姆想,不是那种想要伤害别人的冷笑。他又看了看房产经纪人的广告。

"我不知道……这可能是……如果隔壁这套公寓委托同一个房产经纪人卖房,也许她会有房子的钥匙,然后……"他说。

他没法让自己说得太直白。

"你的意思是……"银行劫匪说。

吉姆振作精神站了起来,清了清嗓子。

"我的意思是,如果房产经纪人也负责出售隔壁这套公寓,肯定会有房子的钥匙……这样一来,也许你就能藏在那里了。别的警察上楼之后,不会强行打开所有公寓的门搜查你的,至少不能马上这么干。"他说。

"为什么不会?"劫匪问。

吉姆耸了耸肩。"因为我们没那么优秀,而且大家都会集中精力率先解救人质。假如你告诉人质,出去之后记得关上公寓门,那么所有人都会以为银行劫匪……你……还在里面。然后,等我们撞开门,发现你不在那,就不能随随便便地砸开别家的房门找你了,因为这么做社会影响非常不好,会给警方脸上抹黑。官僚部门最怕这个,你知道吧。按照规矩,我们必须先把所有人质带到警察局,挨个问话,获取证词,我觉得……你或许能趁机脱身。要是有人发现你在隔壁公寓，你可以假装自己是那里的住户！反正我们从一开始就假定银行劫匪是个男的。"他回答。

银行劫匪依然迷惑地瞪着眼睛。

"为什么？"她又问。

"因为女的一般……不干这种事。"吉姆尽可能婉转地说。

劫匪摇了摇头。

"不！我是问你为什么帮我？你是警察！你怎么会为了我做出这样的事呢？"她叫道。

吉姆轻轻点了点头，在裤子上擦了擦手，然后抬高手腕，搓起了眉毛。

"我妻子以前经常引用一个家伙说过的话……他是怎么说的来着……哦，他说，即使知道世界明天就要毁灭，他今天也要种一棵小苹果树。"他回答。

"说得真好。"银行劫匪小声说。

吉姆点点头，拿手背抹了抹眼睛。

"我不想……抓你。我知道你今天犯了个大错误，但是……情有可原。"他说。

"谢谢你。"劫匪说。

"你赶紧去问问房产经纪人，有没有隔壁公寓的钥匙，因为我儿子很快就会失去耐心冲上来的，到时候……"老警察说。

银行劫匪一连眨了好几次眼。

"什么？你儿子？"她问。

"他也是警察。他肯定会冲在最前面的。"吉姆说。

银行劫匪喉咙发紧，声音颤抖起来。

"他很勇敢。"她说。

"因为他有个勇敢的妈妈。假如迫不得已，她也会为了他抢银行。我们俩刚认识那会儿,我连上帝都不相信。她长得美,我长得丑。她会跳舞,而我站都站不稳当。第一次见面的时候,我们都觉得,也许彼此只在工作上有共同点——我们都会尽最大的努力救人。"老警察说。

"我也不知道自己配不配得到拯救。"银行劫匪小声嘟囔道。

听到这话,吉姆只是点了点头,然后,这个诚实正派、即将违背自己一辈子职业原则的男人直直地望向劫匪的眼睛。

"十年之后再来告诉我,我今天做得到底对不对。"他说。

吉姆转身下楼。银行劫匪迟疑了一下,用力吞了吞口水,然后叫道:"等等!"

"什么?"

"我能不能……嗯……现在提出释放人质的条件,是不是有点儿晚了?"

"搞什么名堂……"

吉姆先是吃惊地挑了挑眉毛,然后有些恼火地皱起眉头。劫匪却似乎在逼自己下定决心。

"烟花。"她终于说,"公寓里有个老太太,她以前总是和她丈夫一起看烟花。后来她丈夫死了。我让她当了一天人质,我希望她能看看烟花。"

吉姆笑了,点了点头。

然后他往楼下走,准备对儿子撒谎。

66

银行劫匪回到公寓。地板上有一摊血,但是炉火在炉膛里噼啪作响。卢欧坐在沙发上吃比萨,逗茱莉亚笑。罗杰和房产经纪人在争论户型图上标注的尺寸,这并非由于罗杰打算买下这套房,而是因为"提供正确的信息非常重要"。扎拉和伦纳特站在窗户旁边。扎拉在吃一片比萨,伦纳特开心地看着她一脸嫌恶的表情。她好像并不喜欢他——事实的确如此,但她似乎也不讨厌他,而且无论如何,伦纳特觉得扎拉很棒。

安娜-莱娜独自站在一边,拿着盘子,但里面的比萨一点儿没动,已经开始变凉了。首先注意到安娜-莱娜的自然又是茱莉亚,她从沙发上站起来,走过去问:"你还好吗,安娜-莱娜?"

安娜-莱娜瞥了罗杰一眼。自打兔子出了厕所,她和罗杰就再也没交谈过。

"是的。"她撒谎道。

茱莉亚握住她的胳膊,更像在鼓励她,而不是安慰。

"我不清楚你究竟觉得自己做错了什么,但老实说,为了让罗杰有成就感,你雇了伦纳特,这是我听说过的最疯狂、最古怪、最浪漫的事情了!"

安娜-莱娜试探地戳了戳盘子里的比萨。

"罗杰本来应该有机会升职的,我总是想,明年就轮到他了。可时间比你想的过得快多了,那么些年一眨眼就过去了。有时候我觉得,假如你们在一起生活很长时间,而且又有孩子的话,生活就有点儿像不停地爬树,上去再下来,上去再下来,你试着应付一切,做个好人,不停地往上爬,几乎顾不上看看对方。年轻的时候你是不会注意到这些的,但当你有了孩子,一切都会改变,有时候你甚至完全看不见跟你结婚的那个人。你们首先是家长和队友,婚姻伴侣关系成了最不重要的。总之你们就是……不停地爬树,只是偶尔会互相瞥一眼。我一直觉得,人生就应该这样,而且不得不这样,要把各种事都经历一遍。我经常告诉自己,重点在于我们爬的是同一棵树,因为那时候我觉得,我们迟早……听起来可能有点儿自命不凡……我们迟早会爬到同一根树枝上,然后就可以坐在那里,手拉着手,看看风景——我认为这就是我们老了之后的样子。可时间过得比你想象的快,永远都没轮到罗杰。"她说。

茱莉亚依然握着安娜-莱娜的胳膊,更像在安慰她而不是鼓励。

"我妈总是说,永远不要为自己道歉,永远不要为自己擅长的事表示抱歉。"

安娜-莱娜怀疑地咬了一口比萨,然后嚼着满嘴的比萨说:"明智的妈妈。"

两人静静地站在那里。

然后,外面传来"砰"的一声巨响。

又是一声。过了几秒钟,哨子般的呼啸和炸裂声接二连三地响起,犹如密密麻麻的雨点那样急促,数都数不过来。伦纳特站在离窗户最近的地方,他大声叫道:"看!烟花!"

吉姆找了个年轻警察买来烟花,然后亲自跑到那座桥边把烟花点燃。伦纳特、扎拉、茱莉亚、卢欧、安娜-莱娜、罗杰和房产经纪人来到阳台上,惊奇地站在那里。那是货真价实的烟花,绝非只能零星响几声的便宜小爆竹,五颜六色,跟下雨一样,半点儿都不含糊,因为今天就是这样的一个幸运日——吉姆碰巧也喜欢烟花。

银行劫匪和艾丝特尔站在厨房里,手挽着手望向窗外。

"克努特会喜欢的。"艾丝特尔点点头。

"我希望您也喜欢。"劫匪哽咽道。

"我很喜欢,你真是个可爱的孩子。谢谢你!"老太太说。

"非常抱歉,给大家带来这么多麻烦。"银行劫匪抽着鼻子说。

艾丝特尔不高兴地噘起嘴巴。

"也许我们可以跟警察好好解释解释,告诉他们这是个误会?"她问。

"不,我觉得不行。"劫匪说。

"也许你可以逃出去?藏在什么地方?"她问。

艾丝特尔身上有酒味,眼神有点儿涣散,银行劫匪本想和盘托出,但随即意识到,艾丝特尔知道得越少越好,这样老太太接受警察的讯问时,就不用为劫匪说谎了,所以银行劫匪只是把刚才的话重复了一遍:"不,我觉得不行。"

艾丝特尔紧紧握住劫匪的手。虽然她无能为力,但是烟花很美,克努特会喜欢的。

看完烟花,银行劫匪走进客厅,其他人也从阳台回来了。劫匪悄悄地向房产经纪人示意,表示想跟她谈谈,可房产经纪人正忙着跟罗杰争论茱莉亚和卢欧该付多少钱才能买下这套房。

"好吧!好吧!"最后,房产经纪人叫道,"我可以再降一点儿,但这只是因为我必须把另外那套公寓在两周之内卖出去,我不希望出现两套房子互相拉价的情况!"

罗杰、茱莉亚和卢欧朝同一个地方歪了歪头,三颗脑袋撞在了一起。

"另外那套……是哪个?"罗杰问。

房产经纪人哼了一声,显然为自己说漏了嘴感到恼火。

"隔壁那套,在电梯的另一边,我还没挂到公司的网页上呢,要是同时卖,两套都卖不出好价钱,称职的房产经纪人都明白这个道理。另外那套看起来跟这套一模一样,就是壁橱稍微小一点儿,但不知道为什么,那边信号特别好,对现在的人来说,这一点似乎非常重要。房主是一对小情侣,两人准备分手,还在我办公室大吵一架。他们把所有家具都搬走了,只留下一个榨汁机——我能看出他们为什么不想要它,因为那个颜色真的是一言难尽……"她说。

房产经纪人絮絮叨叨地讲了半天,但已经没人真的在听了。罗杰和茱莉亚互相看了一眼,然后他俩同时看向银行劫匪,又看了看房产经纪人。

"等等,你说你要把隔壁的房子给卖了?电梯另一边那套?而且……里面现在没有人住?"为了确定某个事实,茱莉亚问。

房产经纪人终于停止唠叨,开始不停地点头。茱莉亚看向银行劫匪,她俩想到的当然都是同一件事——解决问题的可行方案。

"你带着另外那套公寓的钥匙吗?"茱莉亚充满期待地笑着问,她觉得这是十拿九稳的事儿。

不幸的是,房产经纪人扭过脸来看着茱莉亚,好像这个问题非常荒谬。"我为什么要带着那套房子的钥匙?我还没开始卖,还有两个星期呢!你觉得我会为了好玩,随身带着别人家的钥匙吗?你把我想成什么样的房产经纪人了?"她说。

罗杰叹了口气。茱莉亚更加无奈地叹了口气。银行劫匪连气儿都没了,深深地陷入了绝望之中。

"我有过外遇!"这时,艾丝特尔在公寓的另一头开心地叫道,因为她又在厨房里发现了一瓶酒。

"行啦,艾丝特尔。"茱莉亚说。老太太没理她,不能否认的是,她喝得有点儿醉了,因为壁橱里的酒对这位上了年纪的女士来说已经够多的了。

"我有过外遇！"她嘟囔道，眼睛定定地望着银行劫匪，劫匪突然感到有些紧张，担心假如老太太接着讲下去，会泄露出什么不堪入耳的细节。艾丝特尔挥舞着酒瓶子，继续叫道："他喜欢看书，我也喜欢，但我丈夫不喜欢。克努特喜欢音乐，我觉得音乐也挺好的，可那不一样，对吧？"

银行劫匪礼貌地点了点头。

"没错。我也喜欢看书。"她说。

"我一看见你就猜到了！你好像也是那种认为大家不仅需要新闻报道，也需要童话故事的人！你一进来的时候，我就喜欢上你了！你知道吗？你是搞砸过事情、抢银行什么的，可谁没搞砸过事情呢？有趣的人至少都做过一次傻事！拿我来说吧，我有过外遇，背着克努特，跟一个像我一样喜欢书的人来往，现在无论我读到什么东西，都会同时想起他们两个！他给过我他家的钥匙，我从来没告诉克努特我留下了那把钥匙！"艾丝特尔说。

"拜托，艾丝特尔，我们正在……"茱莉亚说。艾丝特尔还是没理她，只见她伸出一只手，沿着书架摸了过去。她最后一次在电梯里遇到那位邻居时，他给了她一本很厚的书，是个男人写的。在这本书好几百页的某个地方，他画出了一句话：直到相爱，我们才会醒来。作为交换，艾丝特尔给他一本女人写的书，因为是女人写的，这本书不需要几百页的篇幅就能说清楚作者的意思。在开头没几页的地方，艾丝特尔画出了一句话：爱是希望你存在。

她的手指抚摸着书架上的书脊，眼睛却根本没有看着它们，好像是在梦游。突然，一本摆在书架正中的书掉到了地上，它不是故意要掉下来的，而是艾丝特尔的指甲恰巧碰到了它的书脊。它平摊着落下来，显露出其中的几页，一把钥匙从书页之间弹了出来，然后"当啷"一声，落在镶木地板上。

艾丝特尔的胸口急促地起起伏伏，虽然有些口齿不清，眼睛却亮亮的："克努特生病之后，我们把这套房子给了女儿。我以为她或许愿意带着孩子搬到这里，可这个想法显然很蠢。他们不想住在这里。他们有自己的生活，在他们自己的地方。从那以后，这里就只有我了。呃……你们能看出来……这个地方对我来说太大了，不适合独居。所以最后我女儿说，我们应该卖掉这里，然后给我买一套小的，那样更好收拾，她说。我给好几个别的房产经纪人打过电话，他们都说，快过年了，不适合安排看房，可是我……我想在一年中的这个时候找人说说话……所以，这位房产经纪人过来之前，我先躲了出去，然后假装成看房的，跟你们一起进来。因为我不想把公寓卖给自己完全没见过的陌生人，它不仅仅是一套房子，也是我的家，我不想把它交给那些只是买下来过一过手就卖给别人赚差价的二道贩子。我希望住在这里的人能够像我一样，也喜欢在这里生活。对年轻人来说，理解这些也许有点儿难。"

这不是真的，因为在场的每个人都非常理解她的意思。可就在这个时候，房产经纪人清了清嗓子。

"原来……您女儿委托我卖房之前，你们还联系过别的房产经纪人？"她问。

"噢，不，她只是想先给别的房产经纪人打电话试试，看看他们有什么反应！最后肯定还是要联系你的。"艾丝特尔笑着说。

房产经纪人终于认命地拂掉了她外套上的灰尘和她的自负。

"所以，这把钥匙是……"银行劫匪开口道，她盯着地上的钥匙，依然有点儿不敢相信。

艾丝特尔点点头。

"我的那位老相好——他家就在隔壁，电梯的另一边。他也是在那里死掉的。他的公寓挂牌出售时，我站在书架前面，心想，要是我在克努特出现之前遇到了他，会发生什么？当你老了的时候，就会经常这样放纵一下自己的想象力。一对小情侣买了他的房子，他们一直没换锁。"她说。

茱莉亚清了清嗓子，显然很吃惊。

"可是……抱歉，艾丝特尔，您是怎么知道他们没换锁的？"她问。

艾丝特尔尴尬地咧咧嘴巴。

"我偶尔会……呃，我其实从来没真的打开过那扇门，我又不是小偷，但我……会把钥匙插进去试试。那对小情侣分手，对我来说并不奇怪，因为我在壁橱里抽烟的时候，经常听到他俩吵架。壁橱那里的墙很薄，什么都能听见，这么说吧，有些声音连斯德哥尔摩人听到了都会吓一跳。"她回答。

银行劫匪把那本书放回书架，紧紧握住钥匙，然后低声告诉其他人："我不知道该说什么。"

"什么都不用说，直接去那套公寓里躲着吧，等风头过了再出来，然后你就能回家找你的女儿们了。"艾丝特尔说。

劫匪松开拳头时，钥匙在她掌心跳起了舞，她几乎握不住它。

"我没有家可以回。付不起房租。我不希望你们为了我向警察说谎。他们会问你们知不知道我是谁、躲在哪里，我不想让你们为了我撒谎！"她叫道。

"我们当然会为了你撒谎的。"卢欧大声表示。

"不要担心我们。"茱莉亚轻声说。

"其实我们谁都不用撒谎。"罗杰说，"只要装痴卖傻就行了。"

"没错，这很简单！因为对你们来说，装痴卖傻根本算不上什么挑战！"扎拉叫道。她说的话头一次听起来不再像是侮辱，反而挺真诚。

安娜-莱娜若有所思地冲着银行劫匪点点头。

"罗杰说得对,我们只需要装痴卖傻就行了。我们可以说你从来没摘下过面罩,所以我们没法描述你长什么样。"她说。

劫匪试图抗议,但他们没给她机会。随后有人敲门,罗杰走进门厅,趴在猫眼上一看,吉姆站在外面。这个时候,罗杰才意识到真正的问题是什么。

"该死,那个警察守在楼梯间里!你没法在他眼皮底下溜进那套公寓!我们刚才没想到这个!"他叫道。

"也许我们可以分散他的注意力?"茱莉亚建议。

"我可以往他眼睛里滋柠檬汁!"卢欧点点头。

"也许我们可以试着跟他讲理?"艾丝特尔满怀希望地说。

"除非我们一起跑出去,扰乱他的视线!"安娜-莱娜大声思考道。

"最好是全都脱光!一丝不挂的迷惑性更强!"伦纳特从专家角度发表了经验之谈。

扎拉就站在他旁边,他这么说,很可能就是为了听她骂他"该死的白痴"的,然而扎拉却说:"也许我们可以贿赂他。那个警察。因为大多数男人都是可以收买过来的。"

伦纳特当然注意到,她本可以说"大多数人",不用非得说"大多数男人",但他忍不住觉得,这说明扎拉还是愿意加入他们这个小群体的。

银行劫匪拿着钥匙站了半天,虽然很想把吉姆的计划告诉大家,但最后她还是非常谨慎地说:"不,如果你们知道了我的逃跑计划,就只能对警察撒谎了,但要是你们什么都不知道,走出这个门之后,完全可以和警察实话实说:你们出去之后,就关上了公寓门,把我留在这里。至于后来我怎么了,你们什么都不知道。"

他们看起来似乎想要反对(扎拉除外),但最后还是点头同意了(甚至连扎拉也点了点头)。艾丝特尔给吃剩的比萨包了保鲜膜,放进冰箱,又把自己的电话号码写在一张小纸条上,塞进银行劫匪的口袋里,小声说:"请在安全的时候给我发短信,否则我会担心的。"劫匪答应了。然后所有人质走出公寓。罗杰是最后一个出来的,他小心翼翼地关上了门,直到门锁发出闭合的"咔嗒"声。吉姆引导众人走下楼梯,等在楼下的杰克会护送人质登上警车,让他们前往警察局接受讯问。

吉姆独自在楼梯间里等着,过了一会儿,杰克上来了。

"银行劫匪还在里面?你确定?爸爸?"杰克问。

"百分之百确定。"吉姆说。

"很好!谈判专家很快会给劫匪打电话,劝他主动投降。否则我们就得破门而入了。"杰克说。

吉姆点点头。杰克环顾四周,趴到电梯旁边,捡起一张纸。

"这是什么?"他说。

"好像是幅画?"吉姆说。

杰克把画装进口袋,看了看表。谈判专家打电话的时间到了。

那个"像是电话的玩意儿"塞在一只比萨盒子里,是卢欧发现的它,可她当时很饿,所以看到比萨盒里的电话,她只是稍微觉得有点儿奇怪,就随手把它搁到了一边,决定先吃饭再研究这是怎么回事。吃完比萨,她就把这件事忘得干干净净,因为还有许多事让她分心,比如欣赏烟花。假如你不认识卢欧,很可能想不到她有多么的心不在焉,但你大概能想象出,吃完自己那份比萨之后,卢欧是怎么掀开其他所有比萨盒子，吃掉别人留下的饼皮的——就在这个时候，罗杰转过身来，劝她不要担心，因为他现在确信她会成为一个好家长，因为只有合格的父母才会像她这样吃掉别人比萨盒子里的饼皮，这样的评价对卢欧而言意义重大，于是她哭了起来。

因此，那部特殊的电话就这样留在了沙发旁边的那张三条腿的小桌子上，无人过问，像一只趴在冰块上的蜘蛛，随时都有可能从晃晃悠悠的桌子上滑下去。所有人质离开后，银行劫匪仔细地擦了擦她的手枪，这才把它放在电话旁边，因为罗杰看过一部介绍警察如何在犯罪现场寻找指纹的纪录片。她还把滑雪面罩扔进了火堆，因为罗杰说，警察也许能从各种各样的东西上提取到罪犯的DNA。

然后，银行劫匪走出公寓大门。吉姆独自站在楼梯平台上。两人彼此对视，银行劫匪感激万分，吉姆忧心忡忡。她给他看了钥匙，他松了一口气。

"快点儿。"他说。

"我只想说……我没把你帮助我的事告诉任何人，因为我不希望他们接受讯问的时候为我撒谎。"她说。

"很好。"他点点头。

劫匪用力眨着眼睛，徒劳地想把里面的泪水挤掉，因为她当然明白，自己其实已经是在要求某一个人为她撒谎了，而且他从来都没有为了别人撒过这么大的谎。然而吉姆不打算给她道歉的机会，所以他只是把她往电梯门的另一边推了推，低声说："祝你好运！"

银行劫匪走进隔壁那套公寓，锁上了门。吉姆独自在楼梯间里站了一分钟，想了想他的妻子，希望她能为他感到骄傲——至少不会真的生他的气。全体人质安全地坐进车里，前往警察局。杰克急忙跑上楼。谈判专家拨打电话联系劫匪。那把枪掉到了地板上。

67

回到警察局，吉姆告诉了杰克真相，全部真相。他儿子想要发火，但是已经没时间发火了，作为一个好儿子，杰克决定先想办法应对目前的情况。安排人质从警察局的后门离开之后，杰克朝前方的警局正门走去。

"不需要你来承担这一切，儿子，还是让我去吧。"吉姆沮丧地说。但他把后面那句话咽了回去：对不起，我对你说了谎，但你应该明白，我做了正确的事。

年轻警察坚定地摇了摇头。

"不，爸爸。你就在这儿待着。"他说。

杰克也咽下了一句话：你已经惹了够多的麻烦了。他来到警察局大门口的台阶上，告诉等在那里的记者：他本人，杰克，为警方的全部行动负责，他们没有抓到罪犯，没人知道他去了哪里。

有的记者开始大喊"警察无能"，其余的记者则只是边做笔记边幸灾乐祸地笑，准备在接下来的几个小时里用新闻报道和博客文章把杰克送上绞架。耻辱和失败都将是杰克一个人的，责任由他一个人承担，不会有其他人受到指责。警察局里，他的父亲两手捂脸坐在那里。

第二天一大早，斯德哥尔摩的警探们来到了镇上，这是新年的前一天。读过了全体证人的证词、跟杰克和吉姆谈了话、察看了所有证据之后，这群斯德哥尔摩人轻蔑地哼了一声，用比洗洁精广告片还要目空一切的腔调宣布，他们已经没有资源再做更进一步的调查了，所以案子到此为止——反正没有人在劫持人质事件中受伤，劫匪抢银行的行为也没造成实际的财产损失，没有真正的受害者。

作为斯德哥尔摩人,他们得把资源用在真正需要的地方,更何况现在是新年的前一天,谁会愿意留在这个小镇上过年呢?

他们急着回家,杰克和吉姆会看着他们驱车离开。那些记者也不见了,甚至比斯德哥尔摩人消失得还要早,显然已经再次出发,奔向他们心目中的另一个大新闻——无论什么时候,总有下一个即将离婚的名人。

"你是个好警察,儿子。"吉姆低着头说。其实他还想再添一句:更是个好人。可他说不出来。

"你并不总是一个好警察,爸爸。"杰克笑着仰起脸,望向远处的云层。他也想再添一句:但是除了做警察,其余的我都是跟你学的。可他说不出来。

不过,接下来他们会一起回家,一起看电视,一起喝啤酒。这就够了。

68

警察局后门的台阶上,艾丝特尔轮流拥抱了每一个人。(当然,扎拉除外,她用挎包成功格挡住了来自老太太的拥抱,敏捷地跳到一边。)

"我得说,如果非当人质不可的话,没有谁比你们更适合做伴的啦。"艾丝特尔笑着告诉大家——包括扎拉。

"您想和我们一起喝杯咖啡吗?"茱莉亚问。

"不,不,我得回家了。"艾丝特尔微笑着说。接着,她突然严肃地看向房产经纪人:"非常抱歉,我改了主意,不打算卖房了,那里毕竟是我的……家。"

房产经纪人耸了耸肩。

"我觉得，您这么做其实很可爱。人们总以为房产经纪人就知道卖房子，但那些不打算卖掉的房子……嗯……我也不知道该怎么说……"她说。

伦纳特帮她找到了合适的字眼："不打算卖掉的房子自有它们的浪漫之处。"

房产经纪人点点头。艾丝特尔快活地一连深呼吸了好几次：她马上就要跟茱莉亚和卢欧做邻居了，她们的家就在同一个楼梯平台的两边，她和茱莉亚可以在电梯里换书看。艾丝特尔首先要把她最喜欢的诗人的书拿给茱莉亚看，她会在其中一页折个角，把她觉得最美的句子画出来。

一切都不会发生在你身上

不，我在说什么

一切都必须发生在你身上

那将会是多么的美妙

作为交换，茱莉亚拿给艾丝特尔的书类型截然不同，是一本斯德哥尔摩的旅游指南。

卢欧会失去她的父亲，她每周都会去看他，虽然他的身体还在地球上，但灵魂属于天堂。卢欧的妈妈会找到力量应对这个损失，因为另一个男人会向她证明生生不息的道理——茱莉亚会紧紧握着卢欧的手把他生下来，因为握得太用力，护士会为两个妈妈分别准备止疼药——孩子出生之前给茱莉亚，出生之后给卢欧。

卢欧会睡在孩子旁边，身下铺着白床单，却一点儿都不害怕，因为她曾经为了他翻山越岭，将来也会为了他做任何事，假如有必要，甚至还会抢银行。卢欧和茱莉亚会是好妈妈——反正已经足够好了。

茱莉亚还是会把糖果藏起来，但她同意卢欧留下那群鸟。猴子和青蛙会喜欢上这群小东西，每天都去看它们，就算茱莉亚给她俩很多钱，她们也不会像别的小孩那样敞开鸟笼子，然后拔腿就跑。茱莉亚和卢欧还是会吵架，然后和好，只要你更擅长和好，就不用害怕吵架——她们会先大声吆喝，然后更大声地笑，两人和好的时候，墙壁会跟着摇晃，连坐在壁橱里的艾丝特尔都会替她们感到害臊。她们的爱会持续下去，永远都像一家花店。

警察局外面，扎拉飞快地蹿下台阶，生怕还会有什么人试图拥抱她。伦纳特着急地跟在后面。

"你想拼个出租车吗？"他问，好像还嫌扎拉不够心烦似的。

从扎拉的表情来看，她以前似乎从来没拼过车，至少很久没干过类似的事了，不过，沉默了半天之后，她喃喃地说："你必须坐前面，还有，不能拦那种后视镜上挂着一大串垃圾装饰品的车，这是原则。"

安娜-莱娜依然坐在台阶上，罗杰也在旁边坐下来，尽量跟她靠在一起。安娜-莱娜伸出手指，抓住了他伸过来的手指头。她想说声"对不起"，他也想跟她这么说，但有时说出这个词比你想象的要难，尤其是当你们已经一起爬了很久的树之后。

她抬头望着天空，天早就黑了下来——铁石心肠的十二月。但她知道宜家还在营业，有盏灯始终在远处等着他们。

"我们可以去看看你上次说的那种厨房台面。"她小声说。

看到他摇头的时候,她崩溃了。罗杰很久都没说话,因为他在不断地改变主意。

"我觉得,也许我们可以干点儿别的。"终于,他嘟嘟囔囔地说。

"什么意思?"

"看个电影什么的,如果你愿意的话。"

幸亏安娜-莱娜早就坐下来了,她现在要是还站着,肯定已经站不住了。

然后他们去看了一段编造出来的东西,因为人们有时候也需要听听故事。在黑漆漆的观众席,他俩手牵着手,安娜-莱娜感觉自己像是走在了回家的路上,罗杰则觉得他已经做得足够好,再也不用证明什么了。

艾丝特尔赶回她的公寓。她在路上打电话告诉女儿,不要为劫持人质事件担心,也不用为妈妈一个人住在那套空荡荡的大房子里担心,因为她再也不会孤单了。艾丝特尔会被迫把烟戒掉,因为跑到她家租房的那个年轻女人连她躲在壁橱里抽烟都不让。

确切地说,这个年轻女人是从艾丝特尔女儿那里租下了整套房子,然后把其中一个房间转租给艾丝特尔,租金也是六千五百克朗。公寓的冰箱上,挂着一张有猴子、青蛙和麋鹿的皱巴巴的画,趁吉姆出去倒咖啡时,艾丝特尔把它从警察局的讯问室偷了回来。每隔一周,猴子和青蛙就会天天在艾丝特尔的厨房跟妈妈一起吃早餐。此后的许多年里,每逢岁末年终的最后一夜,她们还会在厨房的窗前一起看烟花。最终,艾丝特尔人生中没有克努特的最后一夜到来的时候,大家也会陪伴她度过那个晚上。

在艾丝特尔的葬礼上,卢欧会提议在墓碑上刻下这样的铭文:

"这里躺着艾丝特尔,她非常喜欢她的酒!"茱莉亚会踢卢欧的小腿一脚,但没那么用力。她们的儿子会拉着两个妈妈的手离开墓园。在茱莉亚的余生中,她会一直保留老太太的书,还有她的那些酒瓶子。猴子和青蛙长成青少年的时候,还会躲进艾丝特尔的壁橱里偷偷抽烟。

在类似于天堂的某个地方,艾丝特尔会和一个男人听音乐,跟另一个男人讨论文学。这是她应得的。

噢,对了,离这座公寓楼不远的地方,另一座公寓楼的地下室里——某位做过银行劫匪、有两个小女儿的母亲在这儿睡过觉,当时的她既孤独又恐惧,劫持人质事件发生后的第二天,她用过的那箱毛毯还放在这儿。因为她拿走了毛毯底下的那把枪,新年过后,别处的某家银行免除了遭抢的命运,藏手枪的那个家伙把地下室翻了个底朝天,怎么都想不明白,什么样的王八蛋会专程跑到这里来偷枪呢?

一定是白痴才会这么干吧。

69

办公室外面的窗台被积雪压歪了。心理医生正在和她父亲通电话。"亲爱的纳迪娅,我的小鸟。"他用家乡的语言说,因为"鸟"在那里是一个听上去更美的词。"我也爱你,爸爸。"纳迪娅耐心地说。他以前从来不会跟她这样说话,可就连程序员步入老年之后也会变成诗人。纳迪娅一遍又一遍地向他保证,第二天去看他时,她一定会非常小心地开车,但他还是更希望亲自过来接她。爸爸始终是爸爸,女儿始终是女儿,连心理学家都无法完全和这样的现实达成妥协。

纳迪娅挂断电话,听见了敲门声,敲门的人似乎不想触碰门板,在用伞尖敲门。心理医生过去敲开门,只见扎拉站在外面,手里拿着一封信。

"你好?对不起,我记得……我们今天这个时候好像没有预约?"纳迪娅纳闷地说,她先是翻了翻工作日志,又拿起手机看时间。

"不,我只是……"扎拉看似平静地说,可雨伞的金属辐条柔和地颤抖着,出卖了她的内心——纳迪娅注意到了。

"进来吧,快进来。"她不安地说。

扎拉眼睛下方的皮肤满是细小的纹路,似乎被里面的东西挤压得马上就要裂开。她盯着"桥上的女人"看了几分钟,然后问纳迪娅:"你喜欢你的工作吗?"

"是的。"纳迪娅犹疑地点点头。

"你快乐吗?"扎拉问。

纳迪娅想伸出手去碰碰她,但是忍住了。

"是的,我快乐,扎拉。虽然不是一直这样,但我知道,一个人没必要时时刻刻都快乐。不过我已经……足够快乐了。你来这里就是问这个的吗?"心理医生回答。

扎拉望向纳迪娅身后。

"你曾经问我,为什么喜欢自己的工作,我说那是因为我很擅长。可是最近,我会突然不由自主地想,我之所以喜欢自己的工作,是因为我相信它。"她说。

"这是什么意思?"心理医生用专业人士的语气问,尽管她想非常不专业地表示,她很高兴能见到扎拉,而且经常想到她,担心她可能会做出想不开的事。

扎拉伸手指向墙上的那幅画，尽量不碰到画中的女人。

"我相信银行的社会作用，我相信秩序。我向来都不否认，我们的客户、媒体和政客其实全都讨厌我们——因为这正是我们的目的。银行是经济体系的压舱石，把整个体系变得迟钝低效、官僚主义和难以操纵，从而阻止世界陷入太多的困境。人们需要官僚主义，这让他们在做傻事之前有时间三思而后行。"她说。

扎拉沉默了。心理医生安静地坐在椅子上。

"请原谅，我可能是在瞎猜，扎拉，不过……听起来，你好像变得跟以前有点儿不一样了。"她说。

扎拉抬起头，第一次直视着纳迪娅的眼睛。

"房地产市场会再一次崩溃，就算不在明天，那也是早晚的事。作为银行，我们很清楚这一点，可我们还是往外借钱，当借钱的人失去一切的时候，我们就说这是他们的责任，这是游戏规则，全都是他们自己的错，因为他们太贪婪了。可这当然不是事实，大部分人并不是贪婪，而是……就像我们讨论这幅画的时候你说的那样：他们需要找到可以抓住的东西，可以为之争取的东西——他们只是想要有个住的地方，在那里抚养孩子和过自己的生活。"她说。

"我们上次见面之后，你遇到什么事了吗？"心理医生问。

扎拉心烦意乱地笑了笑，不知道该怎么回答这个问题，所以她再一次答非所问地说："现在无论什么事都好像变得轻松简单了，纳迪娅，银行也不再是压舱石。一百年前，几乎每个在银行工作的人都知道他们是怎么赚钱的，可是如今的每家银行里面，清楚这一点的不会超过三个人。"

"所以你是质疑自己在银行的作用吗？因为你觉得再也看不懂银行的盈利模式了？"心理医生猜测。

扎拉的下巴从一边移动到另一边。

"不，我辞职了。因为我意识到，我自己就是这三个人的其中之一。"她回答。

"接下来你打算做什么？"纳迪娅问。

"我不知道。"扎拉表示。

心理医生终于有了重要的观点想要表达，虽然这句话不是她从大学里学来的，可她知道，每个人也许都需要明白这个道理。

"一无所知是个很好的开始。"她说。

扎拉没有再说什么，只是不停地搓手和数窗户。纳迪娅的办公桌很窄，但要是中间没隔着这张桌子，两个女人很可能不会坐得如此靠近。有些时候，我们需要的并非距离，而是障碍。扎拉的举止很谨慎，纳迪娅也小心翼翼。沉默良久之后，心理医生终于鼓起勇气再次开口。

"还记得刚开始咨询那阵子，你问过我一个问题吗？什么是'惊恐发作'？我觉得我当时回答得不怎么好。"她说。

说到这儿，心理医生摇了摇脑袋，扎拉忍不住笑了起来。然后，纳迪娅用她自己的话解释了什么是"惊恐发作"，没有借用她在心理培训中学到的定义或者从其他人嘴里听来的理解，她说："你知道吗，扎拉？教科书上说，谈论惊恐发作有助于缓解这种症状。遗憾的是，在我看来，大多数人都对它缺乏了解——假设某天早晨，他们来上班时显得无精打采，被同事和老板问起原因的时候，与'我得了焦虑症'相比，'我昨天晚上喝多了'这种回答也许会获得更多的同情。但我认为，我们每天在街上碰到的许多人，其实也会有着跟你我差不多的感受，他们只是不知道那是怎么回事而已。由于莫名其妙的呼吸困难而四处求医，却一连几个月都弄不清病因的男男女女十分常见，他们只觉得自己的肺有毛病，很难承认是别的地方出了问题,比如……精神方面的崩溃。那是一种灵魂的疼痛,是血液中无形的铅块,压在胸口的难以形容的巨石——然而大脑只会欺骗我们,吓唬我们:你快要死了。可是,扎拉,我们的肺没毛病,我们不会死,你我都不会。"

这些话回荡在两个女人之间,在她们的视网膜上跳起了隐形的舞蹈。我们不会死。我们不会死。我们不会死,你我都不会。

"可人都是要死的!"扎拉终于忍不住提出了异议,心理医生哈哈大笑。

"你知道吗,扎拉?也许你可以把撰写幸运饼干的签语当成自己的新工作?"纳迪娅调侃道。

"爱吃甜点的人只配得到一种签语:'这就是你变成胖子的原因'。"扎拉反唇相讥,接着她也笑了,可这一次颤抖的鼻尖出卖了她的内心——她先是尴尬地往窗外瞥了一眼,然后悄悄移回视线,打量着纳迪娅的手、脖子和下巴,就是不敢看向她的眼睛。随之而来的沉默是她们历次咨询之中最长的。终于,扎拉闭上双眼,抿起嘴巴,她眼睛下面的皮肤终于自暴自弃地松了劲儿,从中渗出的恐惧化成脆弱的泪滴,落在桌子边上。

她非常非常缓慢地让那封信滑出自己的手掌,心理医生犹豫了一下,把信捡了起来。扎拉想要小声告诉纳迪娅,就是因为这封信,她才会到这里来。那个男人跳桥十年后,她头一次需要有人把他写给她的这封信念给她听,然后在她的胸口腾起火焰的时候,阻止她跳下去。

她还想要小声讲出整个故事——包含那座桥和纳迪娅的故事,还有她是怎么看到那个男孩跑到桥上救下纳迪娅的,从那以后,她每天都会思考人与人之间的差异……然而她只能勉强挤出几个字:"纳迪娅……你……我……"

纳迪娅很想隔着办公桌拥抱对面这位上了年纪的女士,可是她不敢。所以,趁扎拉还没睁开眼睛,心理医生轻轻地把小拇指伸到信封背面,挑开了封舌,从里面拿出一张十年前就写好了的纸条,上面只有五个字。

70

桥被冰雪覆盖。晨曦笼罩地平线之前,几颗残星勇敢地释放着最后的光亮,桥梁冰封的外壳折射出晶莹的反光。整个小镇仍在酣睡,孩子们裹在羽绒被里做着美梦,无意识地摇晃着小脚丫,这是大人们的心跳持续下去的动力。

扎拉站在桥栏旁边,俯身向栏杆外侧看去,在时间近乎静止的一瞬,她仿佛马上就要跳下去了,可假如有人看到她的表情,了解她的过往和近几天来遇到的事情,就会知道,她根本不打算跳下去,经历了这些之后,没有人会以这种方式结束一个故事。她不是那种会跳下去的人。

那么,然后呢?
然后她松开手,让那封信掉了下去。

就算你站在那里,也几乎察觉不到它的坠落,它落到水上的时间也比你想象的长。纸张被风推得划过水面,发出轻柔的刮擦声,颤抖皱缩着逐渐漂远。从在门口的擦鞋垫上拾起它时开始,曾经一万次紧紧握住这封信的十根手指终于放弃挣扎,让它驶向了最终的归宿。

十年前，寄来这封信的男人把他认为她应该知道的事全都写在了里面，这是他告诉别人的最后一件事，只有短短的五个字，随便什么人都可以对另一个人说出这几个字：

不是你的错。

信落到水面上的时候，扎拉已经走向了桥的另一头，有辆车停在那里等她，里面坐着伦纳特。扎拉打开车门，两人对视了一眼。无论她把音乐的音量调到多高，他都不会抗议。她决定想方设法让自己厌烦他。

71

人们说，性格是个体经验的总和——可这不是真的，至少不完全对，因为假如现在的我们完全是由过去定义的，那么肯定谁也无法忍受自己。一个人需要有机会自我说服，相信自己并不仅仅是昨天所犯下的一切错误的总和，我们也是所有自身选择的总和，以及未来每一个明天的总和。

女孩总以为，世上最奇怪的事，莫过于自己永远没法对妈妈生气，她的这个感觉仿佛被一只打不破的玻璃罩子给扣住了，怎么都摆脱不了。葬礼结束后，她在家大扫除，从隐蔽的角落里掏出许多空掉的金酒瓶子，她始终不忍心告诉妈妈自己早就知道她偷藏了这么多酒，因为这很可能是酒鬼父母最后的生命线——不让孩子知道自己酗酒，或者自以为他们不知道，就好像纸是能包住火的一样。当然包不住，女儿想，还会烧到你的孩子们。

有一回，母女俩坐在沙发上，妈妈凑到女儿的耳边，含含糊糊地说："性格是经验的总和——要是有人告诉你这话不对，别相信他们。所以，别担心，我的小公主，你永远不会心碎，因为你来自一个破碎的家庭；你也不会成为浪漫的人，因为破碎家庭的孩子不相信永恒的爱。"后来，妈妈趴在女儿的肩膀上睡着了，女儿给她盖了一条毯子，擦掉洒在地上的金酒。"你错了，妈妈。"她在黑暗中小声说道。女孩说得对。除了浪漫主义者，没人会为了孩子抢银行。

因为女孩长大了，有了自己的女儿——猴子和青蛙。即使没有说明书，她也努力成为一个好妈妈、好妻子、好员工，还有好人。她每分每秒都害怕失败，不过她也真诚地相信，一切都会好起来，哪怕只是暂时的，所以她就放松了一下，结果被出轨和离婚打了个措手不及。犹如晴天霹雳，生活把她放倒了。大多数人都会遇到类似的事，或许也包括你。

几周前，放学回家的路上，麋鹿、猴子和青蛙像往常那样从公交车上下来，步行穿过那座桥。走到一半的时候，孩子们停住脚步，妈妈起先没注意，回过头才发现两个女儿站在她身后十码开外的地方。原来，猴子和青蛙买了一把挂锁，准备把它挂到桥栏杆上。她们在网上看见，有人把锁挂在别的镇的桥栏杆上，因为"这样可以把爱锁定，你们的爱永远不会停止"！

妈妈的心沉了下去，因为她觉得女儿们肯定是担心她离婚后就不爱她们了，担心一切都变得不一样、她不再是她们的。于是妈妈抽抽噎噎、前言不搭后语地给两个孩子解释了十分钟，耐心地听妈妈说完之后，女儿们捧着妈妈的脸，小声告诉她："妈妈，我们不是担心失去你，我们只想让你知道，你永远都不会失去我们。"

她们把锁挂在合适的位置上，锁舌发出清脆的"咔嗒"声。猴子把钥匙往栏杆外面一扔，钥匙回旋着飞向水面。三个人都哭了。

"永永远远。"妈妈低声说。"永永远远。"女儿们重复着。

她们继续向前走，小女儿说，第一次在网上看到桥上挂着锁的图片时，她还以为这是为了防止有人把桥偷走，也可能是挂锁的人担心他们的锁被偷走，所以才把锁挂在了桥上……后来，姐姐负责任地给妹妹解释了这是怎么回事，而且没有让妹妹觉得自己傻。听到这里，妈妈不由自主地觉得，她和孩子们的爸爸至少做对了一些事，因为两个女儿已经有能力承认自己的错误，也能原谅别人的错误了。

那天晚上，她们吃了比萨，这是猴子和青蛙的最爱。在那个月租六千五百克朗的小公寓，三个人躺在床垫上睡觉，就是在这个时候，妈妈发现自己不知道该如何支付下个月的房租，于是在黑暗中坐了起来。没多久就过圣诞节了，然后是新年，她知道女儿们多么期待看到烟花。一想到她们仍然信任她，却不知道她搞砸了那么多事，她就痛苦万分。黎明时分，她给两个孩子收拾书包，一本笔记从大女儿的包里掉出来，她正要把本子放回去，发现其中的一页开头写着"两个王国的公主"几个字。起先妈妈觉得生气，因为她一直教育女儿，不能总想着变成公主，她希望她们成为战士。出于对妈妈的爱，两个孩子照做了，但也可能只是摆个样子给她看看，因为孩子没有关心父母的义务。大女儿的老师要求学生们写一篇童话故事，于是她写了《两个王国的公主》。故事说，有位公主住在一座美丽的大城堡里面，一天晚上，公主在她床底的地板上发现了一个洞，洞穴深处存在着一个神秘的魔法世界，生活着各种各样大女儿想象出来的奇幻生物，比如龙和巨魔。女儿绝妙的想象力和对现实的拼命逃避让母亲既折服又心碎，母亲脑子里不停地想着：现实生活得有多么糟糕，才会让一个孩子如此逃避？起初，魔法世界的生物全都平静而快乐地生活着，它们的小世界没有痛苦，然而故事里的公主很快发现了一个可怕的事实：这个神奇的魔法世界——她所有的新朋友都住在这儿——坐落在两个不同的王国的两座不同的城堡之间。其中一个国家的国王是男人，另一个的国王是女人，他们正在进行一场恐怖的战争。两位国王派出军队，互相发射可怕的武器，而两个王国的城墙都是又高又厚，无法攻破。最终，女孩意识到，战争不会摧毁任何一个王国，只会毁灭它们之间的一切。正是在这个时候，她看穿了真相：男国王和女国王就是她的父母，公主就是她自己，两国开战的原因是为了她，两位国王都想把她抢过来。读完故事的最后一句话，妈妈看到躺在床垫上的女儿们快要醒了，此时她的心也已经碎成了粉末。因为故事的结尾写道，有天晚上，公主向所有的新朋友道别，一个人走进黑暗之中，再也没有回来。她知道，假如自己消失了，战争就没有了继续下去的意义，这样她就能拯救两个王国和它们之间的那个小世界了。

　　两个女儿起床后，妈妈和她们一起吃早餐，努力表现得若无其事。她送孩子们去学校，然后一路走回来，站在那座桥中间，紧紧抓住栏杆上的那把锁。

　　她没有跟前夫争夺房产，没向前老板讨要补偿，没和他们的律师发生冲突，没发射任何武器，没造成任何混乱。为了孩子，她竭尽所能，避免成年人的错误影响到未成年人。当然，这不能解释她为什么抢银行，也无法成为她抢银行的借口，可要是你的脑子里偶尔也会冒出同样非常糟糕的主意，请三思而后行，因为你可能还有重生的机会，因为你或许并不孤单。

　　新年前两天的那个早晨，她拿着手枪离开了家，又在同一天夜里走在回家的路上。几个小时之前发生的那次劫持人质事件，即将成为镇上的人未来很多很多年的谈资。妈妈接走两个女儿，问她们:"你们今天在爸爸家过得开心吗?"

"是的,妈妈!你呢?"小女儿问。妈妈微笑着思考了一下,然后耸了耸肩:"哦,你知道的……没什么大不了,像平常一样。"

但是当她们经过那座桥时,妈妈轻轻地把手搭在大女儿的肩膀上,在她耳边飞快又小声地说:"你是我的公主,也是我的战士,你可以既是公主又是战士——你得跟我保证,你永远都不会忘记这一点。我知道,我不是什么伟大的妈妈,你们的爸爸和我离婚,并不是因为你们……千万不要觉得这是你们……你们的……"大女儿点点头,眨了眨眼,挤掉里面的泪花。小女儿催她俩快点儿走,她们在她后面跑了起来,妈妈抹了抹脸,问女儿们晚饭想不想吃比萨,小女儿叫道:"熊会在树林里拉便便吗?!"

当天晚上,她们在妈妈的新家过夜,那套公寓属于一位善良而又足够疯癫的老太太,她的名字叫艾丝特尔。大女儿拉起妈妈的手小声说:"你是个好妈妈,妈妈。不用担心那么多。没关系的。"

她们终于为两个王国之间的小世界找到了安宁,所有虚构出来的神奇魔法生物终于能甜甜地睡个好觉了——猴子、青蛙、麋鹿、老太太,大家都是。

72

新的一年到来了,当然,这个日子没有你想象中的那么重要,除非你是卖日历的。今天变成昨天,现在变成过去。冬天像一位有点儿过于自信的你家亲戚,昂首阔步地在镇上四处乱逛,指点江山。随着温度的降低,银行对面的那座公寓楼也变了颜色,当然并不明显，只是从灰色变成了白色，暂时披上一件雪外套，从表面看，似乎没有人真正愿意在这儿生活，只有那些满足于窝在什么地方的家伙才会住在这里。毫无疑问，几年之内就会有当地人指着这座楼，告诉大城市来的那些自命不凡的游客："这儿发生过劫持人质案。"游客们会扫一眼公寓楼，轻蔑地说："就这儿？嗯，好吧！"因为这种事一般不会发生在这样的小镇，大家都明白。

新年过去几天之后，一个女人走出公寓楼的大门。她在笑，她的两个女儿也在笑，因为她们刚刚说了一些让三个人全都笑弯了腰的话，笑得连鼻涕都滴到了旋转着飘下来的雪花上。她们走到垃圾桶旁边，丢掉一只比萨盒，女人忽然抬起头来，收回迈了一半步子的脚，她的一个女儿立刻爬到她身上，另一个就在旁边上蹿下跳。

天色已晚，夜幕透着一月份特有的黑，尽管落雪遮挡视线，她还是能看到街对面有辆警车。车里坐着一位老警察和一位年轻警察。她凝视着他们，两个女儿没注意到妈妈的恐惧。她只有一个念头：别当着孩子们的面。虽然时间只过去了几秒钟，可她却像是活了两辈子。女儿们的两辈子。

警车朝她这边慢慢地开了过来。

又从她身旁开了过去。

它继续往前开，向右一拐，消失了。

"就算你想抓她，我也能够理解。"坐在副驾驶的吉姆平静地说，其实他担心儿子会改变主意。

"不，我只是想看看她，这样就有两个警察牵扯进这件事了。"他儿子扶着方向盘说。

"牵扯进什么事？"父亲问。

"放走她。"杰克回答。

他们没再谈论她——公寓楼外面的那个女人,还有那个他们一直想念的人。吉姆救下银行劫匪,骗了他的儿子,杰克也许永远无法原谅父亲,不过,虽然出了这样的事,他俩还是可以向前看。

他们开着车穿过镇子,几分钟后,父亲终于开了口,眼睛没看儿子:"我知道曾经有人请你去斯德哥尔摩工作。"

杰克惊讶地看着他。

"你怎么知道的?"儿子问。

"我又不傻,呃……偶尔也有聪明的时候。有时我只是看起来挺傻的。"父亲回答。

杰克羞愧地笑了笑。

"我知道,爸爸。"

"你应该接受的。那份工作。"

杰克打开转向灯,拐了个弯,思索了半天才想好该怎么回答。

"去斯德哥尔摩工作?你知道那儿的物价有多高吗?"他叫道。

他父亲忧愁地拿婚戒敲打着储物箱的塑料盖子。

"别为了我留在这里,儿子。"吉姆说。

"我没有。"杰克说谎。

因为他明白,假如妈妈也在场,她会说,你知道吗,儿子,留在某个地方,还有更糟糕的理由。

"下班的时间到了。"吉姆说。

"你想喝杯咖啡吗?"杰克问。

"现在?有点儿晚。"父亲打了个哈欠。

"我们停车去喝杯咖啡吧。"杰克坚持道。

"为什么?"

"我想回局里,开上我的车,咱们出去转一转。"

"去哪儿？"

杰克的回答很直接。

"去看我姐姐。"

吉姆的视线一下子失去了焦点，从儿子身上偏移开来，滑向前方的路面。

"什么？现在？"

"是的。"

"为什么？为什么是现在？"

"她很快就要过生日了，你的生日也马上到了，而现在离圣诞还有十一个月……不是，有什么好问为什么的？我只是觉得她可能想回个家而已。"

吉姆必须紧盯着前方的路面和路中央的白线，才能控制住自己的声音。

"可是，至少得开二十四小时的车呢。"

杰克翻了个白眼。

"你怎么回事，爸爸？我都说了，我们会停下来喝咖啡的！"

于是他们就这么干了。一直开车，开了一夜，又开了一个白天，然后去敲她的门。也许她会和他们一起回家，也许她不会。也许她已经做好洗心革面的准备，知道了飞翔和坠落的区别，也许她还不知道。这种事没法控制，就像爱。也许那个说法是真的：在一定年龄之前，孩子会无条件、不受控制地爱你，原因很简单：你是他们的。出于同样的原因，你的父母和兄弟姐妹也会在你的余生中爱着你。

真相？真相始终是个未解之谜。我们对宇宙边界的唯一理解，就是宇宙没有边界。而关于上帝，我们只知道自己一无所知。因此,那位身为牧师的妈妈对家人的要求很简单:尽力而为。即使知道世界明天就要毁灭,我们今天也要种下一棵小苹果树。

挽救那些可以挽救的东西。

73

春天来了。它最后总能找到我们。风吹跑了冬天,树木沙沙作响,鸟儿开始大惊小怪,随着一声震耳欲聋的轰鸣,大自然的冰霜外壳倏然碎裂,带走了吞没所有回声的雪。

杰克走出电梯,表情迷惑而好奇,手里抓着一封信。有天早晨,这封信降落在他的门垫上,信封上没贴邮票,里面有张写着某个地址、楼层和办公室电话的字条,字条下面是一张那座桥的照片,照片下面又是一个信封,封了口,上面写着另一个名字。

尽管过去了许多年,在警察局看到杰克时,扎拉还是认出了他,因为她始终活在十年前的那一刻。十年后再次见到杰克,她发现他一直做着跟当年一样的事——救人。

杰克找到了信里说的那个办公室,敲了敲门。十年前,有个男人跳了桥,有个女孩没有跳。十年后,已经是年轻女人的她打开门,发现外面站着个陌生人,但是,见到她的那一刻,他的心就变成了五彩纸屑,因为他没有忘记她的模样。自从把她从桥栏杆上救回来,他再也没见过她,但还是能认出她,哪怕在黑暗之中。

"我……我……"杰克结结巴巴地说。

"你好?你在找人吗?"纳迪娅友好而疑惑地问。

他不得不伸手扶住门框,两人的指尖碰了一下。他们还不知道自己能给对方造成多大的影响。他递给她一个大信封，信封上潦草地写着他的名字，里面有一张那座桥的照片，还有写着她办公室地址的纸条，最下面还有个小信封，上面写着"给纳迪娅"，里面是一张小纸条，用相当工整的笔迹写了十一个字：

你救了自己。他碰巧也在场。

纳迪娅开始站立不稳，杰克及时扶住她的胳膊。他们开始互相打量，眼神上上下下，像在围着对方跳舞。那十一个字在纳迪娅脑子里越转越快，让她说不出一句完整的话："是你……在桥上，我那时……是你吗？"

他无声地点点头。她徒劳地组织着词句。

"我不知道该怎么……给我一点儿时间。我得……我先冷静一下。"纳迪娅说。

她走向办公桌，瘫坐在椅子上。她用了十年时间琢磨他到底是谁，现在却不知道该说些什么、从何说起。杰克小心翼翼地跟着她走进办公室，看着书架上的那张照片，扎拉每次过来，总会调整它的位置。那是纳迪娅跟一群孩子的合影，在半年前的一次大型夏令营活动时拍的：纳迪娅和孩子们说说笑笑，穿着同款T恤，上面印着资助夏令营的那个慈善机构的名字。这个机构为照片里的孩子们募集善款，他们中的每个人，都至少有过一位自杀轻生的家人。假如你觉得自己被亲近的人撇下了，一定得知道，你并不孤单，不是你的错，你没有必要背负那些无中生有的内疚和羞耻，不需要独自忍受那令人窒息的孤寂和无聊。这正是纳迪娅每年都会参加这样的夏令营的原因，为了多听少说，尽可能地笑。

她还不知道的是，那个慈善机构的户头刚刚收到了一笔捐款，它来自某个戴耳机的女人，她辞掉了银行的工作，捐出了自己的财产，跨过了一座桥。此后的许多年，他们每年都能举办夏令营了。

杰克和纳迪亚坐在狭窄的办公桌两侧，四目相对。他羞怯地笑着，过了一会儿，她也笑了，是那种既惊奇又开心的笑。接下来的十年里，也许终有一天，他们会告诉别人那是什么感觉。第一次。

74

真相？关于这一切的真相？真相是，尽管这是个千头万绪的故事，但主要还是关于白痴的。因为我们时时刻刻都在尽力而为，真的。我们努力扮演成年人，努力彼此相爱，努力搞懂到底该怎么插USB线。我们不停地寻找可以抓住的东西，可以为之争取的东西，可以抱以期待的东西，还得竭尽所能教孩子游泳……虽然拥有如此之多的共同点，我们中的大多数依然没机会互相认识，永远不知道各自之于对方的意义，不知道我会怎样影响到你的生活。

也许今天我们在人群中匆匆忙忙地擦肩而过，谁也没多看谁一眼，短暂接触的只有彼此的外套，然后各行其道。我不知道你是谁，你也不知道我是谁。

但是，白天结束后，当你晚上回到家，请别忘记放松地舒一口气，因为我们又度过了漫长的一天。

还有另一个漫长的明天在等着我们。

（全书完）

致　谢

感谢 J。很少有人像你那样影响了我的生活。你一直是我最亲切、最奇怪、最有趣、最混乱也最复杂的朋友。现在已经快过去二十年了，我依然几乎每天都会想起你。你最后受够了这一切，我很抱歉。我恨自己没能挽救你。

感谢妮姐。我们在一起十二年，结婚十年，有两个孩子，为了地板上的湿毛巾和一些我们始终形容不出来的感觉吵过一百万次架。我不知道你是怎么在两个职业之间切换得游刃有余的，你的职业和我的职业，但是没有你，就不会有今天的我。我知道我让你发疯，但我也为你疯狂。小野鸭，一起飞！

感谢猴子和青蛙。我想成为一个好爸爸。真的。可那次你们跳进车里，问"这是什么味道""你吃糖了吗"的时候，我撒了谎。对不起。

感谢尼可拉斯·纳欧达格，我不记得咱们共用了多少年的办公室了，八年还是九年？老实说，我不认识天才，可我觉得你是我认识的人里面最接近天才的一位。我也从来没有过像你这样的兄弟。

感谢里亚德·哈都奇、朱恩斯·加迪德和埃里克·爱德伦德。无论怎样都无法表达我对你们的谢意,但我还是希望你们看到我的感谢。

感谢妈妈和爸爸,我的妹妹和保罗。感谢侯尚、帕勒姆和梅里。

感谢瓦尼娅·温特尔。你还是像2013年那样固执,在我的几乎整个写作生涯中,你是唯一的始终与我合作的人。你承揽了编辑和校对的工作,就像我的另外一双眼睛,行动快如旋风,是我所有作品的好朋友。谢谢你始终如一、百分之百的支持。

感谢萨洛蒙松经纪公司。当然,首先应该感谢的是我的经纪人托尔·乔纳森,你总是明白我在玩什么把戏,也总会顽强地为我辩护。感谢玛丽·吉伦汉玛,当机械运转得太快、马戏表演令人眼花缭乱,我需要寻找自我的时候,你就像我的家人一样。感谢塞西莉亚·伊姆伯格,本项目收尾时的特邀校对和语言顾问。(每当我们遇到语法方面的分歧,你显然总是对的,但有时我犯错只是为了闹着玩儿。)

感谢 Bokförlaget Forum,我的瑞典出版商。特别鸣谢约翰·海格布鲁姆、玛丽亚·伯林、亚当·达林和萨拉·林德格伦。

感谢亚历克斯·舒尔曼,当我为了这本书绞尽脑汁时,是你提醒我该怎么写才能让人觉得震撼。感谢读过、笑过、为本书纠正过错误的克里斯托弗·卡尔森,我欠你一顿啤酒,也许两顿。感谢马库斯·雷夫比,当我想在星期二拿出六个小时找人喝咖啡、聊乙级冰球赛和越战纪录片的时候,你是我的绝对首选。

感谢本书的所有海外出版商。特别感谢彼得·伯兰德、利比·麦奎尔、凯文·汉森、阿里耶勒·弗里德曼、丽塔·席尔瓦，以及其他继续顽固地相信我的人，包括美国和加拿大的 Atria Books/Simon & Schuster，还有为我牵线搭桥的茱蒂丝·科尔，你是我在第二故乡的中间商。

感谢翻译我的作品的每位译者，特别鸣谢尼尔·史密斯。感谢我的封面设计师尼尔斯·奥尔森和我最喜欢的书商约翰·吉伦。

感谢近几年与我合作的心理医生和治疗师，特别感谢本特，他帮我应对了惊恐发作。

感谢你读了这本书，谢谢你的时间。

最后，感谢艾丝特尔在这个故事里提到的各位作家。按照在本书中出现的顺序，他们是：阿斯特丽德·林格伦、查尔斯·狄更斯、乔伊斯·卡罗尔·奥茨、哈利勒·纪伯伦、威廉·莎士比亚、列夫·托尔斯泰、博迪尔·马尔姆斯滕。引文如有错漏之处，请找我本人或者我的译者算账，艾丝特尔肯定是无辜的。

焦虑的人

作者 _ [瑞典] 弗雷德里克·巴克曼　译者 _ 孙璐

产品经理 _ 孙雪净　装帧设计 _ 星野　产品总监 _ 阴牧云
技术编辑 _ 顾逸飞　责任印制 _ 杨景依　出品人 _ 贺彦军

营销团队 _ 毛婷 魏洋 林芹 施明喆　物料设计 _ 星野

鸣谢（排名不分先后）

吴涛　Kimberly Glyder

果麦
www.guomai.cn

以 微 小 的 力 量 推 动 文 明

图书在版编目（CIP）数据

焦虑的人 /（瑞典）弗雷德里克·巴克曼著；孙璐译. -- 天津：天津人民出版社，2021.9（2024.12重印）
ISBN 978-7-201-17513-3

Ⅰ.①焦… Ⅱ.①弗… ②孙… Ⅲ.①长篇小说－瑞典－现代 Ⅳ.①I532.45

中国版本图书馆CIP数据核字（2021）第147846号

FOLK MED ÅNGEST (Eng. title: ANXIOUS PEOPLE)
Copyright © Fredrik Backman 2019
Published by agreement with Salomonsson Agency AB, through The Grayhawk Agency Ltd.
Simplified Chinese translation copyright © 2021 by Guomai Culture & Media Co., Ltd.
All rights reserved.

图字02-2021-108

焦虑的人
JIAOLÜ DE REN

出　　版	天津人民出版社
出 版 人	刘锦泉
地　　址	天津市和平区西康路35号康岳大厦
邮政编码	300051
邮购电话	022-23332469
电子信箱	reader@tjrmcbs.com
责任编辑	康嘉瑄
产品经理	孙雪净
装帧设计	星　野
封面插画	Kimberly Glyder
制版印刷	天津丰富彩艺印刷有限公司
经　　销	新华书店
发　　行	果麦文化传媒股份有限公司
开　　本	880毫米×1230毫米　1/32
印　　张	10
印　　数	282,401－292,400
字　　数	241千字
版次印次	2021年9月第1版　2024年12月第22次印刷
定　　价	49.80元

图书如出现印装质量问题，请致电联系调换（021-64386496）
版权所有　侵权必究